ちくま文庫

緋の堕胎

ミステリ短篇傑作選

戸川昌子
日下三蔵 編

筑摩書房

目次

第一部

第二部

緋の堕胎

ミステリ短篇傑作選

第一部

誹の堕胎

昭和三十×年×月×日

東京地方裁判所第×刑事部に於《お》いて、新聞記者、角川義雄（三十九歳）が、名誉毀損《きそん》で東京地方検察庁から起訴された。

起訴状（公訴事実）

被告人角川義雄は、B新聞の取材次長をしているものであるが、東京都豊島区×町×番地、産婦人科医井田康平の名誉を毀損しようと企て、「豊島区のユーレイ医院。この医院の庭から、毎夜赤子の泣き声。闇に葬られた数知れぬ胎児の霊魂」という見出しのもと「右井田医院の庭には胎児の汚物罐を埋め、死臭がただようので藁灰《わらばい》でこれを防いだ」等公然虚偽の事実を摘示し、ことさらに世人をして不正の巣窟であるような感を抱かしめる記事を掲載した上、同日頃別紙犯罪一覧表記載のとおり、右新聞合計約×万部を配布し、もって右井田康平の名誉を毀損したものである。

罰条

刑法第二百三十条第一項

東京地方検察庁

1

医院は路地の奥にあった。人目を避《さ》けるのには好都合の場所である。

女は路地を入る前に左右を見廻した。人目をはばかる無意識の動作であった。誰の目もなかった。足もとで溝板《どぶいた》が鳴った。言葉に出せない疲労感が足もとに絡んでいる。妊娠七カ月という重荷のせいでもあった。

井田産婦人科医院という白いペンキの看板の下地は、ほとんどはげかけていた。静まりかえった陰気な医院のたたずまいにはいかにも堕胎医めいた秘密のにおいがあった。

玄関の引き戸に手をかけると、消毒としめりをおびた待合室の空気が鼻をつく。

ベルを押したが誰も出て来なかった。上り框《がまち》にうずくまるようにして、女はしゃがみこんだ。耐えきれないのであった。

女の白いサマーウールの着物のひざに、たたきの泥がついた。たたきも入口の板の間も、何日も掃除をしないで放っておくらしく、泥のかたまりと綿ぼこりが目につく。

廊下をきしませながら医者が出てきた。五十歳をいくらか過ぎたと思われる男だった。顴骨《かんこつ》がとびだし、鼻の下にたくわえたひげがかえって医者の顔を貧相に見せている。油気のない短い髪がくしゃくしゃに乱れていた。

医者はなにも言わないで、女の下腹部のあたりに目をやった。ゆるく結んだ帯の下は、もう誰の目にもかくしきれないほどふくらんでいる。医者は女を立ち上らせると、すぐに診察室に通した。

「お願い出来ますでしょうか、先生。あの……もう七カ月なんです」

女が訴えるような目差しで言った。今までに何べんもくりかえした言葉であった。声がかすれている。この医者が最後の頼みの綱であった。優生保護法の適用を受けない、しかもすでに七カ月にもなっている妊婦の堕胎をひき受ける医者はどこにもいなかった。女はすでに五人の医者に断られていた。

医者は回転椅子の上に坐るとザラ紙を出した。女の住所、氏名を尋ねて鉛筆を走らせた。お座なりの手続きであった。

「文京区、大塚×町××番地、中山久子」

それから女は、昨日までつとめていたという飲み屋の名前を言った。

「御主人も承諾しているのかね」

「はい」

「勝手におろして、あとで厄介なことになると困るよ」

「そんなことはありません。主人も望んでいることなんです」

「あとで、あなた以外の人から文句が出るのが一番困るからね」

医者はそのことだけにこだわっている様子であった。

「ここを誰に聞いてきたんだね」

「巣鴨のバーで働いている小峯房代という女の人からです。二、三度先生のお世話になったと言ってました」

「ああ、肥《ふと》ったひとだね」

「はい、よろしくお礼を申しあげといてくれって……」

医者はそう言ったものの小峯房代という女をはっきりとは思い出せなかった。女を診察台の上に寝かせると、その柔かい下腹部に掌《てのひら》をあてた。うろこのあるような固い掌であった。指の先がときどき痙攣《けいれん》する。年のせいでもあるようだし、またなにかの薬品の中毒症状のようでもあった。

「ほかじゃ、どこも七カ月の手術はやらないと言っただろう」

「はい、生んだほうがいい……それにどうしても堕《おろ》すというのなら、お腹を切らなければいけないと言われました」

医者は満足そうな笑いを浮かべた。女は紹介されたとき、そういう言葉でこの医者の自尊心を撫でるようにと言われていた。

医者がかなり変人であること。堕胎専門の医者であること。七、八カ月になった妊婦でも堕胎してくれること。それも開腹手術をしない特殊な方法を使うことなどを女は聞いて知っていた。女の持っていた医者に対する予備知識は、だいたいそのようなものであった。

「心配しなくても上手に堕してくれるわよ。こういう手術は、なんといっても馴《な》れている医者が一番うまいんだから……。あたしなんかもう四回もやってもらってるんだから大丈夫よ」

紹介してくれた飲み屋の同僚は、煙草をふかしながら、歯ぐきをむき出しにして当り前のことのように喋《しゃべ》っていた。罪悪感はどこにも見当らなかった。

「七カ月だと手術料は六千円になるが、いいね」

女は帯のあいだのがま口から、くしゃくしゃの千円札を取り出した。

「あとになってからのごたごたは絶対に困るよ」

医者がもう一度念を押した。医者はそのことで、何度もわずらわしい思いをしていた。女は一瞬、お腹の中の子供の父親の顔を思い浮かべた様子だった。

医者は、女が上目づかいに気弱く頷《うなず》くのを見ると、すぐに医療器具の音をさせはじめた。荒々しい、神経にさわる音だった。

2

書生の大場建次郎は、病院の裏庭で穴を掘っていた。すぐ横はブロック塀で、向う側は公道である。頭の上の診察室で喋る声がきこえていた。七カ月の患者だと、今夜はたぶん泊って行くなとぼんやり考えた。

彼はすぐに穴を掘るのをやめた。穴はまだ五十センチほどしか掘れていなかった。

建次郎はスコップを捨てると、表の庭にまわって手を洗った。患者を二階の入院室にあげなければならなかった。

三畳の自室に入るとシャツと汚れたズボンを取りかえ、白衣にそでを通した。白衣をつけるとそれだけで患者は安心するのであった。

井田医院の書生は、どちらも看護人の資格を持っていなかった。地方から出て来た普通の夜間大学に通う学生である。

医師の井田康平は、保険の扱いは一切しなかった。初診料も治療費もとらず、三カ月までは、一回の堕胎に対して一律に三千円の手術料を貰《もら》うだけである。

したがって建次郎たちの仕事は、事務というよりはほとんど肉体労働のほうが主であった。

肉体労働の一つは、時によって麻酔のよくきかない患者や、手術中麻酔のきれた患者たちは身をよじって苦しむことがある、そういう女たちを押えつける仕事であった。意外と力がいる。彼女たちは歯をくいしばり、額から脂汗を流し、しまいには叫び声をあげて建次郎たちを振りほどこうとした。

同僚の福原はそんな女たちを見ても、別に顔色一つ変えなかったが、建次郎は無視できなかった。もともと気の弱いせいもあったが、自室でひとりになると、女たちの苦しむ表情が脳裏に焼きつき、自分の性欲を処理するまで、その顔が離れないのである。

二つ目の仕事は、手術が終ったあとの胎児の始末であった。彼はこの仕事を一番おそれていた。ホウロウ引きの缶の中に投げこまれている胎児を棄てるのである。五カ月以上の胎児には手も足もすでに生えていた。生えていたというのが彼の実感であった。

墓地埋葬法で四カ月以上の胎児は、火葬にし、骨は埋葬することにきめられている。四カ月以上というのは、四カ月未満の胎児は火葬にしなくても薬品を薄めた液をかけると溶けてしまうからであった。したがって四カ月以上の胎児は、両親の名前をそえて区役所に届けを出し、埋葬許可証をもらうことになっている。しかし、おろしてもらいに来る女たちは自分の名前を出すのを嫌がったし、偽名をつかう場合も多かった。たいていの場合、こうした手続きは、えな屋が一括して代行した。えな屋というのは、胎児、胎盤などの処理を行う業者である。医者は建次郎たち書生をやとって、えな屋の代りに汚物の処理をさせた。庭に埋めさせるのであった。

「大場！」

井田医師の呼ぶ甲高い声が聞こえた。

診察室へ行くと、患者が肩で息をしていた。着物のすそが乱れて白い素足が見えている。建次郎はあわてて目をそらした。

診察室の窓の下で、声だけを聞いて想像していたのにくらべて女ははるかに若い。二十歳をいくらも出ていない様子であった。目の大きな色の白い女である。妊婦特有のむくみを顔に現わしていた。

医者が患者を二階にあげるようにと言った。

堕胎の処置のあと、患者はたいてい数時間か半日は休んで行く。五カ月以上の早産手術の場合は、家庭のある女だといったん家に帰るか、たいていは陣痛がおこるまで、二、三日入院してゆくのも珍しくなかった。

「上に泊らせるからね。どこにも連絡しなくてもいいよ」

医者の言葉で、患者に身寄りのないことが知れた。患者は、本人だけで秘密を守りたい様子であった。

建次郎は、患者の腋の下に手をまわした。汗のまじった女の匂いがした。指の先に乳房が当ったが遠慮はしなかった。建次郎の心の底で、男女の営みに対する憎悪と嫉妬が渦巻いていた。この女もきっと、汗みどろになって男と交わったに違いないのである。建次郎にはまだ、性的な経験がなかった。患者の髪の毛から、汗と珍しく椿油の匂いがした。

どこか、水商売の女であろう——彼は勝手にそう決めた。

女は細い急な階段をのぼりながら、何度も肩で息をついた。歩くのさえ苦しいのであろう。医者がどのような処置をしたのか、建次郎にはわかっている。ここに住みこんでいる一年のあいだに、堕胎に関するおおかたの知識をたくわえていた。

五カ月、六カ月になってしまった妊婦の場合は、母体と胎児とを結ぶ臍《へそ》の緒《お》をひき出して、それを糸できつくしばってしまうのである。母体からの栄養を絶たれた胎児は、自然に早産のかたちをとって分娩《ぶんべん》された。

生れてきた胎児は、ヒクヒクとかぼそい泣き声をあげる。蛙にそっくりであった。井田医師はそのような胎児を人間として扱わなかった。摘出した胎盤などと一緒に缶の中に棄てた。ときには泣き声を洩らす胎児の口の中に、節くれだった分厚い親指を当てがうこともある。そんなとき医者は胎児の泣き声を消すために、診察室の古ぼけたラジオのボリュームを倍近くあげるのが普通であった。

一種の殺人なのではないか——という疑いが、ときどき建次郎を脅《おびや》かした。

「先生、七カ月ぐらいの胎児は、育てれば生きるんでしょうか」

建次郎は、一度おそるおそる尋ねたことがある。

医者は、白い眼を向けると、「どうせ放っておけば死ぬんだ」と不機嫌な声を出した。安楽死の理屈と同じものなのだろうと、建次郎は勝手に自分を納得させた。

しかし、現実に産声《うぶごえ》をあげている胎児を棄てるのである。

それでも福原との対抗上、建次郎は表面よろこんで手術の手伝いをしなければならなかった。

井田医院に置いてもらうために、郷里の父親がわざわざ上京して頼みこんだほどである。東京に出て来て、まだ西も東もわからない建次郎にとって井田医院は唯一の生活の場所であった——。

入院室といっても、別段ベッドの設備があるわけではない。西陽の入る座敷の畳は、赤茶けて、ところどころささくれている。

医者はこういうところに一銭も金をかけようとはしなかった。「おれは安い手術料で堕しているのだから……」というのが税務署相手の口ぐせだったが、実際は銀行に預金しているらしい。

建次郎は押入れをあけて、せんべい蒲団《ぶとん》を敷いた。シーツも枕のカバーも、半月ほど前の入院患者が使ったときのままである。しわが寄って、枕のカバーには長い髪の毛がついている。寝巻だけは洗濯してあった。

女は疲れきっているのか気にする様子もなく、汚れた蒲団の上に横になった。青白い顔にどうしようもない憔悴《しょうすい》感が澱《よど》んでいる。

「本当に……すみませんね……」

とかぼそい声で、建次郎に礼を言った。建次郎の心の隅で、女に対する同情心がゆらいだ。

彼はあわてて背中を向けると、階下におりて行った。陣痛がはじまれば、本人が苦しむ以外、手のほどこしようがないのである。

3

夕方になって、最後の患者の掻爬《そうは》手術を終えると、医者は診察室を出た。その前に診察室の洗面所で手と顔を洗い、ついでに小用をたした。変っている。ときどき患者の前でも平気で、診察室の手洗所を使って小用をたすことがある。

診察室を出ると、母屋の台所へ行った。冷蔵庫から冷えたビール瓶を出し、一息に飲んだ。なにも食べなかった。母屋の自分の部屋も覗かずに白衣を脱ぎすてると、書生の建次郎に声をかけて家を出て行った。

行先は書生の建次郎にだけはわかっている。二駅ほど離れた妾の辰子の家に行くのであった。医者は一週に一度かならず家をあけた。家にいるときも、ほとんど母屋の常子とは口を利かない。母屋の常子とは二年ほど前から別居している。今では家つき娘の常子が、医院の建物を医者に貸しているというかたちになっていた。医者はしぶしぶ家賃を払った。離婚後の扶養のつもりであった。今さら手頃な医院の建物をみつける気持もなかった。常子は一日中仏壇に向ってお経をあげていた。霊令教という新興宗教にこって、一日中胎児の供養をしている。本当のところは別れた夫に対してなにかと当てつけているところがあった。

医師の康平と年上の常子とは、年が二歳違っていた。常子は五十四歳である。一方、妾の辰子は医師と二十歳も違う。医者が辰子のところに通うようになったきっかけは、辰子が二度ほど患者として来院したあとで、躰の関係が出来たからであった。

辰子は手術のあと半月ほどして突然たずねてくると、「先生のお部屋のお掃除をさせてください」と言った。常子が、医師と不仲なのを噂で聞いて知っていたらしい。ちょうど常子は外出していて留守であった。しょっちゅう霊令教の集会に出て家をあけるのである。

医師が診察をすませ自室に戻ってくると、部屋をきれいに掃除した辰子が待っていた。新しいシーツにとりかえて蒲団まで敷いてあった。まめまめしく医師の着替えを手伝う。辰子は四谷の小料理屋で仲居をしていたことがあるとかで、もともと身のこなしに男をひきつけるところがある。そのうえ時折、主人を失った後家の表情を見せる。

医師は辰子に台所からビールを持ってくるようにと言った。ビールを飲んでから、かたわらに坐って動こうとしない辰子の膝《ひざ》に手をのばした。彼が男として女の躰に触れるのは半年ぶりであった。堕胎が重なったりして神経が疲労しきったあとでも、刺戟《しげき》さえ与えれば欲望がいくらでも煮えたぎるのを医師はあらためて知った。今まで性欲を放擲《ほうてき》していたのは、結局わずらわしさが先に立ったからであった。その点、辰子は面倒のない女であった。

辰子は、帯を自分で解いてから医師をむかえいれた。その下の赤い腰紐だけは、医師にしごくようにして抜かせた。

「これで、もし子供が出来たら、また先生のところへ来れますわ」

甘えるようにして言うと、医師の背中にまわした手に力を加えた。

医者は、馬鹿なことを言う女だと思っていた。堕胎手術に来る女たちに対して、彼は憐れみを感じなかった。感じるのは女たちすべてに対する滲み出るような粘液質の侮蔑感であった。

なぜ女は孕《はら》むのか。なぜだらしなく豚のように孕むのか。彼は嫌悪感をもって、ときどきそう考える。医師には五十を過ぎる今日まで子供がなかった。彼の手術が冷静で、ときには手荒い理由はそんなところにもあるようであった。

辰子が医師の部屋を出て手洗いに立ったとき、庭に書生の建次郎が立っていた。女の着物の乱れ具合に目ざとく気づいたようであったが、すぐに目をそらした。

「あの色の白いほうの学生さん、変な顔して見てたわよ。奥さんに言いつけないかしら」

辰子は部屋に帰ると、医者に報告した。

「大丈夫だろう。あれは、わたしの言うことならなんでも聞く。それにまだ、お尻の青い学生だ。なんにもわかってはいない」

医者は、自分のその時代の年齢とくらべて、書生たちが患者たちに対してどういう好奇心を持っているのか考えようとはしなかった。医者にとって診察室の患者は彼の技術の対象にすぎなかった。書生たちも同じように患者を考えるべきなのであった——

医者はぶらぶらと駅のほうへ歩いて行った。駅前の広場で常子と会った。避けたいという気持が動いたが、相手のほうが先に気づいたようであった。手さげから経文《きょうもん》と分厚い会発行の小冊子《パンフレット》のはじが見えている。

「えな屋はいつ来るんですか。診察室の胎児をほっとかれると、道までにおって困りますよ」

なにしろ暑い季節なんですからねと、相変らず、とげとげした様子であった。いつも何かをかさにきては、高圧的に喋る女であった。今は家主であることをかさに喋っていた。

医者は沈黙で応えた。人目のある道路ならば、いくらなんでも摑《つか》みかかってはこないだろうという気持もあった。腕力でいがみ合う時期は、とうに過ぎたようであった。今ではお互いの憎しみだけが、医師と常子を仲の悪い兄妹のように結びつけていた。

「電話をかけておいてください。あなたがいやなら、こちらで電話をしてえな屋に来てもらいますからね」

「余計なことをするな」

医者の顔が怒りで赤くなった。医者は、えな屋を呼ぶということに、生理的な怒りの反応を示すのだった。

えな屋は、どんなに小さな胎児でも一体につきかならず千円の処理費を請求した。一括だからまけるということはしない。それが医者の癇《かん》にさわる。医者は金銭に関して異常なほど吝嗇《りんしょく》であった。自分が汗水たらして稼いだ金を、他人が感謝もせずに使うということに我慢がならないのである。特に常子の浪費に対して神経質であった。常子が金銭に関してだらしがなく、新興宗教の会への法外な出費などが、絶えず医者の怒りの根底にあった。

「勝手なことをするな。えな屋にはくるように言ってある。ただ、この頃、手術の数が少なくて胎児の数がたまらないだけだ」

医者は、つとめて抑制して言った。これから女のところへ行くのだと自分に言いきかせた。出来ることなら派手な争いは避けたいのであった。

「いい加減なことを言っても駄目ですよ。今日も、書生たちに穴を掘らせていたじゃありませんか。胎児を庭に埋めるのだけは止してください。あたしたちの霊が、胎児の霊に脅かされて、夜もろくろく眠れないんですよ」

医師は横を向いた。常子が胎児の霊にひっかけて墓地埋葬法のことを言い出すのは目にみえていた。胎児の霊のことも、どうせ嫌がらせなのである。

医師は、どんなことをしても胎児の処理をえな屋にまかせまいと決心していた。いつのまにか、この問題に関して心が依怙地《いこじ》になっている。他人の口にする手厚く葬るという言葉自体が、すでに医師の心をいらだたせた。えな屋が火葬場に持って行っても、まとめて焼くだけではないか。それなら庭に埋めても同じことである。戦争中に闇米を食べたのと同じではないか。

医師は妻を無視すると、駅の改札口へ向って歩き出した。

「あなた、これをお読みになってください。ほんとにいい加減にしないと罰があたりますからね」

追いかけて来た常子が、小冊子《パンフレット》を押しつけた。医師はわずらわしそうに、その白い表紙の小冊子《パンフレット》をズボンのポケットにねじこんだ。

医師は二駅むこうの辰子の家に行った。借家式アパートで、隣室の声が手にとるようにきこえる。子供の泣き声がした。彼は風呂に入り、よく冷えたビールで好物の枝豆を口に運んだ。

「奥さん、ずいぶんひどいことを霊令教の雑誌に書いてますね」

テレビに目をやっている医者に、辰子が言った。医者は電車の中で、すでに小冊子《パンフレット》をめくっていた。胎児の霊を、会の本部のある茨城の霊所に祭らなければ罰があたるというような内容であった。まるで医者が人非人《にんぴにん》で、子供を殺しては埋めているかのように書いてある。

医師は、辰子が寄こした小冊子《パンフレット》を部屋の隅に投げ捨てた。ばかばかしいという怒りがあった。手の届かない場所からからかわれているような苛《いら》だちであった。

「放っとけばいいんだ」

医者がこめかみに青筋を立てた。

「そうですか」

辰子はさからわなかった。医者のそばに寄って、うちわをゆっくりとつかいはじめた。

その日、井田医院から、辰子のところへ電話がかかってきたのは、深夜になってからであった。医者はステテコのままサンダルをつっかけ、呼び出し電話のある数軒先の大家の家へ駆けて行った。深夜に、それも女の家で起こされて、医者は不機嫌であった。

「誰だ。いったいこんなにおそくに何の用があるのだ」

電話をとりついだ大家の女中がびっくりするほどの声で、医師は受話器に向ってどなった。

「先生、患者が苦しがって、今にも死にそうなことを言っています」

受話器の向うの声がうわずっていた。電話をかけてきたのは書生の建次郎であった。

「大丈夫だ。ほっとけばいいんだ。陣痛がはじまっているのだから心配はない」

「でも、普通の痛がりかたじゃないんです。畳の上を転げまわっています。先生、帰って診てください」

「大丈夫だよ、いちいち診ることはない。福原はどうした」

「寝ているようです」

建次郎は同僚の福原が外出していることをかばったようである。

「あまり騒ぎたてて、母屋のほうを起こすんじゃないよ」

医者は一番気になっていることを言った。ほら見たことかと居丈高《いたけだか》に騒ぎたてる常子の顔が目に浮かんだ。

「はい、ではまたなにかあったら電話をします」

「しなくてもいい」

医者は素気《すげ》なく受話器を置いた。書生の臆病なのが我慢ならなかった。陣痛で苦しむぐらいで少しも騒ぐことはない。今まででも、人一倍苦しがった患者は何人でもいる。みんな、ちゃんと生み棄てて帰っていくではないか。

医者は、自分の技術を信じていた。七、八カ月の堕胎の手術に関しては、ほかのどの医者にも負けるはずはなかった。非合法すれすれの危険な手術なだけに、誰もいやがって、手出しをしようとはしない領域であった。医者は、自分だけがその分野で長じていることに得意を感じた。ひそかな自負心の慰めであった。あの手術で、なにかの間違いがおこるはずはない――

医者はそう確信した。

彼は部屋に戻ると、今度はウイスキーの瓶をあけた。辰子が戸棚からピーナッツを出した。寝巻がはだけ、白い胸が見えた。医者はぼんやりとそれを眺めていた。ふと、男女の営みの意味について考えたようであった。

4

建次郎は受話器を置くと、もう一度二階に上って行った。医者の不機嫌な気分が、彼にも感染していた。

薄暗い電灯の下で、患者は相変らず苦しんでいた。激痛のために蒲団の上で躰をよじるせいか、浴衣がくしゃくしゃに乱れている。静脈のういた腫《は》れ上ったような乳房と白い太いももとがむき出しになっていた。大粒の汗が幾つも女の顔に浮いている。

建次郎は立ったまま、患者の苦しむさまを眺めていた。なにか鎮痛剤でも飲ませてやればと思うが、それもどこにあるのかわからない。医者が不機嫌に「ほっとけ」と言ったのは、夜中に妾の家へ電話をかけてしまったせいだろうと思う。

風が凪《な》いでしまった部屋の中は、蒸し暑い空気が澱《よど》んで耐えがたかった。広い医院には、建次郎と女だけであった。母屋の常子は、こちらの騒ぎには気づかないのか、なんとも言ってこない。そろそろ二時近かった。

建次郎は、洗面器に氷を割ってくることを思いついた。階下に降りて氷を用意してくると、冷たいタオルをしぼっては女の顔や胸もとの汗を拭いた。

女はときどき薄目をあけるが、かたわらの建次郎を見わけるのも大儀らしい。空虚《うつろ》な視線を向けるだけである。

「中山さん、中山さん」

建次郎は、下の診察室の控えで見た女の名前を呼んだ。偽名なのだろうか、首を振って答えない。建次郎を見上げる目の濁りかたが普通ではなかった。急に、放っておいたらこのまま死んでしまうのではないだろうかと不安になった。

今までにも幾度か、七、八カ月の妊婦が早産の処置のあとでこの部屋に寝かされて苦しんだが、最後は無事にすませて帰って行った。受話器の中でぶっきら棒に、ほっておけばいいんだと怒鳴った医者の言葉がよみがえってくる。一人で不安になっても仕方がないのであった。自室に戻ろうと立ち上ったとき、女が弱々しげに手をのばしてきた。なにかしきりと言いたがっている様子である。建次郎は女の手を握った。掌が汗ばんでいて生温い。電話番号と男の名前らしいものが、女の口から洩れた。

「そこへ連絡をするのですね」

建次郎は、大きな声で聞きかえした。

じっとしていると、女に向ける自分の視線が異常になるようで恐ろしいのであった。診察室におりて行って、女の言ったようにダイヤルをまわした。呼び出しのベルが鳴るだけで、誰も出て来ない。たぶん、夜は誰もいない事務所か、それとも男が、いい加減な電話番号を女に教えたのか、どちらかであろう。念のために五分ほどおいて、もう一度ダイヤルをまわした。その間、診察室の、いつもは医師が腰をかける回転椅子に坐っていた。柱時計が時を刻むのが聞こえる。

診察室の隅には、ホウロウ引きの汚物入れの缶が置いてある。中には二、三カ月の指の先ほどしかない胎児も幾体かまじっていた。やはり、なんとなく気味が悪い。缶はもうすぐ一杯になるはずであった。それで医者が、建次郎に穴を掘るようにと命じていたのであった。穴は半分掘りかけたままであったと建次郎はそのことを思い出しながらダイヤルをまわした。

電話の相手はやはり出てこなかった。

彼は二階に戻って来たが、男が電話に出てこなかったことを言う気にはならない。患者はまたくりかえして男の名前を呼ぶ。うわ言の経文のようであった。その単調な名前のくりかえしが、建次郎を憂鬱《ゆううつ》にした。名前を呼ばれているうちに、その見知らぬ男に対する憎しみがわいてくるようであった。女の汗ばんだ額に、黒い髪が何本もへばりついている。

建次郎は立ち上って部屋の電気を消した。電気を消したことで、かえって彼の心の歪《ゆが》みが増したようであった。どうせ医者も女のところへ行っているのではないか。同僚の福原にしても同じことであった。世界中の人間が、同じ姿態で汗ばんでいるのではないかと、彼は絶望的な気持で考えた。

しばらくのあいだ、彼は患者の躰をうしろからさすっていた。女はそのことで、多少とも苦痛が減るようであった。

三十分ほど経って、彼は自分の躰につけているものを脱ぎすてていた。暑いというのが自分に対する理由であった。患者がまた男の名前を呼んだ。抱きしめてほしいというようなことも口にした。

建次郎はそれを、自分に対する言葉だと勝手に受けとった。理性が失われ、欲望だけが彼の行動の先を走っていた。

患者が数回、叫び声のようなものをあげたようであった。怒っている声であった。女の指が畳のふちを激しく摑んだ。建次郎は欲望に命ぜられるままに動いていた。自分がなにをしているのか考えねばならない思考力が停止していた。女の長い髪が、鼻腔や口の前にあった。椿油の匂いであった。今日の昼すぎに、この患者を抱きかかえて二階にあげたときかいだのも同じ匂いだったとぼんやり考えた。

女は、いつのまにか動かなくなっている。諦めきったように、躰中の力を抜いていた。患者の躰から離れたとき、建次郎は半ば虚脱していた。肉体的な疲労感でもあった。暑さの中で、現実が徐々に戻ってきた。

ひどく蒸し暑いと思った。洗面器の氷はもう解けているはずであった。自分の喉もかわいていた。階下に降りて、冷蔵庫の中のカルピスをさがした。

カルピスのコップを手にして二階に上ろうとしたとき、物を叩きつけるような大きな音がした。続いて、はっきりと悲鳴が聞こえた。

二階から患者が飛びおりたのではないだろうか……。とっさに建次郎の頭の中を恐怖がかすめた。

今までにも似たようなことが一度あった。堕胎のための人工陣痛が苦しく、苦痛から逃れようと夢中で下に飛びおりた患者がいた。そのときは、いい塩梅に下が盛り土だったので足を挫《くじ》いただけで助かったのであった。しかし、今はその場所に敷石が積んである。

建次郎は二階に駆け上った。途中で足を踏みはずして、向う脛《ずね》をしたたかに打った。それほどあわてていた。

目が闇に馴れていない。先ほどまでの闇の中の白いかたまりのような女の影像が彼の脳裏にまだ残っていた。それを、病室の中に見つけ出そうとしたが、無駄な努力であった。目が馴れてくると、シーツの乱れた敷蒲団の上の空白がはっきりと女の不在を伝えはじめた。

「いない！」

彼は唇をだらしなく開いた。自分が患者にしてしまった行為と目の前の状況とが、ようやく結びついたようであった。すぐに恐怖が彼を浸しはじめた。どうしようもない絶望感でもあった。彼は窓際へ走った。とにかく確かめてみたいのであった。

窓のすぐ下の地面に、女が俯伏《うつぶ》せに倒れていた。白っぽい浴衣が、闇の中に鮮かであった。彼はへたへたと畳の上に膝をついた。

5

朝方、医者は、女のところから医院に戻ってきた。疲れた顔をしていた。夜中に電話で起こされたせいもあった。

医院のブロック塀越しに庭の方向を眺めた。母屋の庭から、白い煙が一筋、空にのぼっている。常子が藁灰をつくっているなと思った。

書生たちに胎児を埋めさせると、かならずそのあとで常子が藁灰を撒《ま》いた。におい消しのためであった。藁灰を撒かないと、地上に死臭が漂うといってきかなかった。

医師は門を入って、診察室の裏手にまわった。昨日、書生が掘りかけていた穴は、すできれいに埋められてあった。

医師は敷石を踏んだ。埋めたあとは、ならされて、はがした敷石も元通りの位置におさめられている。あちらこちらを掘りかえすので、新しい穴を掘る場所がだんだんと減ってきていた。いったい今までに、何体の胎児を埋めたのであろうかと、医者は思った。数えきれない数字であった。

しかし、そんなことを考えるのは、人間の排泄の回数を数えるのと同じことではないかと思い直した。一日に三人の胎児をおろしたとして、一年で千体以上になった。千という厖大《ぼうだい》な数字は医者をたじろがせた。しかし、一日一日の日常生活に還元してしまえば、ふたたびわずかな数字になった。

一日に数回、生命の芽をつみとることが、医者にとっては何を意味しているのか。それほど思いわずらうことではないのではないか。所詮、毎日毎日の生活のくりかえしであった。

感激も驚きもなかった。

医者は母屋の庭にまわった。小さな築山があり、芝が植えてある。その築山の前で、こちらに背を向けて焚火をしていた常子が、医者の足音に気がついて振り向いた。

常子は瘦《や》せていて、背が高い。医師とほぼ同じ背丈があった。小づくりの辰子とは対照的である。辰子と向うの望むままに躰の関係をずるずると持つようになったのも、結局は常子に対する不満があったからかもしれぬと医師は考えた。

「昨夜はうるさくなかったかね」

珍しく、医師のほうから常子に声をかけた。昨夜、母屋に聞こえるほど患者が声を出したのではないかという気遣いからであった。あのまま書生から電話のなかったことが、医者の心にかかっていた。いつもより早目に医院に帰って来たのもそのせいであった。

「別にうるさくなんてありませんでしたよ。それより、えな屋はどうしました。今朝も書生が穴に汚物を埋めていたじゃありませんか。あたしの口から注意しておきましたけれど、ほんとに胎児の霊をないがしろにして放っておくと、とんでもないことになりますよ」

いつもの常子の嫌がらせであった。医者は無視して通りすぎた。内心、えな屋のことを言い出されて不快であった。

医院の二階の八畳の間に患者がいないのを見つけて、医者は顔色を変えた。蒲団はあげてあった。自分に無断で患者を退院させたのかと思うとひどく腹が立つのである。

荒々しく階段をおりて、建次郎の部屋に行った。

「なぜ、患者を帰したんだ」

「どうしても帰るというものですから……」

医者のけんまくに、建次郎はおろおろして答えた。語尾が不明瞭であった。

「何時頃、帰ったんだ」

「四時頃です。先生に電話したあとずっと看病していたんですが、苦しがってどうしても家に帰ると言いながら玄関まで這《は》って行ってしまったので、仕方なくタクシーをさがしてきて乗せました」

「なぜ、連絡しない」

建次郎は下を向いた。医者は、昨夜はもう電話をするなと言った言葉を思い出した。自分で言ったことであった。

「一人で帰したのか」

「ええ……」

医者は一瞬、厄介なことになったと思った。わずらわしいことになるという予感があった。せめて先方の家族か、勤め先の飲み屋の同僚にでも連絡すべきであった。

「そういうときは、先方まで送り届けるものだ……」

「でも……本人がどうしても一人で帰るというものですから……」

これ以上書生の過失を責めても仕方がなかった。たまたま妾のところへ行く晩に、厄介な患者の入院があったのが不運なだけなのである。医者はいつも物事をそういうふうに考えることにしていた。

建次郎は先ほどからずっと下を向いていた。ときどき落ち着かなく躰を動かした。医者と向き合っているあいだ、ずっと目をそらしたままであった。医者が部屋を出て行ったとき、刑の執行がのびたことを感じていた。

医者は廊下を歩きながら、ふと、書生が患者になにかしたのではないか、それで患者が逃げ帰ったのではないかという疑問を持った。いずれにしても、今、これ以上追及しても仕方のないことであった。たぶん今日の午後にでも、患者が電話で連絡してくるに違いないと考えた。午前中、医師は忙しかった。掻爬手術が三人もあった。

6

一週間が過ぎた。退院した中山という患者からは何も言ってこなかった。

医者はときどきそのことを思い出し、焦慮《しょうりょ》感に襲われた。この一週間のあいだに、当然、分娩は終っているはずであった。生れてきた胎児を、どう始末したのか——それが医者の不安の原因であった。あの患者に落ち着いて分娩する場所がありそうもなかった。それにずっと陣痛が続いていたはずでもある。

医者は、女がどこか遠距離の故郷にでも帰っている風景を想像した。地方のローカル線の小駅のプラットホームで、急に最後の陣痛がおこる。砂利《じゃり》をしいたホームの端に板塀の便所が建っていて、女はよろめくようにしてその中へ入って行くのである——医者はそれから先の空想を止めた。医者はかつてひどい下痢をおこして、田舎の駅へ走りこみ、そこでつまずいた経験があった。彼はそのときの汚辱を実感としてよみがえらせていた。

あの女も、そうやって苦しんだのであろうか。それならばそれでよいと医者は思った。胎児が発見されるまで、かなりの日数がかかるであろうし、そうすれば発見されたところで大した問題にならずにすむ。

医者はスキャンダルだけを恐れていた。このまま小ぢんまりとした町医者として静かに人生を過したい。その間に、銀行預金の額はかなりになるはずであった。医者はその金に執着していた。患者がよそで問題をおこしても、この医院の名前を持ち出さなければそれでよいことであった。

医者は半月後に、その患者のことを忘れた。忙しい毎日の堕胎の手術が、医者にそのことを容易にさせてくれた。

男が訪ねて来たのは、九月に入ってからであった。

暑い日で、医者は朝から二人の患者の掻爬をすませた。診療室の手洗場で汗の滲んだ顔を洗った。食事をするつもりであった。書生に言って、近くの蕎麦屋《そばや》からざる蕎麦をとらせてあった。医者は蕎麦ののびるのを気にしていた。

診察室を出たところで、待合室に三十歳ぐらいの男がいるのに気がついた。長椅子に足を組んで坐っている。この暑さに黒い背広を着ていた。髪を短く刈って、目つきが鋭い。普通の勤め人でないことはすぐにわかった。医者を見ると、丁寧に頭をさげた。

先生に手術をしていただいた中山久子のことでお尋ねしたいのですが……と言う。医者は無意識のうちに身がまえていた。こんなときに、必要以上に居丈高になるのが医者の性質であった。

「そんなことは医者の秘密だ。喋れないね。それより君は誰だ」

医者はさしあたって知りたいことを聞いた。

「中山久子の身内のものです」

と、男は患者の内縁の夫であることをにおわせた。

医者はとりあえず男の話を聞いてやらねばならないと感じた。面倒なことになると思っていた。医者の一番嫌っていたことであった。

医者は男を診察室に入れると、一応カルテをめくる振りをした。

「ああ、半月ほど前に一度来ているね」

「そのとき、手術の経過はどうだったのでしょうか」

医者は答えなかった。なぜそんなことを聞くのかという顔をした。

「じつは、女房のヤツが先生のところへ伺ったまま行方《ゆくえ》をくらましましてね……」

男は自分のほうの事情を喋りはじめた。

「子供をおろしに行ったのはわかっていたんですが、どこの医者に行ったのか、それがさっぱりわからなかったものですから……今度やっと巣鴨の〝やよい〟の房代っていう女に聞いて、ここだと教えてもらったんです。女房のヤツ、どうなってるのかと思いましてね」

男はくどくどと喋っている。

「奥さんは、手術したあと二階で休んでたが、その晩タクシーを拾って帰って行ったよ」

「手術の具合は、どうだったんでしょうか」

また同じことを聞いた。

「別にどうってこともないね。普通だよ。開腹手術や掻爬をしたわけじゃない。胎児のへその緒を結んだだけだ」

「危険はないんでしょうね」

「全然ないね。普通のお産と同じだ。陣痛はおこるが、心配はない。あんたの奥さんも別に異常はなかったよ」

男は医者の話で納得した様子であった。医者の一番嫌う、生れて来た胎児をどうするのかという質問はしなかった。死んで生れてくるときめているようであった。

「それじゃ、きっとどこかの飲み屋で働いているんでしょう」

そう言うと立ち上った。ただ医者の顔に置いた視線が、少し長いように感じられた。非難している眼つきだった。

「もし家内がここへ来るようなことがあったら、連絡するように言ってください」

男は名刺をさし出した。坪田興業、小菅雄二と書いてあった。

「奥さんが見つかったら、一度ここへ来るように言いなさい」

医師はお愛想を言った。思ったより素直に男が帰るので、ホッとした気持であった。すぐに空腹を思い出していた。

7

常子の日課が変ったようであった。今まではめったに医院の裏庭に近づかなかったのが、最近では朝、夕、敷石を伝って診察室の窓際に来ては、藁灰を撒いたり、地面に半時間近くかかってゆっくりと竹箒《たけぼうき》の目を立てたりした。

医者に嫌がらせをしに近づこうというのではなかった。むしろ、裏庭に来て、診察室のまわりをひとりで徘徊《はいかい》するのが楽しみの様子であった。医者の姿を見ると、自分から姿を隠すようにした。突っかかるような態度は以前のままであった。ただそれがじかに出なくなった。ゆとりのある態度に変った。

常子は朝はかならず五時に起きて、仏壇の前でおつとめをすました。それから、糠《ぬか》味噌の一週間近くも漬けた古漬けを丹念に細かく切って、お茶漬けを食べる。このところ歯が悪かった。更年期を終ってから、躰にいろいろと故障が出た。信仰をはじめたのも、そのせいであった。

しかし躰のほうは、いつまで経っても具合よくならなかった。絶えず神経痛のようにあちこちが痛んだ。いまだにおりものがあった。全部、庭に埋められた胎児のせいだと思う。医者との間が、まだ表面上平穏であった頃は、胎児をいちいち本部に持って行って祭ってもらったものであった。しかし、医者は、献金をすれば、結局えな屋に払うのと同じことだと言って、本部に持って行くことを許さなくなった。

常子はそういった医師の吝嗇に憎悪を感じた。憎悪は日増しに、常子の孤独のからを厚くしていった。医者と生活を別にした今でも、常子は憎しみで心を煮えたぎらせる。医者の銀行預金がふえてゆくのを思っただけで、寝床の中で反転した。眠れなかった。じっさいに医者の預金通帳を見たわけではない。ただ一緒に暮していた頃の経験で、医者に幾らの収入があり、支出があるか大方の見当はついた。その医者の収入を、常子はどうすることも出来なかった。患者が来ると、それで医者の収入がふえるのだと思い、腹が立つ。

憎悪は、自然、医者の収入の手段である堕胎の手術そのものに向けられるようになった。

常子の憎しみの対象は、医師から次第に堕胎そのものに変ったようである。霊令の教えによれば堕胎は罪であった。まして胎児を埋めることは許すことの出来ない大罪であった。常子は教えの名のもとに罪をあばくことに快感を感じた。生き甲斐《がい》でもあった。

裏庭に面した診察室の窓が少し開いている。患者の声が聞こえていた。鼻にかかった声で、掻爬の相談をしている。常子は瘦せた躰を震わせた。なぜ躰が震えるのかわからなかった。嫌悪感が躰をつきぬけるような気がする。だんだんと怒りの度合が激しくなるようであった。

常子は竹箒の先で、診察室の板壁を叩いた。無意識のうちに出てしまった行為だった。診察室の窓が開いて医者が顔を出した。医者は怒りで頰《ほお》を痙攣させていた。

「なにをするんだ、馬鹿！　あっちへ行ってろ！」

窓がまた激しく閉じられた。常子は屈辱を覚えた。医者よりも、病室の妊婦に敵意を感じた。膨れ上った腹部に、激しい嫉妬を燃やした。爪を立てて、引き裂いてやりたかった。

常子はゆっくりと竹箒の先を動かした。自分の立っている敷石を中心に、無意味な弧が幾つも描かれた。そうしていると、自然に心が安らぐのであった。六カ月前のあの晩のことが自然に記憶によみがえってくる。子供をおろしにきた女なんて……。自然に経文が口にのぼって、唇が動き出した。

常子は敷石を伝って、母屋のほうへ歩きはじめた。まだ唇が動いている。ブツブツと小さな声で、医者と妊婦に対する呪詛《じゅそ》を呟《つぶや》いているのであった。

時さえくれば、医者をあの高みから引きずりおろしてやれると思っていた。

「奥さん！」

書生の建次郎が、医院のほうの建物から走ってきた。

「お掃除させて、すみません」

建次郎は、この頃常子に対して愛想がいい。常子が裏庭をはいていると、かならず下駄をつっかけてきて、なにかと話しかけてくる。常子のほうでも話相手がほしい。書生の顔さえ見れば宗教の話をしはじめた。「胎児を埋めるんじゃないよ。そんなことばかりしていると、今に罰がくだってろくなことにはならないよ」

建次郎は一言も口答えしない。

「ぼくも、そう思っているんです」

そんな殊勝なことを言う。

「ところで奥さん、先生が……区役所へ行って、離婚の書式をもらってくるように、といってました」

常子は、書生の手前、「そうかい」とつまらなそうに言ったが、その言葉で煮えくりかえる思いであった。医者の金が、その女のところへ行くのが口惜《くや》しかった。どうにも我慢がならなかった。

なんとかして、医者の生活を滅茶苦茶にしてやりたい。自分はもうどうなってもかまわないのであった。離婚の書式というからには、こんど正式に常子と別れて、あの女と一緒になるのにきまっている。法律上は妻であるから、今まで黙っていたのであった。ひどく興奮していた。下駄を脱いで、裸足のまま庭を歩いた。

どうすればよいかということはわかっている。長いあいだ、ひとりで床《とこ》に横たわっているときに、頭の中で描き続けていたことだった。

それを実行にうつせばよいだけであった。

8

医者は辰子の部屋にいた。下着姿で、好物の枝豆を口に運びながら、テレビの野球中継に目をやっていた。

「お隣の奥さんが、こんなものを持ってきてくれましたよ」

辰子が医者に、新聞をさし出した。医者は受け取ると、開かれた頁に何気なく目をおとした。視線がそのまま動かなくなった。だんだんと顔色が変っていった。

医者はそこに、印刷された自分の名前の大きな活字を見つけたのだった。堕胎専門の医者と書かれている。庭に七、八カ月にもなった胎児を埋めるので、夜な夜な胎児の泣き声がこの医院の庭から聞こえてくると興味本位に書かれてあった。医者は新聞を壁に投げつけた。顔が青ざめ、こめかみの静脈がふくれ上っていた。

「おれは、人助けのためにしているんだ。それなのに、一体これはなんだ！」

「わかってるじゃありませんか。奥さんが、なにか含むところがあって、こんないやがらせをしているんですよ。奥さんの口から出たことにきまっています」

辰子が医者をなだめた。

医者はこの記事が、妻の常子の「庭に胎児を埋めるのだけは止めてくださいと、いつもうるさく言っているのですが……」という談話をもとにつくられているのを見たとき、訴えてやろうと思った。それ以外鬱憤をはらす方法はないのであった。

しかし、どういう手段で訴えてよいのかわからなかった。すぐに電話をして知り合いの弁護士に相談した。

「胎児を埋めている事実さえなければ、実名を出しているのだから立派な名誉毀損になるよ。この新聞記事で患者が減ったということになれば、訴えは受理される。大丈夫だ」

弁護士の返事を聞いて、医者は常子を訴えることにきめた。医師のほうにも憎悪の感情が煮えたぎっていた。一つのことを思いつくと、とことんまで追いつめるのが医者の性格であった。

「裁判になって、庭に埋めた胎児を掘り出すようなことになったらどうします」

辰子は心配そうであった。

「そこまではやらんだろう。このまま黙って泣き寝入りしていたら、新聞の書いたことを認めたことになる。第一、患者が減るじゃないか」

医者は、誰の言葉にも耳をかすつもりはなかった。

——被告側弁護士の質問

「証人の専門は産婦人科ですね」

「そう」

「優生保護法の指定医というのがありますが、その指定医に証人はなっているのですか」

「いや」

「指定医にならないわけは」

「指定医は、診る患者の地区がきめられているからだ。わたしのところには、わざわざ東京以外のところからやってくる」

「こんどの事件が起こる前には、患者は毎日何人ぐらいありました」

「五人ぐらい」

「こんど新聞に出て以後は、何人ぐらいの患者がありますか」

「一日、三人ぐらい」

「どういう患者ですか、妊娠中絶以外の患者がいますか」

「子宮筋腫《きんしゅ》とか子宮癌《がん》とか、診てもらいに遠くから来るね」

「全体の患者の中で、妊娠中絶は何パーセントぐらいですか」

「八十パーセント」

「そこで妊娠中絶をした場合に、胎児はどのようにして処理されますか」

「胎児を専門に取り扱っている、指定の業者」

「だれが持って行くのですか」

「向うでとりに来る」

「全部業者に渡すのですか」

「いいや……」

「業者以外は誰が持って行くのですか」

「患者が持って行く。業者に払う金のない患者の場合だが……」

「七カ月以上のときも、本人に持ち帰らせたのか」

「もちろん」

「胎児以外のものは、どのように処理されるのですか」

「そういったものには、処理というほどのことはない。三カ月は、胎盤だけで指の先ぐらいだからね」

「そうすると、どこかへ流してしまうのか」

「薬品で溶かし、水で薄めて下水へ流す」

「全部、流しちゃうのですね」

「ああ」

「妊娠中絶をした胎児を、井田医院の庭を掘って埋めたようなことはありませんか」

「そんなことはない」

「一度もありませんか」

「ああ、一度もないね」

「胎盤とか、その他の排出物を庭に埋めるという処置をとったことはありませんか」

「それも一度もない」


裁判所で、弁護士の反対尋問にこんなふてくされた、強気な証言をしてきたあと、医者はかならず、いつもよりビールを沢山飲んだ。中に睡眠薬を混ぜるのである。ブツブツと口の中で呟きながら、すぐに辰子の膝の上で横になり鼾《いびき》をかきはじめた。

ある日、辰子は建次郎を医院から自分の部屋に呼んだ。建次郎が証言台に立つ前日であった。医者は外出して不在だった。

「あなた、田舎から出て来てずっと先生のお世話になっているのでしょう」

辰子は、ぎこちなく坐っている建次郎の手をとって言った。もう一人の書生は、生きている胎児の首を切ったことなどもあって、はじめから医者の味方という立場で証言していた。

建次郎だけは、もしかしたら庭に胎児を埋めた事実を証言するのではないかと、辰子たちから不安を持たれていた。法廷で宣誓したら、つい本当のことを言ってしまわないともかぎらない。それを辰子は恐れた。建次郎の口を封じることが医者のためだと自分に言いきかせた。建次郎は神経質そうな骨ばった手を、握りしめている。

「わかるでしょ。先生はお金儲けのためにやっているのじゃないのよ。子供を生んでは困る女たちのために手術をしてくださるのよ。そうでしょ。あたしだって、先生が何も言わずに子供をおろしてくださったときは、有難くて涙が出たわ。いやな男の子供をつくらされて、死んでしまおうかと思っていたんですからね」

辰子は、建次郎を説得しているうちに、医者が実際に迫害されているような気がしてきた。医者のために躰を投げ出すのだと思うと、恍惚感《こうこつかん》にゆすぶられ、躰が火照《ほて》ってくる。辰子は建次郎の手を力いっぱい握りしめては、肉の盛りあがった自分の膝に押しつけていた。建次郎は、心もち顔をそむけている。若い男の顔であった。髭《ひげ》のそりあとが薄青い。

辰子は、はじめて医者と結ばれたときこの男が庭に立って、上気して出て来た自分を見つめていたことを思い出した。好奇心に満ちた建次郎の目であった。あれからこの男は女の躰を知ったのだろうか。

「だから一生涯先生のお世話をしていきたいと思っているのよ。どんなことをしても、先生を守ってあげなくちゃ……」

辰子は書生の顔をのぞきこんだ。建次郎は相変らずもじもじと顔を赫《あか》らめている。すでに辰子の意図をのみこんでいたようであった。辰子が躰の力を抜いて建次郎の胸に倒れると、すぐに腰に手をまわしてきた。若い建次郎の躰を受け入れているうちに、医者のためだという辰子の自信が崩れた。躰がどうしようもなく溺れていくのであった。

9

証人台に立つのは、生れてはじめての経験であった。建次郎は宣誓をしながら、かすかに声が震えるのを感じていた。なぜ、うしろめたさにさいなまれるのか、脅迫感に駆られるのか——自分ではよくわかっている。建次郎にとっても、庭に埋めた数知れぬ胎児について質問されるのが一番恐ろしいことであった。

しかし、尋問がはじまると、意外にすらすらと返事が出来るのに自分でも驚いた。もっともらしい嘘がつけた。傍聴席にいる医者と辰子の、ほっとした顔が見えるようであった。弁護士が執拗《しつよう》な質問を続けた。庭に埋葬した胎児の、新聞記事が事実であることを示そうとしていた。

建次郎は、埋葬のこと以外はなるべく弁護士の質問には、協力的に答えた。自分の言葉に信憑性《しんぴょうせい》を持たせるためには、そういう態度をとるのが一番いいと、一晩考え出した結論であった。

「井田医院には、看護婦はいないのか」

「正規の看護婦はいません」

「証人は掻爬の手術の手伝いをしているというが、具体的にどんなことをするのか」

「妊婦の麻酔が切れると非常に痛がるのですが、動かないようにそれを押えることと、手術器具の消毒、手術の後始末などです」

「手術中に医師の指示にしたがい、器具を受渡す仕事などはどうか」

「そういうことは、ほとんどやっておりません」

「証人は、患部の洗滌《せんじょう》というような仕事をしたことはないか」

「ありません」

建次郎は顔を赫らめながら答えた。もしそれを医者がさせていたとしたら、彼はあの晩苦しんでいた妊婦の躰に触れるようなことはなかっただろうと思った。彼はいつも手術のあいだ部屋を出るか、横を向いていたのであった。もう一人の書生のように、平気でそばに立っていることが出来なかった。見るのが恐ろしいという気持につねに駆られていた。

「手術の後始末をしたというが、具体的にどのようなことか」

「先生が搔爬手術をされたあと、胎児の処理、器具の始末などです。それらを集めて薬品で溶かし、不衛生にならないようにして穴の中へ捨てました」

不衛生にならないように、というところを強調した。

「どのようにして薬品で溶かすのか」

「直径八十センチの、深さ五十センチ位のホウロウ引きの缶に入れ、硫酸と硝酸をかけておきます」

「硫酸はどの位入れるのか」

「五〇〇cc、アルコール瓶半分位です」

「どの位の穴を掘ったか」

「一メートル位です」

「その穴に、八カ月以上の胎児を棄てたことはないか」

「私の記憶の範囲では、ありません」

「証人以外の人間が棄てたということを聞いたこともないか」

「ありません」

偽証の瞬間であった。こんな簡単なことなら、なにも前の晩からくよくよと思い悩むことはなかったではないか。

そのとき弁護士が、全然別な質問を用意していた。

「四カ月以上の妊婦の場合、最初の日に手術のようなことをするそうだが、それからどのくらい経って陣痛がくるのか」

「早い人で十二時間、遅い人で二日くらい経って陣痛がくるようです」

「その間、医院に泊るのか、それとも一旦帰宅させるのか」

「両方の場合があります。泊る時間は診察室の上の部屋へ妊婦を入れておきます」

「証人は、泊った患者の世話をしたことがあるか」

いやな質問であった。弁護士の意図がどこにあるのかわからなかった。建次郎は唾をのみこんだ。

「入院患者はたまにしかありませんから、看病をしたことはあまり……」

「看病していなければ、入院患者に陣痛がおきて苦しみ出したときどうするのか」

「ひどく痛み出せば、大きな声を出したり泣いたりするので、階下にいてもすぐにわかりますが……」

「そんなときは、証人が看病するのか」

「いいえ、先生にうかがって……しかし結局、陣痛ですから、放っておくより仕方がないのです」

「証人は、中山久子という患者を看病したことがあるか」

突然の質問であった。あの晩の中山久子の名前を言われて、建次郎は混乱した。やっとの思いで言葉をつないだ。

「さあ……記憶にありませんが……」

「昨年の八月二十日、妊娠七カ月で入院し、その晩おそくタクシーを拾って帰った中山久子という患者を看病したことがあるか」

「名前は忘れましたが、そのころ入院して、一晩で帰った患者はいました」

「その患者は、その晩ひどく苦しんだのではないか」

「いいえ、それほどではありませんでした」

「大きな声で叫ばなかったか」

「いいえ」

建次郎は、躰中にびっしょりと汗をかいていた。折角これまで相手の質問に素直に答えていた努力が、一度に崩れてしまった。

今はしどろもどろであった。あの晩の中山久子のことを、いったい誰が弁護士に喋ったのか。彼は恐怖を感じた。

「証人は、医学の勉強をしたことがあるか」

「いいえ……」

建次郎が口籠《くちごも》っていると弁護士は追及の手を止めた。どうせ検事側の証人だと思ったのであろう。

建次郎は裁判所を出てからも憂鬱であった。灰色の重たい雲で、頭の上から押さえつけられているような気がする。

あの患者のことは、彼が絶えず目をそらしていたことであった。

彼は、気の狂いそうに蒸し暑かった二階の部屋と、赤茶けた畳の上に白い足を投げ出していた妊婦とを思い出した。

あの女が悪いのだと言って彼は足を止めた。〈それならばお前は、あの苦しんでいる妊婦になにをしたのだ……〉。彼は自分の頭をこぶしで叩いた。

〈なにをしたのだ〉〈なにをしたのだ〉

彼は、自分の足に密着し、汗で冷たくなっていた妊婦の躰の感触をよみがえらせた。

こんなことばかり考えていたら、いつか気が狂ってしまうだろうと建次郎は思った。

あの女は自分の意志で飛びこんだのではないか。いけなかったことは、あのときすぐに警察に届けなかったことだけだ。

なぜ、ふらふらとあの妊婦の死体を埋めてしまう気になったのだろう。ちょうど穴を掘りかけていたからだろうか。

女の自殺の原因が自分にあるかどうかは、あれ以来、建次郎が絶えず考えていたことであった。〈あんなに陣痛で苦しんでいた妊婦が、あの行為をしただけで自殺するわけがない。なにをしたのか、本当のところ、あの女は気がついていなかったかもしれない。窓から飛び降りたのは、痛みが激しかったからだ。それだけのことだ！〉

しかし今更、事情を説明したところで、誰が信じてくれるだろうか。何かやましいところがあるから、皆に黙って埋めてしまったのだろうと言うのにちがいない。

網だ！　と彼は思った。もがけばもがくほど、網は彼の手足に絡んでくることに間違いなかった。その瞬間、彼は自分自身を一匹の小さな昆虫のように感じた。

もしかしたら、裁判所が職権で庭の発掘に来るかもしれないと思った。

そうなってあの妊婦の骨が出てきたらと、彼は、こんな裁判をはじめた医者夫妻を呪《のろ》った。胎児事件はまったく新しい別の事件になってしまう。新聞や週刊誌の記者やカメラマンたちが殺到してくる。

――どうして飛び降りたんです。なんにもしなくて飛び降りるわけがないじゃありませんか。あの晩、医院のほうには誰もいなかったんでしょう。もしかしたら、あんたがへんなことをしようとしたんじゃありませんか？　なんにもしない。なんにもしないで、どうして埋めたりなんかしたんです。まあ、いいや、ちょっとこちらを向いてください――

そう言って、皆でパチパチ写真を撮るだろう。しまいには、妊婦を犯し、頭を鈍器で叩いて殺し、ひそかに庭に埋めた男ということにされてしまうかもしれない。土の中で骨になってしまったら、飛び降りたときの頭部の致命傷と、誰かに打たれた傷の区別はつかなくなってしまうのではないだろうか。

かりに、自殺ということがはっきりしても、妊婦を地面に埋めた変質者ということにされて、一生誰からも相手にされなくなるだろう。

果しなくひろがる妄想が、彼自身を押しつぶした。吐気がして、目の前が暗くなった。あのとき背負った妊婦の感触が、まだ今しがたのように実感のある背中の重みとしてよみがえってきた。

妊婦はまだ生温かった。建次郎の首筋に触れていた長い髪だけが、冷たい感触だったのだ。

ふと——突然のように、あのとき、女はまだ死んではいなかったのではないだろうかという疑問が浮かんできた。

あまり狼狽していたので、よく確かめもせずに、気を失っただけの女をあわてて埋めてしまったのではないだろうか。あのときは恐ろしかったから、なるべく倒れている妊婦を見ないようにして土をかけた。だから、その可能性は充分にあった。やっぱりおれは人殺しだ。生きている人間を地面の中に埋めてしまったのだ……。

彼は頭をかかえた。冷汗が滲んできた。二、三歩、歩いてから、〈そんなことはない。絶対にあるものか〉と叫んだ。あのときはちゃんと調べたのだ。呼吸はしていなかったし、心臓もとまっていた。第一、頭がざくろのように割れていたではないか。

——それに、庭だって掘りにくるものか。検事が反対するにきまっている。

彼は、気を取り直していた。

10

検証調書

被告事件　名誉毀損

検証した日時　昭和三十×年×月×日午後三時三十分から午後四時二十分まで

検証した場所　東京都豊島区×町××番地

　井田産婦人科医院

検証した裁判所　東京地方裁判所刑事第××部

検証に立ち会ったもの

　以下略

添附した図面三枚、写真十葉

立会人、井田康平の指示説明

同人が指示説明した医院の間取は、別紙、第三見取図Aに示すとおりである。私が堕胎し、汚物を硫酸で溶かしたのを流したり、汚れた腰巻等を捨てていたのはここです。（別紙第三見取図、(1)の(イ)点に該当するところを実地に指示した）

立会人、井田常子の指示説明
井田康平が半年前まで、搔爬した肉塊のごとき汚物とか脱脂綿をかくしていたのは、ここ（見取図(ロ)）です。胎児を埋めていたのは、ここところ（見取図、(ハ)、(ニ)、(ホ)、(ヘ)）に間違いありません。えな屋に渡すようになったのは、ごく最近のことです。

検証の結果
一、井田医院は、高さ三メートルのブロック塀に囲繞《いにょう》された敷地内の白塗木造二階建、建物二棟よりなり、その現状は別紙第二見取図のとおりである。
二、井田康平、井田常子が指示した、汚物を流したり捨てたりしたところは、建物とブロック塀との間の幅約五メートルの敷地で、ところどころ樹木が植えられ、比較的湿地面で歩行のため敷石が並べられており、その状況は図Aのとおりである。
三、井田常子が指示した第三見取図、写真の各(ロ)点から、脱脂綿様のもの二、三片が発見された。
四、弁護人の請求により、別紙第三見取図、写真(k)の(ホ)、(ヘ)、(ト)、(チ)、(リ)、(ヌ)の各点を幅、深さ、一メートルくらい掘ったところ、胎児の骨片らしきもの三十個を発見した。そして(ヌ)点では、明らかに成人の人骨と思われる……

空は曇っていた。今にも雨が落ちて来そうであった。建次郎は、何度も門のところに出ては、路地の入口を眺めた。落ちつかない。間もなく、裁判所の一行が到着するはずであった。

まだときどき吐気がした。つい今し方まで診察室の中のホウロウ引きの汚物缶の中身を燃《も》していたのであった。

中身のいぶる煙のにおいが、まだ鼻についていた。洋服にまでしみこんでいるようである。彼は何度もズボンの尻で指の先をこすった。その機械的な動作で、内心の不安を押しかくそうとした。

「なに、ただ建物のまわりを検証に来るだけだ。庭を掘ったりするものか。もし他人《ひと》の家の庭を勝手に掘りおこしたら、ただでおくものか」

医者が、ウイスキーを一息にあおりながら強がりを言った。辰子がそれに和している。井田常子は母屋にこもったままであった。

建次郎にとって、検証までの耐えきれない時間が、重みをもって経過して行った。庭全体をくまなく掘りおこすことはないだろうと、自分を慰めた。五度目に門のところへ出たときに、裁判所の一行の車の止まるのが見えた。

建次郎の心臓の鼓動が激しくなりはじめた。恐ろしい審判の時刻がどうしようもなく近づいてくる感じであった。

裁判所の一行は、敷地内のくわしい見取図を持参していた。常子の陳述書から、掘る場所はあらかじめ決められているようであった。

家屋内外の検証は、短い時間ですんだ。すぐに庭で発掘にとりかかると言いはじめた。医者は立会人として一行を案内していたが、発掘の一件を知らされると顔色を変えた。激怒している様子がはっきりとわかった。裁判のためか頰がそげて、顴骨の下に暗い翳《かげ》りが出来ている。目だけが異様に血走っていた。

「わたしの言うことを信用しないのか。あの気違い女の、出鱈目《でたらめ》な言葉を信じるのか。埋まっていないといったら何も埋まっていないのだ！」

建次郎は、医者のむなしい抵抗をぼんやりと眺めていた。ものごとには、かならず終りがあるものだという灰色の、そして絶望的な思いに襲われていた。一種の無力感であった。彼は、母屋の縁側の前にある踏石の上に、力なく腰をおろした。ふたたび立ち上れなかった。

医者は、「勝手にしろ！」というような言葉を残すと、裁判所の一行に立会うのをやめて座敷に戻ってきた。ウイスキーの瓶をあけはじめた。

庭を掘りはじめたのは弁護士のやとった人夫たちである。二人いた。それぞれ、鍬《くわ》とスコップを用意している。別に鉄の細長い棒を持っていた。

「ここですか」

彼等は、弁護士の指示するとおりの場所に、スコップの先を当てた。図面を手にしていた弁護士の周囲を、裁判所の一行がとりかこんでいる。人々は固唾《かたず》をのんでいるようであった。

医者は、座敷の卓子の前にあぐらをかいて、ウイスキーのグラスを一口にあけた。虚脱したように、ピーナッツを指につまんだままであった。憔悴が顔の皮膚に出ていた。無理に虚勢を張っている姿勢であった。

辰子は、座敷にある受話器のダイヤルをまわしていた。知り合いの弁護士を呼び出している様子であった。さかんに裁判所側の非を鳴らしている。

「こんなひどいことってありますか。他人の家に押しかけてきて、勝手に庭を掘り返すんですからね。泥棒と同じです。これが裁判所のすることですか」

辰子も書生たちも、ひどく狼狽しているようであった。

医者は、縁先の石に腰をおろしている建次郎のほうに目をやった。建次郎は口の中が乾くのか、さかんに唇をなめている。あの男は、なにをそんなに恐れているのかと思った。その頃はまだはっきりと、まわりの風景やひとびとが見えた。

「ありましたッ」

突然、人夫の大声に叫ぶ声がきこえた。

彼等は母屋に近い場所を掘っていた。そこは、二年ほど前にホウロウ引きの缶の中の胎児を埋めた場所であった。

人夫たちは、シャベルで一メートルほど掘り下げると、先の尖った鉄の棒で土をかきまわしはじめた。柔かい湿った黒土の上に、骨片らしいものがあらわれてきた。鉛筆の太さぐらいの骨がほとんどであった。

医者は、顔を庭に向けたが、馬鹿馬鹿しいという、投げやりな気持であった。あぐらを組み直して、ウイスキーを口に運んだ。常子にうまく踊らされたという口惜しさと後悔があった。

胎児の骨片が出てきて、名誉毀損の裁判に敗れれば、ここで今までどおり開業するのは難しくなる。患者の数が減るのは目に見えていた。下手をすれば、場所を変えても今までのような収益をあげるのは難しいかもしれない。むしろ、あんな新聞記事などは黙殺してしまったほうがよかったのではないか。そうすれば単なる一時の噂だけで消えてしまったことだろう。

常子という気違い女のためであった。

自分の一生が滅茶苦茶にされてしまったという怒りがふたたびこみあげてきた。その怒りが身勝手であるとは全然思わなかった。医者との生活からはじき出されたその瞬間から、医者の破滅ばかりを考えてきた常子の憎悪を、はっきりと理解出来た。

常子は裁判所の一行にまじり、痩せた背中をことさら真直《まっすぐ》にして、あれこれと説明していた。その後姿が、医者の目には勝ちほこって見えた。この一瞬のために生きてきたのだという、おぞましいばかりの張りが、常子の興奮した身振りにあらわれていた。

「あんな、ちっぽけな骨なんか出てきても驚くことはありませんよ。あそこは以前、鶏の骨を埋めたんです」

縁先にしゃがみこんで、一行の様子を見ていた辰子は、うわずった声でそう呟いた。医者には、その声がわずらわしかった。そのくせ、力づけられるような気もした。

「鶏の骨か！」

医者は声に出して言った。

裁判所の書記らしい男が、手のひらに拡げたハンカチを運んできた。直径一センチほどの骨片が五つ乗っている。押収する旨を伝えて、署名してほしいと言った。

医者は縁側に拡げられたハンカチの骨片をしばらくみつめていた。やはり胎児の骨は残っていたのかと思った。なんとはなしに地面の中で溶けてしまうのではないかと想像したこともあった。

意味もなく骨に触ってみる気になった。かつては、彼が母体から引き離した肉の塊りであった。ヒクヒクと躰を波打たせていた生き物であった。若い頃は、何度、搔爬のたびに、肉の塊りにすぎないではないかと自分に言い聞かせたことか。いや、はじめからそんな反省さえしなかったのではなかったか。年をとると共に、なんのためらいもなく胎児の唇に親指を押しあてて、ホウロウ引きの缶の中へ投げこんだのであった。

「困りますよ、そんなことをされては……数が違ってきますから……」

書記のあわてた抗議の声であった。気がつくと、医者は無意識のうちに、もろい、崩れかかった骨片を親指ですりつぶしていた。その指が震えている。医者は、書記の蔑《さげす》みの目を感じた。馬鹿！　おれは証拠湮滅《いんめつ》のためにしているのじゃない！　彼は胸の中で叫んだ。

すでに他人との言葉の交流を拒否しはじめていたようであった。

「ちょっと、このひとは医者なんですよ。医者が見れば人間の骨か、鶏や魚の骨かの区別くらいすぐにわかります。ねえ、あなた、このひとたちに鶏の骨だって言ってやってくださいよ」

辰子がまたくってかかった。医者は不機嫌であった。怒りが内攻しはじめていた。

「これは人間の骨だよ。胎児の骨だ。それがどうしたと言うのだ。区役所に届けを出して火葬にしろと言うのか。馬鹿馬鹿しい！　区役所に埋葬許可証を出すには、両親の署名がいるのだ。この胎児の母親だと立派に名乗れるものがいたら、連れてこい。父親だと正々堂々と威張れるヤツがいたら、連れてこい。この肉の塊りは皆、だらしなく孕んだ母親が棄てていったんだ。棄てていったものを埋めて、なにが悪いんだ！」

医者に酔がまわったようであった。彼は、世間のすべての人間に向って開き直っていた。自分を堕胎医だとして蔑んでいる、あらゆる人間を呪っていた。

11

裁判所の一行は裏庭に移った。

表の庭から人々がいなくなってしまうと、建次郎はふたたび落ち着かなくなった。心の中で抵抗しながらも現場に引きずられてゆく犯罪者の心理と同じであった。彼は踏石から立ち上って、裏庭に行った。

人々は、診察室のすぐ窓の下の湿った窪地《くぼち》などを棒で突ついていた。高々とあげた男の鉄棒の先に、濡れて泥のしみた脱脂綿が突きささっている。

「燃さないで窓の下に棄てるなんて、不衛生だな」

「たしかに、非常識ですよ」

誰かが叫んでいる。

建次郎は人々から少し離れて立っていた。あんな掘り方をしているのなら大丈夫かもしれないと、少し安堵感を持った。敷石の下までは掘りおこさないかもしれない。そうたかをくくった。いくらか気持が鎮《しず》まってきた。あの晩の妊婦の死体は、ちょうど四つの敷石の下に埋めてあった。

誰も敷石を踏んでいなかった。

建次郎は、敷石の上に乗った。ちょうど妊婦の下腹部のあたりであった。こうして、彼は毎朝敷石を踏んではその上をおそるおそる歩いていた。井田医院を出なかったのは、他に行ってから死体が発見されるのがこわかったからであった。磁石のように、彼は死体にひきつけられていた。そして今日も敷石はいつもと変らない、硬い感触であった。

「これで一応検証を終りましょう。図面の個所は、全部掘り終りました」

誰かが大きな声で言っている。建次郎はホッとした。救われたと思った。それと同時に妙なもの足りなさを感じた。空白感であった。いっそひと思いに、足もとの死体が掘り出されてしまえば——という嗜虐的な思いであった。

人々の輪が崩れ、三々五々、散らばりはじめた。

「待ってください」

発言の効果を心得たように、常子が誰にともなく言った。大きな声であった。人々が、視線を常子に向けた。常子の目が一点をみつめていた。なにかに憑かれたようであった。

「まだ掘るところが残っています」

大袈裟な身振りであった。敷石を草履《ぞうり》の先でとんと踏んだ。人差指をのばして、「この下を掘ってください」と言った。

建次郎は、なにか言わなければならないと思った。しかし頬がこわばっている。躰全体が硬直したように動かない。常子は、あの晩のことをなにもかも知っているのではないか。

彼はめまいのようなものを感じた。貧血をおこしたようであった。裁判長らしい男がなにか言った。人夫が威勢よく、敷石のふちに鉄棒を当てた。敷石は難なく動いた。彼は、あばかれるという言葉を意味もなく思い出していた。

建次郎の内部で時間が停止し、目の前に勢いよく盛り上げられる土の嵩《かさ》だけが増して行った。彼はただ眺めていた。人々にまじって、穴が掘られて行くのを見つめていた。泥の中にシャベルが突きささり、それがまた動いていた。

ガリッという、シャベルの先が何かに当った激しい音がした。続いてすぐに、泥にまみれた白い人骨らしいものがあらわれた。ちょうど、骨盤のあたりのようであった。建次郎は目を閉じた。ふたたびあけるまいと思った。

医者は、裏庭のあたりでどよめきのような声があがるのを聞いていた。けれどもすでにすっかり発掘に対する興味を失っていた。どうせ裁判には敗北したのである。しばらくして若い男が呼びに来た。仕方なく裏庭へ行った。少し足がふらついていた。医者が近づくと、人々が医者のために道を開いた。

彼は発掘された穴に近づいていった。敷石が四つはがされて、矩形《くけい》の穴が掘られていた。

医者は中を覗きこんだ。原型をとどめた成人の人骨が散らばっていた。医者は意味がわからずに、唇を開いた。まわりを見廻した。どうしたのかと尋ねたい気持であった。

「この人骨に心当りがありますか」

法廷で見馴れた顔の検事が尋ねた。

「いや」

医者は首を振った。そのとき、医者を告発する常子の声が聞こえた。

「この人です。この人が埋めたんです。あの手術に失敗して、お腹の胎児がくさってしまったんです。それで、困り果ててここへ埋めたんです」

医者は常子の言葉をぼんやりと聞いていた。手術の失敗という言葉が、彼の自尊心を傷つけた。堕胎の手術で失敗のない、腕のよさだけが彼の心の支えであった。しかし、五カ月の胎児が、妊婦のお腹の中でくさったことがあったのは事実だった。なぜあのとき失敗してしまったのだろうか。なぜ胎児はくさってしまったのか。

「おれじゃない」

彼はそう言うと、人々に背を向けて母屋のほうへ歩きはじめた。なにもかも、わずらわしい気持であった。

追ってきた常子が、医者の上着のすそを捕えた。執拗な手であった。医者の耳に自分を罵《ののし》る常子の声だけが聞こえた。人々は、この夫婦の争いを、あっけにとられて傍観していた。

彼はまわりを見廻した。

見るからに頑丈なつるはしが、塀に立てかけてあるのが目に入った。医者は塀に近づくと、ゆっくりとつるはしの柄をにぎった。

常子は興奮していて、医者の気配に気がつかなかった。勝利感が、彼女を有頂天にさせていた。ますます甲《かん》高い声で罵詈《ばり》の言葉を浴せかけながら、医者に立ち向って行った。それが結果的に、医者を破滅に引きずりこむことになった。

医者がつるはしを振り上げたとき、目の前が真赤に燃えていた。庭に埋められた、何千という胎児の燃える焔《ほのお》であった。彼は、その緋色《ひいろ》の風景に向って、つるはしを力いっぱい、振りおろした。重い手応えがあった。
手応えのあったあとも、目の前の燃えさかる庭の風景は消えなかった。

判　決

本籍　東京都港区赤坂青山南町×丁目
住居　右に同じ
新聞記者

角　川　義　雄
大正十五年五月十日生

右の者に対する名誉毀損被告事件について、当裁判所は検事、永田久弥出席の上審理を遂げ、次のとおり判決する。

主　文

被告人角川義雄は無罪。

理　由

本件公訴事実は起訴状に記載されたとおりである。
ところで、当公判廷における検証・鑑定の結果、各証人の供述その他証拠調べを総合検討すると、井田康平は優生保護法にいうところの指定医でないにもかかわらず、ほとんど人工妊娠中絶手術を専門とするかの如き医者で、そのうちには既に七、八カ月に達する胎児もいた疑いが濃厚で、且《か》つ手術後の汚物の処理方法も甚しく不衛生、反倫理的であったのではないかとの事実が認められる。そしてかような所為《しょい》は一応業務上堕胎罪などの犯罪を構成するものと考えて差支えなく、公訴事実指摘の記事は被告人角川がまさしくこの事実を執筆記載したもので、その意図も主として公益をはかるに出たものと認められる。

従って刑法第二百三十条の二により被告人角川の所為は違法性を欠き、罪とならないものといわなければならない。

よって主文のとおり判決する。

昭和三十九年十一月

建次郎の内部で、バネのはずれたような毎日が続いている。一度、警察へ呼ばれて、女の入院前後の事情を尋ねられただけであった。「その患者のことは何も知りません」と答えただけで済んでしまった。その後、誰もなんとも言ってこない。全部、医者のせいになるようであった。医者はなぜか沈黙したまま一言もしゃべらなかった。建次郎は馬鹿馬鹿しいと思った。この世の中が、どこかで狂っているという気がした。死体を埋めたのは、たしかに彼であった。そう思うと毎日が灰色になった。夕方になると、辰子のところへ行く。医者の代りにビールを飲んで、枝豆を食べた。

そうすると、またいつもの疑問が湧いてくるのであった。

なぜ常子は、死体を埋めた場所を知っていたのだろうか。なぜわざわざ敷石をはがして、自信たっぷりに掘るようにと言ったのだろうか。

あの妊婦を埋めたのを知っているのは、建次郎ひとりだけのはずであった。常子が知っていたということは、あの晩埋めるところを見ていたことではないか。

それなら、なぜ止めないで見ていたのであろう。そうすると、またあの恐ろしい考えが浮かんでくるのであった。

二階から飛び降りたくらいで、人は死ぬものなのだろうか。もしかしたら陣痛が苦しくて飛び降りた女の頭に、常子が傍《そば》にあった石を振りおろしたのではないだろうか。あり得ることだと建次郎は思った。

彼は額に汗をかいた。それからビールのコップをあけて、辰子の膝に手をまわした。いくら考えても、もう永遠にわからないことであった。それに、女は飛び降りたとき、本当に敷石で頭を強打したかもしれないのであった。

考えれば考えるほど、今度の事件を因果関係で説明することは出来なかった。

あの日、なぜ女は井田病院にやって来たのか。偶然だと彼は考えた。あの女は、なぜ二階から飛び降りて頭を打って死んでしまったのか。偶然だと彼は答えた。なぜ彼は、あの女をあわてて埋めてしまったのか。それも偶然に穴が掘りかけてあったからだ。偶然がそろっただけなのだと彼は叫んだ。なんの関係もありはしないのだ。それから彼は、偶然を運命という言葉に置きかえた。みんな運命だとすれば、運命が彼を勝手に歯車として使っただけのことだった。おれに責任はない――と彼は口に出して言った。そして、あの妊婦も、医者を罰するためにやってきた運命そのものだったのかもしれないと考えた。

そう思うと、幾らか気が楽になった。

彼は辰子の膝のあいだに顔を埋めた。なにも考えたくないときは、そうするのに限るのであった。

嗤《わら》う衝立《ついたて》

衝立、それが　あなたの目を塞いでいる。
衝立、それが　あなたの心の底に、
嫉妬の火をつける。
衝立、それが　あなたと向う側の世界を二つに区切っている。
あなたは向う側の世界にはもう戻れない。向うの世界では、みんなが愉《たの》しそう。
あなたは衝立を見つめながら、
妄想を描くだけ。
忌《いま》わしい妄想を　いだきながら、
嫉妬に身をよじるだけ。
誰か　誰か
その衝立を倒してくださいな。

1

判田安夫は、ベッドの上でまた性欲の昂進を覚えた。

都心のA病院の八階の部屋に入院してから、すでに一カ月目であった。

〈死の昂《たか》まり、もう限界か……香代に頭を下げねばならぬ。さもないと……〉

判田はベッドの上で寝がえりをうちながら、今日の日記に書き入れる文章を思い浮かべた。

入院してからは、日記はまめにつけている。

たとえ二、三行でも、日記をつけなければ気がすまなくなっているのだ。ただ日記の文面には気をつけるようにしていた。

付き添いの娘の奈津子に日記を読まれるおそれがあるからだった。奈津子はまだ中学生である。中学生といっても、もう最上級生の三年だから、乳房もふくらんでいるし、判田の目から見ると眩しいくらいに女になっている。

そのうえ奈津子は、判田の後添いの香代の連れ子であった。連れ子だが、判田のところに来た時はまだ三歳で、判田は自分の実の子供のように可愛がった。

向うにもそれが通じているとみえて、遊びたい盛りの義理の娘の奈津子が、こうして付ききりで看病してくれているのだ。

《娘の奈津子には見られてはまずい……》

判田は、そのことだけを考えていた。そのために、日記の半分以上は彼だけがわかる暗号のようになっていたのだった。性欲の昂まりも、死への昂まりといったぐあいに適当な言葉を入れてごまかしているのだ。

「繃帯をかえるお時間です」

若い看護婦が入って来て、判田の毛布を冷酷に剝《は》がした。判田の右足は腿《もも》のところから切断されていた。その手術のあとのガーゼの処理をするのである。

判田の性欲の昂まりは、彼の火照《ほて》った棒状のセックスになってあらわれていた。もう若い看護婦にさとられているはずである。寝巻の裾をひろげる時に、看護婦の手が自然と判田の居丈高なセックスに触れたのだ。

娘の奈津子が来なければいいのだが……判田はそれだけをしきりに念じていた。義理の娘に自分の男の部分を見られるのは、ひどく恥ずかしいことであった。

看護婦に対しては、患者であるという一種の甘えと、中年男らしいふてぶてしさで構えているところがある。

「奥さまにいらしていただいたらよろしいのに……」

看護婦は若いといっても二十五、六で、性経験もたっぷりとあるらしい。判田のふくらんだ寝巻の上を揶揄《やゆ》するように軽く叩いた。

「きみの可愛い手で触ってもらいたいね」

判田のほうも図々しい返事をした。看護婦がトルコまがいのことをしてくれたという話を聞いたことがあるからだった。

彼は看護婦の白い、柔かそうな手をじっと眺めた。

彼女はそれには答えず、職業的な熱心さで判田の腿の手術あとのガーゼをかえ続けている。

判田はつとめて自分の右足を見ないようにした。膝の部分に水が溜っているぐらいに思っていたのが、骨髄炎と診断され、はては癌の疑いありということで、あっというまに切られてしまったのだった。

判田は切ったほうの右足だけではなく、左足までが麻痺したように動かなくなっている。いつのまにか両足がなくなってしまったような感覚に捉われているのである。ただ足の関節の癌《がん》だということは皆が隠しているが、判田にはもうわかっていた。ただ足を切り取ってしまえば、癌の転移はたぶんないらしい。もっとも、その保証も〝たぶん〟という程度にしかすぎなかったのだが……。

片足がないというのは、今後の判田の生活にとって、やや致命的なところがあった。

判田は大学を出て社会人野球の選手をしたあと、現在は不動産業をやっている。そして不動産業よりも彼が熱中していたのがゴルフであった。アマチュア・ゴルファーとしては、判田の名前はかなり知られていた。

勝負強いということのほかに、判田はアマチュア・ゴルフのおしどり夫婦ということで名高かったのだ。

妻の香代も、学生時代からゴルフのアマチュアの選手権をとったりして、ゴルフ界ではよく知られていた。

香代の父親は、大手の不動産開発業の社長であり、その父親の名前のおかげで判田はなんとか商売をしていられるようなものであった。

香代とはゴルフの試合の時に知り合った。香代が前夫と死に別れて、ゴルフに熱中していた時のことである。

年は十二ほども違っていたが、判田はゴルフとセックスのよき教師になった。香代の両親が再婚には強く反対したが、出戻りの娘が無理を通したのであった。

しかし、こんな体になってしまってはもうゴルフも出来まい……判田はそれを考えると暗然とした。そのうえ最近では香代との仲もうまくいっていない。

香代が若いゴルフのアシスタント・プロと出来ていると判田は思っていた。彼の病気で二人の仲は決定的なものになることは確かだろう。

看護婦がガーゼと繃帯の処理を終り、判田の寝巻の裾をそろえた。その手で軽く悪戯をするように、彼の昂ぶったセックスでふくらんでいる部分をおさえた。

「こんなに元気で結構なことですわ。健康になってゆく証拠ですわよ」

「それじゃお祝いに、触っていて欲しいな」

「あたくしじゃ、そんなお役はつとまりませんよ。そうそう、いいことを教えてあげましょうか。奥様がおいでになったら、病室の鍵をかけるんです。同室の方にはあたくしから了解を得ておきますわ。あいだの衝立を少し大きくしましょうね。大きい衝立と取りかえるように手配しておきます。ご夫婦のことですから、なにも遠慮することはないんですよ。奥様にベッドの上にあがっていただけば、すぐにすみますわ……足のほうに触らなければ大丈夫です」

若い看護婦は、それだけのことを判田の耳に口を寄せるようにして囁《ささや》いた。からかっているようでもあり、事務的な話をしているようでもあった。

看護婦の手は、まだ判田の脚のあいだの熱い部分の上に置かれていた。

判田は看護婦の首に手をまわすと、優しく、それでも逃げられない程度に強く抱き寄せた。

彼はかつてドン・ファンとしてならした男である。野球選手の頃から若い女のファンには事欠かなかったし、セックスの相手もよりどりみどりであった。

判田が唇を合わせると、若い看護婦のほうもそれに応えるように舌をあそばせた。

けれどもそれだけであった。判田の熱いものの上に置いた手は、すっと引っこめられてしまっていた。

2

判田も、最初のあいだは死ぬことだけを考えていた。しかし妻に男が出来て、自分を裏切ったらしいとわかってから、少し気持が変ってきている。そんなふうに、妻たちの前から簡単に姿を消してやるものかという思いなのだ。

判田の妻の香代が、明るい紫色のブレザー・コートを着て病室に入って来た。ゴルフ場で、若いアシスタント・プロの恋人と練習ラウンドをすませてきた帰りにちがいなかった。若々しい表情で、見舞いのマスカットを手にぶらさげている。

「あなた、係りの看護婦さんになにかイヤラシイことをしたでしょう。あたし、今そこで遠まわしに嫌味を言われましたよ」

香代が声をひそめて、まず判田に苦情を言った。相部屋の患者の耳を気にしているのである。

「あの看護婦が言ったのは嫌味じゃないんだ……アドバイスだよ。彼女は気がきくんだ」

「アドバイスって……どういう意味なの」

「セックスのことだよ……われわれは入院して以来、一度もセックスをしていないじゃないか。どうやら医者の許可が出たらしいんだ。あの看護婦は、このベッドの上にきみが乗ればいいと言ってくれた」

判田は乱暴な口調で言いながら、妻の反応を観察した。

「あなた……聞こえますよ」

香代が眉をひそめて、衝立の向うの患者のほうを顎で示した。

ブルーの布地でギャザーをたっぷりとり、真鍮《しんちゅう》のパイプの枠で組立てた衝立が部屋の真中を等分に仕切っていた。二メートル四方、障子二枚分はある大きな衝立であった。

「それも大丈夫なんだ。あの看護婦が気をきかして、この部屋のどちらかに面会客があった時には、お互いにこれを使うようにと言って持ってきてくれた」

判田はサイド・テーブルの上の耳栓を指した。

「だから、われわれの喋《しゃべ》っていることは聞こえやしないよ」

判田は内心とはうらはらに、楽天的な顔をしてニヤッと笑った。

「いやだわ……そんなこと非常識すぎますよ。そのうち個室が空くはずです。父から病院のほうに頼ませますから」

「空きやしないよ。それに経済的な事情が許さない……働けるようになるまでは時間がかかるからね……無駄な金は使わないほうがいい。相部屋でいいんだ」

「病気の時ですもの……父に頼みます」

「おやじさんだって、きみの遊ぶ金をくれるので精一杯だよ。きみだって喧嘩して家を出てきたようなものじゃないか……今更おやじさんに頼むのはやめたほうがいい」

判田は自分で、心にもないことを喋っているなと思った。もともと香代の父親の資力が魅力なのである。だから、妻に対してたいていのことは我慢していられるのだ。今日も妻がゴルフのあと、若いアシスタント・プロと一緒に、近くのラブ・ホテルで時間を過したことは間違いない。

ブレザー・コートの下の短かめのスカートから真直ぐに伸びた肉づきのいい妻の腿を、判田は色欲の眼差しで眺めた。

香代の下半身はがっしりとしているが、運動で引きしまっているので肥満しているという感じではない。三十半ばを過ぎた女の躰とは思えない魅力をたたえている。

この腿が、つい今しがたまで若いアシスタント・プロの筋肉の引きしまった脚と絡んでいたのかと思うと、判田は頭にカーッと血の昇るのを覚えた。

なにもかも超越した気持でいようと努力しているのに、激しい嫉妬の血が騒ぐのである。

香代の相手をしているアシスタント・プロの見当はだいたいついている。背の高いすらりとした学生あがりのあの男に違いない……

香代の気に入りそうなタイプだ……ゴルフのほうも力に頼って飛ばすだけの能のない男で、ラブ・ホテルにも無理矢理、香代に誘われて行くのであろう……

「個室に移るのが嫌ならば、ここにいらっしゃればいいわ。そのかわり、ここでセックスをしようなんて変なことはおっしゃらないでください」

「ボクも別にそのつもりはないんだ……あの看護婦がすすめてくれただけの話さ。あの看護婦、繃帯をかえるたびに、ぼくのセックスが直立不動の姿勢で挨拶するので、気の毒になったんだろう。それとも身の危険を感じたのかもしれない……」

「あなた、そんなにみっともないことをしているんですか」

「そりゃそうさ。きみみたいに、ダレカさんとラブ・ホテルにしけこむわけにはいかないからな」

「あなた、妙なことはおっしゃらないでくださいね。病人なんですから妄想を喋っても仕方がないけれど……あたしがラブ・ホテルになんか行くはずがないじゃありませんか。あたしだって、あなたとセックスがしたいのよ……」

香代が判田の胸に顔を伏せると、毛布の中に手を入れてきた。

判田は、妻の言葉を頭から信用していない。若いアシスタント・プロのことは絶対にあったことなのだ。

「病室のドアの鍵をしめれば、一時間は誰も入ってこない約束なんだ。スカートだけ脱げばいい……きみのお尻を見るだけで満足するんだよ」

判田は嫌がる香代のスカートのジッパーをはずした。香代のほうも諦めたらしく、しぶしぶスカートと紫色のパンティを脱いで、下半身を露《あらわ》にした。

腿のところまではくっきりと陽に灼けているが、あとは艶やかに白い。静脈が浮いているような臀部の白さが、判田の気に入っている部分であった。

「ぼくが動くわけにはいかないんだ。寝たきりの哀れな病人だよ。一年中、地球の表面と平行にしていなければならない……考えただけでもうんざりする……」

判田は乱暴に毛布を剝ぎ取り、寝巻の前をひろげた。

判田の性欲だけが、彼を置きざりにして昂進している。自分でもこわくなるくらいであった。脚を切る前にはなかったことなのだ。

妻の香代が、むき出しにされた判田のセックスを見て、ちょっと驚いたような表情を見せた。どちらかというと賞讃に近い目である。

「火のように熱いわ」

妻が軽く手のひらを添えて頰を寄せてきた。

そのあたりは、すでに長年の習慣が出来あがっている。

「でも恥ずかしいわ。こんなに明るいんだもの……見てちゃいやよ」

妻の香代は唇をつけて舌を遊ばせたあと、判田のからだをまたぐようにした。

判田は、妻の真白な腿の付け根のあたりだけを冷ややかに見つめていた。

《あのアシスタントの若造め！》

妻の香代がひとりで動きはじめ、やがては小さくすすり泣くようにして俯《うつぶ》せたあとでも、判田は冷たい嫉妬の焰を燃やし続けていた。

3

娘の奈津子が学校から戻ってきた。テニスの練習をしてきたとみえて、ラケットを持っている。

まだ十五歳だというのに、腰のあたりに、もう成熟した女の匂いがただよっている感じがある。判田は、自分の性欲が異常に昂進しているために、そう見えるだけなのだと無理に言いきかせた。

入院する前には、奈津子に対してこれほど女の存在を感じていなかったからである。

「ママが昼間きたのね」

奈津子がちょっと怒ったような調子で言った。自分の実の母親に対して、嫉妬しているのだろうか。

「ああ、マスカットを持って見舞いに来てくれた」

「どういう風の吹きまわしなのかしらね……ママったら、あたしにパパの看護は全部まかせるから、もう来ないと言っていたのに……」

「ママも世間体があるんだろう。奥さんがぜんぜん病院に来ないんじゃおかしいだろうからね」

「それじゃ、男のひとを引っぱり込まなければいいんだわ。ママが男のひとを連れ込むから、あたしが家に帰れないんじゃないの」

奈津子が、告げ口をするような調子で言った。

判田たちは、リビングルームの他に五部屋もある大きなマンションを持っていた。

妻の香代が、奈津子や使用人に内緒で男を判田夫婦の寝室に引き入れることは簡単なことだった。

香代が表で浮気をするのは当然だと思ってはいたが、判田の寝室にまで男を入れているのかと思うと、思わずカーッとなり、怒りが湧きあがってくる。

「アシスタント・プロの背の高い若い男か」

「そうよ、相沢さんよ。ママのほうが惚れているみたい……パパと離婚して相沢さんと結婚するつもりよ」

「おまえがいるのに、そんなことはしやしないよ」

「するわよ。ママは自分のことしか考えないひとだもの……毎日お化粧しながら、女は色香の褪《あ》せないうちに恋をしなくちゃ駄目だって言っているわ……あのひと焦っているのよ」

「そんなことを言うもんじゃないよ。奈津子の本当のママじゃないか」

「あたし、あのひとのことを母親だなんて思っていないわ。あんまり好きになれない同居人だと思っているだけ……あたしが愛しているのはパパだけよ。パパのことは、本当のパパだと思っているわ。あたし本当の父親の顔は見ていないし……パパのことが本気で好きなのよ……奈津子はお嫁にも行かないで、一生パパの面倒を見てあげるわ」

奈津子が甘えるように、判田の胸の中に顔を埋めた。

判田は困惑した。奈津子の爽やかな汗のあとの匂いや、母親から盗んでつけているオーデコロンの甘い香りが混り合って、彼の欲望を異常に刺戟しはじめたからであった。

判田は、下半身が熱くなるのを感じた。

「そうだ、パパ、オトイレの時間よ。先生が時間どおりにしなさいって言ったでしょう。奈津子はパパの面倒を全部みるの……どんなことだって嫌がらないわ……パパは遠慮しないで、赤ん坊と同じようにしていてちょうだい」

奈津子が乱暴に毛布を剝ぐようにした。

彼の病状が一番ひどくて全身不髄のような状態が続いた時に、奈津子が判田のセックスをつまむようにして用をたさせたこともある。

その時の習慣が、ごく自然に、なんとなく続いているのだった。

若い娘にこんなことをさせてはと思う一方、もう死ぬかもしれないからということで判田はそうした関係を自分に許していた。

「今日はいいよ、自分でやる……」

判田は寝巻で、下半身を隠すようにした。

「わかったわ……ママが来たからなのね。でも、パパはあたしのものよ……なんでも委《まか》せるって言ったでしょう」

きゅうに感情が昂ぶってきたのか、奈津子は涙ぐみながら判田の寝巻を邪険《じゃけん》にひろげた。

判田のセックスが怒ったようにそそり立っている。奈津子が黙ってそれを眺めていた。

「パパも男なんだ……おまえが触れちゃいけない部分があるんだよ……」

「ママが放っておくからなのね。可哀想なパパ……男のひとって、そういうとき触ってもらいたいんでしょう。いいのよ、教えてくれれば奈津子がなんでもしてあげるわ」

「いけない！　そんなことをしちゃいけないんだ……」

判田は慌てて父親の権威を取り戻そうとした。けれどもその前に、奈津子の大胆な手が伸びていた。柔らかな白い手であった。

判田は奈津子の手をそっと上からおさえた。そしてしばらく思考したあとで、強く振り切った。

「わたしもおまえを愛しているんだ……こんなことが習慣になったら、パパはおまえに女を感じてしまうかもしれない……」

「パパがその気ならば、奈津子はなんでもするつもりよ。パパと……そういうふうになってもかまわないわ……元気さえ出してくれればいいの……」

奈津子が目に涙をいっぱい溜めているのを見て、判田は相手が本気だと思った。彼のほうは、かえって自制心を取り戻していた。

4

「同室の方が変りますよ」

判田が朝方、目を覚ますと、係りの若い看護婦がいつもと違った厳しい表情をしていた。

「どうしたんだい、退院したのかね」

判田は不審な面持ちで尋ねた。

「前の方、亡くなられました」

看護婦が目を伏せた。

「そんなにひどい病状じゃなかったんだろう」

判田は、死んだという同室の患者の耳栓のことを考えていた。あの男、耳栓をしていたのだろうか……それとも耳栓をしないで、判田の妻がベッドにあがった時の声を聞いていたのだろうか……

「新しく入る患者さんは、平野さんという方です。今度の患者さんは、ぜんぜん気を使わなくてすむと思いますわ」

「面会客が来た時の耳栓の約束はしなくてもいいのかね」

「ええ、新しい患者さん、鼓膜が破れているんです。お話しても聞こえませんわ」

「そりゃ残念だね。ご挨拶も出来ない」

「向うもご挨拶なさいませんわ。声帯も駄目になっているんです」

「そりゃひどいね。なにか事故にでも会われたのかね」

「ええ、ガス爆発ですわ。もう少しで即死されるところだったんです。命はとりとめましたけれど、両足は腿のところから切断です。上の階の鉄の梁《はり》が落ちてきて押しつぶされたんです」

看護婦が無表情な声で説明していた。

「お気の毒だね……その方にくらべれば、わたしなんか、かすり傷だ……」

「そうです。ご自分ばかりを不幸だと思ってはいけませんわ。判田さんの足ぐらい、なんでもありません」

看護婦が勢いづいたように、判田の顔を覗き込んだ。他人に、俺の足のことがわかるものかと思いながらも、判田は同室の患者の境遇を聞いて、なんとはなしに明るい気持になった。

「でも、向うさんにも面会の方は来るんだろう」

「ええ、奥さんがいらっしゃいますよ。そのことで判田さんにお願いがあるんです。いろいろと事情があって、平野さんの奥さん、普通の面会時間に来られないことがあるんです。場合によっては真夜中になる時もあるんですよ。病院の規則じゃ禁じられていますけれど、あたくし、そっと病室に入れてあげたいんです。だって、この患者さん、きゅうに話すことも聞くことも出来なくなったんですもの……この方の心の支えになっているのは奥さんの愛情だけなんですわ。ですから、夜中に奥さんが愛情をたしかめに見えても、あたしたち見て見ぬ振りをすることに決めたんです。でも、同室の判田さんが困るっておっしゃるならば仕方がありませんわ」

「わたしだって、その程度のことなら我慢するよ。向うの奥さんが面会に見えたら、耳栓をつめろというのだね」

「ええ、お願いしますわ。アメリカの飛行機工場で使っているという精巧な耳栓を持ってきました。これなら絶対に聞こえません」

看護婦が、新しい耳栓をサイド・テーブルの上に置いた。

「わたしはＯＫだが、娘が困ると思うね……あの子が付き添いで来ている時はどうすればいいかな」

判田は奈津子のことを口にした。奈津子は付き添い用の小さな簡易ベッドを入れて、このところずっと判田のそばで寝ているのである。

「奈津子さんにはもうお話して、賛成していただきましたわ。あのお嬢さんは素晴らしい方ですわね。理解力があって、感受性が豊かで、とても中学三年だなんて思えませんわ」

「娘はなんて言っていたんだね」

「平野さんの奥さんが夜中に面会にいらしたら、待合室に行って勉強しているっておっしゃっていましたわ」

「他の方が面会に見えることもあるんだろう」

「爆発の事情が事情でしょう。奥さん以外の方は、面会にはおいでにならないようですわ。入院してもう二カ月にもなるんですよ……奥さんが面会に来られるようになったのも、ここ一週間ほど前からのことなんです」

「奥さんが付き添っていなかったのかね」

「これだけの怪我ですから……特別病棟で、専門の看護婦が付ききりだったんです。だって両手も両足もないし、視力、聴力がゼロで、そのうえ喋れないんですもの」

「それじゃ完全に……」

廃人と同じじゃないかと口まで出かかって、判田は言葉を呑みこんだ。こんな話をどこかで聞いたことがある……

そうだ、〝ジョニーは戦場に行った〟という映画でもやっていた。一種の植物人間なのだ。江戸川乱歩の〝芋蟲《いもむし》〟という小説にも、手と足のない傷病兵が出てくる。植物人間とはいえ、どちらの場合も意識は、はっきりしているのだ。

「でも、その患者さんは意識がはっきりしているんだろう」

「そりゃ、もちろんです。信仰も厚いんですよ。生きる希望を強く持っています。奥さんも熱心な信者でしてね……信仰がなければ生きていけませんわ」

「きみも信者なのかね」

判田はふっとそんな気がして、規模の大きい新興宗教の名前を言った。

「ええ……お嬢さんにも信仰の話をしているんですよ。そのうち判田さんにもお話しますわ」

信仰の話と言われて、判田は顔をしかめた。彼は、宗教が嫌いなのである。

5

その晩、さっそく新しい相部屋の患者の平野の妻が、夜の十一時過ぎに面会に来た。病院は九時が門限で、普通ならば病室に入れないはずなのである。新興宗教の信者の看護婦たちが結束して、非公式に夜の密会を許しているのだなと、判田は勝手に判断した。

「判田さん、ご迷惑でしょうけれど、今から三十分ほどお邪魔したいって、平野さんの奥さんから電話があったんです」

「わたしはまだ寝ついていないから構わないけれど、奈津子はどうするかな」

「奈津子さん、ちょうどラジオの英会話の講座があるんですって……待合室へラジオを聞きに行かれましたわ」

「なにかと手廻しがいいんだね。その平野さんの奥さんて、なにをしているひとなのかな。昼間は働いているのかい」

「芸者さんなんです。籍も入っていないし、いろいろと家庭の事情は複雑なようですわ。でも、平野さんのことを心から愛していて、それは尽くしているんですよ。病院の費用もぜんぶ彼女が稼いでいるんです。平野さんのほうは爆発の賠償やなにかで、お金はぜんぜん無いみたい……以前は平野さん、とても派手な方だったんですってよ」

「平野さんて、なにをしていた方なの」

看護婦の口調が噂話のようになってきたので、判田はなにげない口調でさぐりを入れた。直接、話の出来ない相手なだけに、この際いろいろと新しい相部屋の患者のことを聞いておきたかったのである。

「競馬の騎手をしていたんですよ。お気の毒に、もう馬にも乗れませんわ。爆発のことで、週刊誌の方やなにかが訪ねてきて大変なので、平野さんはもう退院したことになっているんです。この病院にいることも、絶対に秘密にしておいてくださいね。病室の表の名札も隠してあるくらいなんですから……」

看護婦が指きりの真似をした。そう言われてみると、判田も平野のガス爆発の記事を新聞で読んだような気もするが、はっきりは覚えていない。けれども、それほどの大怪我の患者が、この同じ病院に入院しているというのは初耳であった。

判田自身は、自分の手術のことだけで、天地が動転しているような思いに毎日駆られていたのだった。

「わかった……約束は守るよ。わたしは耳栓をして、なるべく眠っているようにする……」

判田は看護婦にウインクをして、枕もとの明りを消した。

相部屋の平野のほうのベッドの枕もとの明りはついている。

部屋のあいだを真中で仕切っている衝立は面積だけは大きいが、真鍮のパイプの枠を組み立て、あとは薄い布地で出来ているだけに、向うの明りがついていると自然と影絵の舞台のようになってしまうのだ。

昼間や、こちらの明りがついている時には気づかない自然の効果だった。

《なに……目をつぶって寝ていればいいのさ》

判田は相部屋の密会に対して、たかをくくるつもりでいた。

けれども実際にドアの開く気配がすると勝手が違った。

耳栓だけはあらかじめしておいたのだが、目のほうが反射的に開いて、思わずドアのほうを見てしまった。ドアが開いて、和服の女が入ってくるところだった。

今どき珍しい日本髪で、和服のコートの襟を立てている。軽く会釈をして、手に持った鰐皮《わにがわ》のハンド・バッグで顔を隠すようにして入って来た。

判田のほうも瞬間的に薄目をあけただけなので、どんな女なのかはっきり見定めることは出来なかった。

日本髪の、どちらかというと小柄な感じで小股の切れあがった若い女を、判田は想像しただけである。

芸者だと聞いているので、彼は昔、新橋の宴会の席でなんとなく気の合った若い芸者を、無意識のうちに思い出しているのだった。

十分か十五分、判田はじっと目を閉じていた。

耳栓の効果は、看護婦がアメリカの飛行機工場で使っていると言っただけに確実で、なんの物音もしない。それだけにかえって落着かないのである。

判田はそっと目を開くと、衝立のほうを窺《うかが》った。自然に首を起こしている。

衝立のブルーの布地には、黒い影が映っていた。

平野の妻が、すでにベッドの上に乗っている様子である。判田にはベッドの上の光景が想像できる。平野の妻は、お座敷の帰りかなにかで、和服のまま来ているのだ。帯はいちいちほどきはしないだろう。ベッドの上の夫の胸に耳をあて、心臓の動きを聞いて、生きている証しをお互いに確かめ合ったあとで……そうだ、手がそっと男の脚のあいだに伸びてゆくはずだ。平野が人間として損われていないのは、その部分だけなのだから……

愛する女がそばに来て、男のセックスは雄叫《おたけ》びをあげているに違いない。女のほうも耐えきれなくなって、自分からベッドの上にあがったのだ。

判田はまた目を開いて、からだをやっとのことで半分ほど起こしてみた。

衝立に映っている影は、大きく上下に動いていた。当然のことながら、女のほうが動いているのだ。座敷着のまま、裾をはしょるようにして白い腿を出しているのであろう。

判田は全身に汗をかき、激しく興奮した。

十分ほどして、衝立に映っているベッドの上の平野の妻の影が俯せると、判田も背中をもとに戻した。

耳栓を取りたいという誘惑にだけは、辛うじて打ち勝っていた。

6

相部屋の患者の妻が、毎日かよって来た。それも判で押したように門限の終った十一時過ぎに来るのだった。

判田は神経をやられそうになったが、苦情を言うのは我慢していた。

正直なところ、影絵を見る愉しみもあるのだった。

判田の妻のほうは、あれきり一度も来ない。離婚するつもりなのは確実だった。

病室の衝立に映る影絵が、時々、妻の香代の白い裸に見える。妻の香代が結婚式の時の高島田に結《ゆ》って、全裸で、アシスタント・プロの相沢の上に打ちまたがっているように見えるのである。

耳栓をして、音のない世界から影絵を見ているだけに、いもしない妻の声が聞こえてくるのだった。

香代はセックスの時にすすり泣くような声をあげる。それがだんだんと昂まってきて、最後には刃物で突き刺されたような声を出すのだ。本人は、そういう自分の閨房《けいぼう》の声にぜんぜん気づいていないらしい。

もっとも判田が、そういう声を出すまで妻の香代のからだを開発したともいえる。どういう時に、どういう位置で、妻がその声を出すのか、判田には手にとるようにわかっていた。ある時、香代に声のことをほのめかしたことがあるが、本人はあくまで判田が冗談を言っているのだと思っている様子だった。

看護婦が、平野の妻の来訪を知らせてきた。

「今夜もなんですよ。今までの病室では見舞いにこられなかったので、奥さんのほうが夢中なんです。でも、このことしか二人の愛情を確かめ合う方法がないでしょう……」

「そりゃそうだが……よくご主人のほうがもつね。なんと言っても、まだ病人なんだろう。毎晩のセックスじゃ、消耗してしまうんじゃないのかね」

「先生が、なにも心配するなっておっしゃるんです。本人の生きようとする意欲が一番大事なんですって……一日に一回、奥さんに優しく包まれて、それで明日の希望が出てくるんですわ」

「そりゃそうだろうな……」

「判田さんは、奥様がお見えにならなくてお気の毒ね」

「いいんだ……こんな体で無理に引きとめておくつもりはないさ。別れるつもりだ」

「奈津子さんが付いているから大丈夫ですよ。奈津子さん、本当に判田さんを愛しているみたい」

「わたしが……もしも奈津子と、向う側のベッドのようなことをしたらどうなるかね」

「奈津子さんが、そうおっしゃっているんですか」

看護婦が、そっと毛布の中に手を入れてきた。判田の足のあいだをさぐっている。彼のセックスは安らいだままだった。

「それは判田さんの問題でしょう。でも、あたくしたちの宗教では、なんでも許されるんですよ。判田さんも悩みごとがあったら、あたくしに打ち明けてください。あたくし、この地区の求道者の班長をしているんです。奈津子さんは、あたくしたちの求道者会に出席していますよ」

看護婦の冷たい手は、もう判田の腿のあいだからすっと引かれていた。

入れ違いにドアが開いて、相部屋の患者の妻が入ってきた。いつもと同じ日本髪で、今日もショールで顔を隠すようにして入ってくる。部屋は薄暗いのに、軽く会釈をして入ってくるところを見ると、判田が眠っていないのを承知なのだろうか。

感じとしては、ひどく慎ましやかな女性であった。それにしては、ベッドにあがってからの動きがかなり激しく思える。

見ないようにしていればそれでいいのだが、この頃では初めから終りまで目を開いていないと気がすまなくなっていた。浅ましいと思いながらも、衝立のほうに視線を釘づけにしているのだ。

芋虫の患者の妻がベッドの上に乗った。判田はこの頃、同室の患者のことを心の中で勝手に芋虫と呼んでいた。そう呼ぶことで、毎日、女と絡まっている相部屋の相手に対して、多少の鬱憤が晴れるのである。

判田はやっとのことで上半身を起こすと、女の日本髪の上三分の一ほどが衝立の上から覗いて見えた。

かつらなのだろうが、油でつやつやと輝いている日本髪が艶めかしい。その日本髪の黒さと対照的な白い裸身が、見えもしないのに判田の目にまざまざと浮かぶのだ。

平野の妻が身悶えするように腰を動かしているのがわかる。それにつれて判田の胸の動悸が早くなり、下半身が熱くなってくるのである。彼はとうとう耐えられなくなった。彼は乱暴に耳栓をはずした。妻の香代が出すような動物的な声を予想していたが、なにも聞こえなかった。それもそのはずで、衝立の影絵をよく見ると、平野の妻はなにか口にくわえている。声をあげないように、必死にタオルのようなものの端を噛んでいるらしい。きっと看護婦が、廊下の外で張り番をしているのに違いない……判田はそう思った。平野の妻は、廊下に快楽の声が流れるのをおそれて、ああして嗚咽《おえつ》を殺しているのであろう。

日本髪の一部が、衝立の上から生ま生ましく見え隠れしている。判田の鼻先に衝立の向う側の熱気がじかに伝わってくるようで、彼は軽い眩暈《めまい》を覚えた。

判田は出来ればベッドを降りて、衝立の隅から刺戟的な向うの世界を覗いてみたいという強い衝動に駆られた。それにしても、なんて忌々しい足だ……ベッドからも降りられないなんて……

7

判田の忍耐の限界がきた。最初は簡単に考えていたが、毎晩、衝立の向うに刺戟的な影絵を見せつけられると、判田の神経が異常になってくるのである。

「今夜もお願いします」

看護婦が無表情に入ってきた。娘の奈津子も決りきったことのように、もう病室にはいない。教科書を持って、待合室のほうに行ってしまっていた。

「正直言って、こう毎晩じゃ我慢出来ないよ。こっちだって生身の人間なんだから……それに、あの平野さんの奥さん、普通のひとより激しいようだね……彼のほうだって参ってしまうだろう……」

判田は看護婦の手を摑むと冗談めかして言った。看護婦は手の力を抜いたままであった。

「判田さん、耳栓をお取りになったのね……まさか見たりは……」

看護婦の語調がきゅうに変った。こわい声になっていた。

「体も動かせないのに、見るわけがないだろう。しかし、なんというのかな、衝立の向うから熱気が伝わってくるんだよ……耳栓をしていても駄目なんだ……こんなことが続くと、娘の奈津子と関係を持ちたくなってくる……それが恐ろしいんだよ。だから、今日は……」

判田は看護婦の手を強く握ると、自分のほうに引き寄せた。

「お嬢さんとは、いけません」

「そうなんだ……だから、きみに頼むんだよ。平野さんの奥さんが衝立の向うにいるあいだ、きみに、わたしのそばにいて欲しいんだよ」

判田は看護婦の目を覗きこんだ。もともと、きみのほうでこんな妙な衝立を持ちこんだんじゃないか……責任をとれよといった、半分冗談の気持であった。

「いやとは申しませんよ。どうせ平野さんの奥さんも見えているんです。判田さんのほうにも夜の面会人がいたほうが、向うも遠慮がないかもしれません」

看護婦が意外な返事をする。判田の胸が高鳴ってきた。

「そうなんだ。ひとりでいると、あの衝立を引き倒すのじゃないかと不安になってくるんだよ……きみがそばにいて手でも握っていてくれれば、安心していられる」

「嘘おっしゃい。あたくしにもベッドの上に乗れとおっしゃるんでしょう」

「そりゃ、そうしてもらえれば天国だね」

判田はニヤニヤと笑った。まさか看護婦がそこまでするとは思ってはいなかった。

「あなたも平野さんのようにして欲しいとおっしゃるなら、あなたも平野さんのようにならなければなりません。目も見えない……耳も聞こえない……口も利けない……手も足もない……そして強い信仰心を持つことです。そうすれば、あなたが生命力を持つために、あたくしがベッドの上に乗ってもかまいません」

「しかし、目をくりぬけ……鼓膜を破れと言っても無理だよ」

「目をくりぬく必要なんてありません。耳栓をして、目にも口にもテープを貼ります。手も両方、頭の上で縛っておきます。こうすれば、あなたも平野さんと同じ苦しみの世界に生きることになります。強い信仰心も持てることでしょう。平野さんの奥さんが見えているあいだ、生命の泉を汲みあげるために、あたくしがご協力します。でも、このことは絶対に秘密にしてください。それから、今夜から〝ご宝典〟を枕の下に入れて寝《やす》んでいただきます。よろしいですか」

看護婦が、よどみなくそれだけのことを喋った。

〝ご宝典〟とかを枕の下に入れて寝ろというのは、これから看護婦たちの属している新興宗教の団体に入れということなのであろう。

判田は、算盤《そろばん》勘定を頭の中ではじいた。看護婦の言うとおりにしても、なんの損もなさそうだった。

平野の妻の艶めかしい影絵に悩まされ、ひとりで煩悶《はんもん》しているよりも、平野と同じ体験をしたほうが得なようである。

看護婦が白い下半身を露わにして判田のからだの上で動くのを想像しただけで、彼は激しい性衝動に駆られた。

「わかった、そちらの言うとおりにするよ。秘密も守る。毎晩、平野さんの奥さんの影絵に悩まされるより、どんなにましか……」

「あなたが約束を守って、ちゃんと耳栓をして目を閉じていないからです。これからまた新しい煩悩《ぼんのう》が湧いてきて、自分で目を抉《えぐ》り取りたくなっても知りませんよ」

看護婦が、冷たく突き放すように言った。

これから、判田のからだの上に乗ろうという優しさなどは、みじんも見せなかった。

看護婦は音もなく病室を出ると、すぐに彼女たちの教団の宝典と、幅の広いガム・テープを持って戻ってきた。

見ていると、宝典に恭《うやうや》しく一礼し、それを判田の枕の下に入れる。教団名をすり込んだお札のような紙をベッドの枕もとの壁に鋲《びょう》でとめた。

黙ったまま判田の手を頭の上で組ませ、太い繃帯で縛った。耳栓をして、口の上にテープを二重に貼った。判田は最後に一言喋ろうと思ったが、テープの接着力は強く唇を動かすことも出来なかった。

看護婦が、なにか尋ねるようにじっと判田の目を見つめたが、すぐに彼の目の上にもテープを貼った。

ふいに訪れた音のない暗黒の中で、判田は時間の経過がつかめないでいた。

かなり時間が経ったと思われる頃、毛布を下のほうから剝がされる感触が伝わってきた。

冷たい看護婦の下半身が、判田の腰をまたぐのが感じられた。

音のない暗闇の中にいながら、彼の目には普段、白衣に包まれている看護婦の豊かな腿と、屈《かが》んでいる腰とが鮮やかに白く浮かんでいた。

判田の硬直したからだが、生暖い潤ったものに包まれるのを感じた。それは静かに動き、やがて激しく回転しはじめた。

彼は、看護婦が声をあげるのをおさえながら、シーツの端を噛んでいるに違いないと思うまで、じっと快感の波に耐えていた。

判田よりも先に、彼の腿をしめつけている看護婦のからだが、彼の上に倒れてきた。

8

翌日、看護婦は、一日中無表情でいた。ベッドの上のお札も剝がされていた。枕の下の宝典もない。判田はホッとする気持になった。

娘の奈津子もなにも気づいていないとみえて、これも表情に変化が見られなかった。

夜になると看護婦が入ってきて、当然のように壁にお札を貼り、宝典を枕の下に入れ、判田の手を縛りはじめた。

彼も、テープを貼られる前にじっと看護婦の制服の腰のあたりを見つめた。彼女が昂まってぐったりと動かなくなるまで、平気でいてやろうと考えていた。

看護婦が馴れた手つきで、テープを口と目の順に貼った。

判田はすぐに闇の中に沈んだ。けれども今日は昨日と違うところがある。どういうわけか、看護婦が耳栓をしてゆくのを忘れているのだった。

ドアをあけて出て行く足音が聞こえる。枕もとの時計の秒針の動く音も聞こえた。

耳栓！　耳栓をつけ忘れている。

判田は息をのむ思いだった。

このまま知らん振りをしていれば、ベッドの上に乗ってくる看護婦の様子がわかる

しばらくしてドアが開き、看護婦の戻ってくる気配がした。判田のベッドの前で躊躇《ためら》っている様子である。

やがて、下着を脱ぐような絹ずれに似た音がすると、ベッドにあがってきた。耳栓がないと、音でいろいろと見当がつくものだ。

ベッドの上でまだ躊躇っていた。

判田の寝巻の前をひろげたあとも、なかなか跨《また》ごうとはしない。どうも馴れていない様子なのだ。判田は最初、判じ物を愉しんでいる気分だったが、きゅうにドキンと胸が鳴った。

娘の奈津子のつけているオーデコロンの匂いがしたのだ。

まさか奈津子が、看護婦たちの新興宗教の一員になり、そそのかされて判田のからだの上に乗ってくるとは思えない……そんな恐ろしい妄想は抱かないことだ……。

けれども奈津子のつけているオーデコロンの匂いは、ますます強く判田の鼻腔を刺戟してきた。馴れない指先が、彼のからだをこわごわまさぐっている。

判田は絶望的な気持になった。

娘の奈津子とは、絶対にそんな関係になりたくなかづた。いや、なるべきではない……それとも、パパのためならなんでもすると言っていた奈津子が、彼女のほうから看護婦に頼んでここへ来たというのだろうか。

……

判田のからだは、彼の意志に反してどんどん逞《たくま》しくなってゆく。すっと柔かなものに包まれた。女の唇のようでもあるし、潤った女性の割れめのようでもあった。

もしも奈津子だったら……彼女もすっかり大人のからだになっていたのだろうか……もっとも昔ならば、結婚して子供が生まれていてもおかしくない年齢なのだ……

柔かく潤ったものは、判田のからだを包みこんだままゆっくりと動いていた。

そのうち、小さな呟きのようなものが洩《も》れてきた。性的に興奮した声ではないのがすぐにわかった。なにか題目のようなものを唱《とな》えているのだ。

その声が……やはり奈津子の声だ……

いや、似ているにすぎない……奈津子ではない……判田は思い乱れて頭を振った。手で触れることも出来ず、目で見ることも出来ず、確かめようのないもどかしさを判田はいやというほど味わった。

十分ほど、判田のからだの上で題目の声が続くと、女がベッドを降りた。彼をそのままの状態にして、そっと部屋を出てゆく。

入れ替りに、看護婦の入ってくる気配《けはい》がした。判田の手を縛っている繃帯を取りながら、怒った声を出した。

「耳栓がはずれているじゃありませんか！　自分で取ったのですか」

詰問するように言うと、判田の口の上のガム・テープを乱暴に剝がした。

「きみがつけてゆくのを忘れたのだ」

「そんなはずはありません。あたくしは全部きちんとやりました。かりになにかの拍子で耳栓がはずれても、足でベッドを叩くとか、なにかの合図で知らせなければいけません。あなたは、見ない……聞かない……触らないという暗黒の世界の中だけで、生命の泉を汲みとることが出来るのです。覗いたり、試そうとしたりすると、恐ろしい罰を受けます」

看護婦は居丈高だった。判田のほうにも怒りが徐々に頭をもたげてきた。

「きみ、冗談を言ってはいけないよ。きみのほうこそ嘘をついているじゃないか。きみがぼくにサービスをしてくれるはずだったのに、さっきベッドの上に乗ってきたのは違う人間だ。約束と違うじゃないか」

「あたくしは、なにも約束なんかしません。神の娘たちが生命の泉を汲みに行くと言っただけです」

「神の娘たちって、なんのことだね」

「お答え出来ません」

「ふざけるんじゃない。きみたちのやっていることは背徳行為だ。さっきのは娘の奈津子だったんじゃないか。とんでもないことをする。まだ中学生の娘をたぶらかして、病気の父親に変なサービスをさせる。気違い沙汰だ」

「いいえ、人類愛にもとづく愛の奉仕です。患者の命を救うためにやっていることです」

「馬鹿な！　きみたちがなにをやろうと勝手だが、中学生の娘を引きこむのは許せない。さっきのは娘の奈津子だろう」

「奉仕の秘密に関しては、あたくしの口からは絶対に申しあげられません。人工受精の提供者の名前を言えないのと同じことだと思ってください」

「きみに何を言ってもはじまらない！　院長を呼びたまえ。きみたちのことを訴えてやる」

「興奮すると、おからだに毒ですよ。あたくしたちは本当に奉仕をしているんです」

「なにが奉仕なものか。きみたちは一体なにをやろうとしているんだ」

「いいですか、相部屋の患者の平野さんのような方の命を救うためには、あたくしたちが奉仕するほか仕方がないんです。平野さんのところに毎日きている女性は誰だと思います」

「平野さんの奥さんだろう。きみがそう言った。内縁関係で芸者をしているって……」

「表向きはそうですけれど、あのひとは奥さんじゃありません……ひとりだけの人間じゃないんです。あたくしたちの奉仕が、平野さんの奥さんなのです」

判田はしばらくのあいだ、看護婦がなにを言っているのか理解出来なかった。

それからすぐに、頭を殴られるような思いで看護婦の言葉が理解出来た。

芋虫の女……あの日本髪のベッドの上の女は、ひとりの人間ではなかったのだ……奉仕と称して不特定多数の看護婦たちが、かわるがわる夜の病室に入ってきていたのだ……

しかし、なんのために、そんな気狂いじみたことをしているのだろう……

9

娘の奈津子が一晩中、判田のところへ戻らなかった。

翌日、学校からテニスのラケットを抱えて、ケロッとした顔で看病に戻ってきた。顔にはなんのかげりもない。看護婦たちに踊らされて、いかがわしい新興宗教の奉仕とやらにかり出された顔ではないのである。

「テニスは上達したかね」

判田はなるべく顔を合わせないようにして当りさわりのない話をしようと努力した。けれども、娘の奈津子の身につけているショート・パンツがひどく眩しい。小麦色に光った腿が妙に官能をそそる。それが、昨日、大きく開いて自分の上に乗ったのかと思うと、全身に汗がふき出してくる感じだった。

「看護婦さんから聞いたけれど、奈津子はあの人たちの宗教団体に入っているそうだね。でも、あんな妙な奉仕はやめたほうがいい」

「いいえ、パパ、奉仕は大切なことだわ。患者さんのからだを触ってあげれば、あたしたちの掌《てのひら》から出る生命の力で患者さんが生き永らえるんだもの。パパだって皆さんに助けてもらっているのよ、お手伝いは必要だわ」

娘の奈津子が大人びた口をきいた。

「駄目だ、パパにも考えがある。きみはしばらく病院に来るのはやめなさい。家から学校へ通うんだ」

「いやよ。ママのところに若い男がいるもの。パパが出てからべったりなのよ。昨日だって久しぶりに帰ったのに、まるで自分の家みたいな顔して……パパの電気剃刀《かみそり》まで使っていたわ」

「あのアシスタント・プロの男か……よし、ママに、正式にパパと離婚するまでは家に若い男を入れるなと言いなさい」

奈津子の言葉で、また判田の心に嫉妬の焰が燃えあがった。なんという図々しい奴らだ……歩くことさえ出来たら、それこそ今すぐ二人を束にして殺してやりたい……片足を切断したとたんに妻に裏切られ、病院の一室で毎日こんな惨めな思いをして暮すくらいなら、いっそのこと死ぬか、芋虫になってしまったほうがいいとさえ思えてくる。

娘の奈津子をむりやり帰してしまうと、判田はきゅうに淋しさと空しさを覚えた。看護婦も言い争ってからは、判田の部屋に入ってこなかった。

判田はじっと衝立を見つめた。

ときどき衝立が彼を嘲笑《あざわら》っているように見える。

「判田さん、今夜もお願いしますよ。判田さんのご迷惑を少しでも減らそうと思って、平野さんの奥さんには一日置きに来ていただくことになりました。そのぶん、平野さんは淋しい思いをするんですよ。見ることも聞くことも触ることも出来ない暗黒の世界の中で、ただ一度だけ外界の人間の暖かさと触れる時間が失われてしまうんです」

看護婦が、判田を批難するように言った。

「平野さんの奥さんは存在しないって言ったじゃないか。きみたちが、かわるがわる平野さんに接触に行くのは、きみたちの自己満足かもしれない……向うは少しも喜んでいないかもしれないよ」

判田は嫌味の一つも言ってやりたくなった。

「そんなことはありません。毎日、違う女性があの方に接触することで、平野さんは生きようという強い意欲が生れてくるのです。それは男性の本能でしょう。それを刺戟して生きる力を内側から引き出すために、あたくしたちの奉仕が必要なのです」

「きみたちは、両手と両脚をもがれた不幸な人間をネタにして、自分たちの欲望を満足させているだけだ。奉仕だなどと綺麗事をのべたてながら、自分たちで愉しんでいるんじゃないか。あんな妙な芸者のかつらをかぶったりするのはやめたほうがいい!」

判田が夢中で叫ぶと、看護婦がいきなり彼の頬を叩いた。

「黙りなさい! 奉仕のことをそんな猥《みだ》らな言葉で言うのは許しません」

怒って出て行くと、三十分ほどして平野の妻が入ってきた。判田のほうも、まだ看護婦と言い合った興奮が残っていた。耳栓をするのも忘れて、入口から入ってきた平野の妻をぼんやり見つめていた。

平野の妻といっても、誰か看護婦が、芸者のかつらをかぶっているだけのことなのだ。いつものように顔を隠すようにして、すっと衝立の陰に入った。

ベッドを軋《きし》ませ、着物の裾をはしょり、芋虫の上に馬乗りになったようである。

判田は今では、芋虫の平野という患者に、怒りと強い嫉妬を覚えていた。なぜ毎晩のように、衝立に映るこの奇妙な影絵をみせつけられなければならないのか。

どうせならば、なにか声を出してくれればまだ救われるのに、平野の妻になっている女は誰も口になにかくわえたまま、声を出さないようにしているのだ。

奉仕だというならば、せめて判田の上に乗った奈津子のように題目でも唱えていればいいではないか……あの看護婦たちは奉仕という大義名分の陰で、しょせんは芋虫の患者の肉体を弄《もてあそ》んでいるだけなのだ……女にはそういう残酷なところがある……

判田の頭の中に、だんだんと歪んだ考えがふくらんできた。

ふっと衝立の向うから嗚咽のようなものが洩れた。

判田は衝立をじっと見つめて、身構えるようにした。間違いなく、衝立の向うの上下に揺れている影絵の本体から洩れてくるのだ。

奉仕だなどと言って、やはり快感を覚えているのだ。その証拠には、妙な声を出しているではないか。

判田は、もっと声をよく聞こうとして息を殺し、上半身を乗り出すようにした。

そして、はっとして全身が凍りつくのを覚えた。その声が、あまりにも娘の奈津子と似ていたからであった。

まさか……奈津子までが看護婦たちの新興宗教の団体に入って、平野の妻になることがあり得るだろうか……そんな馬鹿なことは起こるわけがない……

まだ十五歳の中学生が、あのセックスの快感に似た声を出すはずがない。

衝立の向う側の喘《あえ》ぎに似た声が、とうとう鋭い絶叫に近い声になった。

妻の香代のセックスの昂まりの極みにみせる、刃物で刺された時のようなあの声であった。判田が開発した妻の肉体が、香代自身も気づかぬうちに出させてしまうあの声。

判田は反射的に、まるでものに憑《つ》かれたように右足のないことも忘れてベッドを降りようとしていた。

どうして降りたのか、自分でもわからなかった。ふと気がつくと床の上に転がり、這うようにして衝立のほうに近づいていた。

入院して以来、一度も動かなかった下肢に、判田の意思が伝わったのだ。

判田は左足の膝をついたまま、両手を一杯に前にのばした。

衝立のパイプに指先が届いた。

判田は力一杯、今まで彼を嘲笑い、彼の目を塞《ふさ》ぎ続けてきた衝立を手前に引き倒した。

そして、判田は呆然として、衝立の向う側を見つめていた。

ベッドの上には芋虫の平野は存在しなかった。

平野のかわりに、両脚を繃帯で包んだアシスタント・プロの相沢が俯せになり、こちらに顔を向けていた。

相沢の腰の上に判田の妻が、かつらをかぶった和服のまま、指圧するような姿勢で坐っていた。

10

「やあ、判田さん、お目出とうございます。とうとう足が動きましたね……怒らないでください。詳しいことは院長が来て、じきじきに説明するそうです」

アシスタント・プロの相沢が、判田のほうに親しげな溢れるような微笑を見せている。妻の香代も、判田のほうに嬉しそうな笑顔を向けていた。

判田には何が起こったのか、まだよく呑みこめなかった。

「一体これは……なぜ、きみたちがこんなところにいるんだ」

「いや、ぼくはここの院長に頼まれて、一週間ばかりベッドの上に寝ているように言われたんですよ。喋っちゃいけない、テレビも見てはいけないで、そりゃ辛かったです。ときどき絆創膏《ばんそうこう》で目は貼られるし、耳栓はされるし、ひどい目に会いました。でも、判田さんの治療のためだと言われて頑張ったんですよ」

相沢は、相変らず無邪気な笑顔を見せていた。

「そうですわよ。あなたが歩けるようになるために、院長先生が特別な治療法を考えてくださったんです。ここの院長先生は心身医学の権威なんです。心身医学というのは、体を直すだけではなく、心の治療も一緒にやるんですって。あたしも、いろいろと恥ずかしいことをやらされましたけれど、院長先生のおっしゃることだから一生懸命にやりましたわ」

妻の香代までが意気ごむようにして、相沢の言葉のあとを続けた。

ドアの外にいた看護婦が知らせたとみえて、白髪の院長がこれも会心の笑みを浮かべて部屋に入ってきた。

看護婦もいつもの冷たい顔と違って、にこにこしながら松葉杖を判田のほうに差し出した。

「やあ、判田さん、お目出とう……とうとうひとりで歩けるようになりましたね。右足を切ったからといって、左足まで麻痺して歩けなくなるというのは、原因は精神的なものなんですよ。心に問題があるんです。あなたは足がなくなって、生きるのが嫌になっていましたね。それでショック療法が必要だったんですよ。足の切断を決めた時から、あなたの後遺症を心配していました。こういうふうに、自分で自分のからだを動けなくしてしまう人が時々いるんです。実を言うと、あなたみたいに普段は百パーセント自信家で、なにをやらせても上手な人にそういう例が多いんですな……とくにあなたのようにゴルフを生き甲斐にしている人が、一番大事な足を切られたりすると、本気で自殺を考えたりするんです。こういう時には逆療法というか、みんなであなたをいじめて嫉妬心を起こさせたり、あるいは発奮する気持を持たせたりするのが第一なんですよ。一番きくのが嫉妬心です。奥さんに若い男が出来たり、自分より能力の劣っているはずの植物人間が多くの女性にもてたりするのを見ると、あなたの闘争心が呼び覚まされ、生きようという意欲が湧いてくる。とくにセックスは大切だ。男性には自分の種《しゅ》を残そうという根本的な本能があります。これを刺戟するために、わたしが皆さんに協力を願ったのですよ。今は怒っていても、あとでかならず感謝しますよ」

院長が笑いながら、満足げに説明していた。

判田には皆の笑いがひどく腹立たしかったが、口に出して怒るわけにはいかなかった。松葉杖にすがるようにして左足を動かすと、おぼつかないがちゃんと歩ける。あれほど動かそうとしても駄目だった左足の筋肉が思う通りになっているのだ。

「看護婦さんの言っていた新興宗教の奉仕というのも全部嘘なのですか」

「ええ、あれもわたしが考えた話ですよ。生きるのをやめようとする患者の頭の中に、生存競争の意欲を植えつけることが大切なのです。種を保存しよう……雄として自分の種を少しでも多くの雌に残そう……そういう図柄を頭に思い浮かばさせることが大事だったんです。それは、なにも沢山の女性が来なくてもいい……あなたの頭の中で、そういうイメージが活き活きと動けばいいのです。あなたの場合も、実際のセックスの相手をしたのは只《ただ》一人の女性ですよ。あなたは手を縛られ、目と口に絆創膏を貼られ、耳栓もされて暗黒の世界の中で何人かの女性と交わったでしょう。しかし実際にあなたのからだの上に乗っていたのは奥さんです。彼女はさすがに運動神経が発達しています。どんな役も上手にやりましたよ。看護婦の話では、判田さん、あなたはお嬢さんとセックスをしたつもりになっていたでしょう」

「ええ、つけているオーデコロンの香りが似ていたものですから……しかし、よく考えてみたら、奈津子は家内のオーデコロンを失敬していたんです。もっと早く家内だと気づくべきでした」

判田は院長の顔を見ないようにして答えた。

「いいんですよ……娘さんに対する性衝動も、男親として当然のものです。お嬢さんも、病院の方針を理解して、よく協力してくれましたよ。お母さんと、アシスタント・プロの方が恋愛関係にあるように見せかけるところなど、中学生とは思えませんでしたな」

「中学生の娘にこんなことをさせて、教育上よくないのでは……」

「あなたを歩かせるためですよ……彼女にとって得がたい教育です。心配はいりません」

院長は相変らず自信たっぷりだった。

「しかし、家内は、なぜあんなセックスのクライマックスの時の声を出したのです」

「あなたが最後に立ち上って衝立を倒すためには、奥さんのあの声が絶対に必要だったのです。あの声は、あなたの目と口に絆創膏を貼り、耳栓をして最初の奉仕が行われた時に、カセット・テープに録音しておいたものです。さっきの声はテープの声ですよ。奥さんは衝立の向うで、アシスタント・プロの相沢くんの指圧をしていただけです。みんなわたしの治療のシナリオに協力してくれました。しかし、一番協力してくれたのは判田さん、あなたですよ。あなたが本気で嫉妬して、本気で性衝動にしたがって行動してくれた……あなたの厄介な病気を直したヒーローは、あなた自身です。わたしたちは、あなたの日記を見て本当に心配していたのです。あなたの死への願望が、日増しに昂まっていましたからね」

院長はそう言うと、さも愉快そうに肩を震わせて豪傑笑いをしてみせた。

《なんというヤブ医者だ……わたしの日記を盗み見たうえに間違えて解釈したとは……あれは死への願望ではない……性の昂まりの暗号だったのに……》

判田は院長に説明しかけたが、言葉にはならず、ただ無性に笑いがこみあげてきた。

その判田のことを、衝立が嗤っていた。

黄色い吸血鬼

1

表の雨戸を叩いているのが、正治郎の耳に聞こえる。遠い夢の中の出来事のようだが、はっきり現実の出来事なのだということが彼にはわかっている。

吸血鬼のお呼びが来たのだ、きっとA・B班にちがいないと正治郎は思った。こういう時の正治郎の勘は恐ろしいほど当る。自分でも、一度もはずれたことがないと自信をもって言える。

もっとも、実際には当ったときのことだけを記憶し、あとは綺麗さっぱり忘れてしまうのかもしれないが……

ともかくA・B班にちがいないと、正治郎はもう一度思った。A・B班なら、彼ともう一人、山根辰也しかいない。山根の奴が外出していなければいいがと、彼は思った。山根が外出していれば、順番は彼のところに廻ってくる。

さもなければ、吸血鬼のお相手をする順番は山根になるのだ。あの雨戸の叩き方では、吸血鬼はよほど腹を空かしているにちがいない。さしあたり、二百ccのグラスに二杯もたっぷり吸いたがるだろう。牛乳瓶にして、ちょうど二本分である。

吸血鬼がどれほど腹を空かしているかも勘でわかると、正治郎は思った。勘というのは、習性から生れる反射神経のようなものなのだと、誰か偉い人が言っていた。それもそのはずで、吸血鬼の相手をするようになってから、もう一カ月経つのだからと、彼は新たな思いで考えた。

一カ月は短いようで長い。一カ月のあいだに、一体どれだけの血を吸われたことだろうか。たとえ毎日牛乳瓶一本ずつでも、ずっと吸い続けられれば三百六十五日で七万三千ccだ。きっと、風呂桶が一杯になるだろう。風呂桶一杯の血を吸われるなんて、気の遠くなるような話ではないか。

だから俺たちは、もう普通の人間ではなくなっているのだ。まるで薄い葡萄《ぶどう》酒を入れた皮袋だ。

とうとう舎監の尾形が起きあがって、応対に出たらしい。雨戸をくる音が聞こえる。この家には玄関というものがない。かなり前から、玄関には太い木が斜めに打ちつけられて倉庫がわりになり、誰も出入り出来ないようになっている。

寮生が脱走しないように、玄関を閉鎖してしまったのだ。だから吸血鬼の使いは、雨戸をどんどんと叩く。あの雨戸をあわただしく叩く音を聞くと、本当に心が脅かされ、血圧がいっぺんにあがる。血圧をあげておけば、血を吸うときに都合がいいというものだ。

「吸血鬼さまはお急ぎになっているんです。二人、大至急、お願いしますよ」

きんきんした声をあげているのは、吸血鬼の走り使いをしている御代田という女である。三十過ぎで独身だが、真青なアイシャドーなどを塗って色気ちがいの女だ。あの女が走ってくるからには、よくよくのことらしい。

正治郎は半分眠りの中でこれだけの判断をすると、階段のほうへ這《は》って行った。ここから階下の廊下が見える。応対に出ていたのは、やはり舎監の尾形だった。肥った、大きな体をゆさぶっている。自分の血を吸わせればよさそうなものなのに、まだ一度も吸血鬼のところへは行っていない男である。

「いっぺんに二人って、どうしたんだ。そんなに吸血鬼の機嫌が悪いのか」

尾形が聞いている。

ここは近くに国道十七号線が走っているので、血だらけの患者がよく運びこまれてくる。交通事故はしょっちゅうなのだ。

吸血鬼は、そういう血を流している人間を見ると、どうにもじっとしていられなくなる。

「いいえ、事故じゃないんです。心中なんですよ」

心中と聞いて、正治郎ははっきりと目を覚した。頭から冷水を浴びせかけられたような効果があった。

「男と女か」

尾形が馬鹿な質問をしている。

「ええ、男のほうからの無理心中なんです。出刃包丁で裸の女の躰を何箇所も突き刺して、自分も胸や腹を突いているんです。ちょっと、助かるかどうかわかりません」

吸血鬼の使いの御代田が、いきいきとした声になった。人間が血を流している説明になると、習慣的にそういう声を出す。

「男のほうはO型なんですが、女のほうがちょっと変っていて、RhマイナスのAB型なんです」

御代田の声を聞いて、やはり勘が当ったと正治郎は思った。

正治郎の血液型は、RhマイナスのAB型である。この血液型は特殊で、二千人に一人の割合でしかいない。吸血鬼はときどき、変った味の血をすすりたくなるのだ。きっと吸血鬼にとって、稀少価値といえるのだろう。しょっちゅうお呼びというわけではないが、ときどき思い出したように吸血鬼はちゃんと声をかけてくる。

先月も一度あった。

吸血鬼が、生れたばかりの赤ん坊の血を欲しがったのだ。それも体中の血液をそっくり吸ったのである。吸血鬼が新生児の血液を欲しがるのは、Rhマイナスの赤ん坊のときだけで、赤ん坊の血を吸ったときは、こちらがそっくりそのぶんを立て替えてやらねばならない。

正治郎が、この吸血鬼の供血所の待機メンバーのひとりとして、半ば監禁されたような生活を強いられながらも、他のメンバーよりも健康な状態を保っていられるのは、彼の特殊な血液型のためなのである。つまり他のメンバーほど、しょっちゅう吸血鬼のお呼びがないからだ。

さもなければ、正治郎の血もとっくに薄くなり、黄色くなっていたであろう。吸血鬼に一日二百ｃｃ以上の血を続けて吸われると、どんな人間でも貧血状態になって、死に一歩近づくのだ。

正治郎は、踊り場から自分の寝床のところまで戻ると、馴《な》れた手つきで義足をはめた。彼は交通事故で、左脚を失くしている身体障害者だった。

吸血鬼は、身体障害者の血を吸うのを忌《い》み嫌っているので、正治郎は義足であることをひた隠しに隠している。

「八号徳本、三号山根、出発準備！」

舎監の尾形が、軍隊式の号令をかける。それに合わせて勢いよく返事をしないと殴られるので、正治郎は大声で「今すぐに参ります」と叫んだ。三号の山根のほうは、蚊の鳴くような応答である。ここのところ、一日置きに血を吸われていて、黄色く艶《つや》のない顔をしているから無理もない。

正治郎は、階段を一歩一歩おりて行った。階段の下には舎監の尾形の他に、副舎監の倉敷がのそっと立っていた。

倉敷は入れ墨をした、用心棒がわりのもとやくざである。今でも正治郎たちの目に入るように、わざと拳銃らしいものや日本刀の手入れを丹念にしている。脱走しようとした寮生を、棒で血だらけになるほど殴るくらい平気でする男だった。

「八号、徳本、出発いたします」

正治郎はなるべく胸を張って叫んだ。吸血鬼のところへ行くとき、正治郎たちは胸に赤いハート型のマークのついた白い上衣を着てゆく。吸血鬼は儀式を好むのだ。

吸血鬼の使いの御代田が正治郎の顔を見ると、にやりと頷いた。この女には、他の魂胆があったのだ。

2

吸血鬼は長い嘴《くちばし》をしている。先が管のようになり、その先は更に細く鋭くなっている。直接、正治郎たちの静脈から血をすすれるように、吸血鬼は腰を曲げて嘴を勢いよく立ててくる。

吸血鬼は全身、赤い、長い、ふさふさとした毛でおおわれている。血を吸うと、その毛の艶がガラスのように輝き、真赤になる。

吸血鬼が血を吸いやすいように、使いの御代田が正治郎の腕を太いゴムの紐で縛る。そして吸血鬼にかわって、ちょっと毒味をするのだ。御代田も、吸血鬼に似た小さな針の嘴を持っている。

これを正治郎の手の甲に立てて、ほんのちょっと毒味の血を吸う。血液を比重計で計ってから、軽く正治郎の頰を撫でた。

「あなたの血は濃いわね。みんなこのくらい濃ければ、吸血鬼も美味《おい》しいってほめてくれるのに、あんたのところの連中ときたら、みんな水で薄めたみたいに黄色いんだもの……本当に困っちゃうわ」

「すみません。皆、なるべく血が濃くなるように、動かないで横になって蛋白質のものを食べているんですけれど……」

正治郎は口の中でぶつぶつ言いながら、白い台の上に横たわっている患者を見つめた。心中事件で運びこまれた女の患者である。

今は白いシーツを胸のあたりまでかぶせられているけれど、先程まではあちこち躰中から血を流していたのだろう。

吸血鬼はこうやって、人間が血を流すのを見ると、もうどうしようもなくなるのだ。正治郎たちが、二百ccから四百ccくらいの血を吸わせてやるまでは、大きな躰で暴れまわる。そして正治郎たちの血を吸うと、やっと静まるのだ。

吸血鬼が入って来た。脚に太い鎖を引きずっているので、ごろごろと雷のような音を立てる。正治郎は絶対に吸血鬼と顔を合わせないようにする。視線を合わせるのが一番危険だ。

御代田がさっそく吸血鬼のところへとんで行って、お追従《ついしょう》を言っている。正治郎はそっと、台の上の白いシーツの下に手を入れた。

患者の女の躰に触れてみるためだった。まるで死人のように冷たくなっている。それとも女の躰はみんな冷たいから、心配することはないのかもしれない。

そっとシーツをめくってみた。下腹部や胸のあたりに、大きなガーゼと絆創膏《ばんそうこう》が貼ってある。そのあたりを特に深く刺されたのであろう。眩しいほど白い腿《もも》のあいだに、黒々とした海に漂う海藻のような茂みが見える。下半身にも何もつけていないのだ。

正治郎はきゅうに、そこに触れてみたいと思った。ときどき、こういう衝動に激しくゆさぶられる。しかし、あそこにどういうふうに触れてよいのかわからない。そんな経験は一度もなかったのである。

「何をしてるの。やめなさいよ！」

御代田が甲高い怒った声で、正治郎の手をぴしゃりと叩いた。

「だから、その男はやめろと言ったのだ。危険だ！」

吸血鬼が口をきいた。吸血鬼はめったに口をきかない。わけのわからない短い言葉で、走り使いをしている御代田に指示するだけだ。正治郎は自分のことを言われたので、びくっと躰を固くした。

「大丈夫です。あたくしが気をつけていますから……それに血は間違いなく濃いんですもの」

御代田が吸血鬼にとりなした。

吸血鬼が赤い毛を震わせると、正治郎に近づいて来た。嘴が、彼の静脈にぶすりと突き刺さった。

吸血鬼のガラスの嘴が、みるみるうちに正治郎の血でふくれあがってゆく。

正治郎は目を閉じた。吸血鬼に血を吸われると、いつも脚もとがふらつく。寮の仲間の中には、両脚が痺《しび》れて気を失ってしまうのもいるのだ。けれども、吸血鬼には血を捧げなければならない。寮生たちは、血を吸われるのをむしろ喜んでいる。吸血鬼は血を吸ったあとでお金を少しばかりくれるし、もしも吸血鬼に相手にされなくなったら寮を出なければならなくなるからだ。

「向うへ行って、少し休んでいきなさい」

御代田が、正治郎の腕のゴムの太い紐を取りながら言った。正治郎は、台の上に横たわった心中未遂の女の土気色《つちけ》の顔を記憶に刻みこんだ。少し頬に赤味がさしてきたようである。うまくすれば助かるのかもしれない。

女の顔は、正治郎の好きな下ぶくれのふっくらとしたタイプであった。

次に正治郎が御代田に連れて行かれたのは、二段ベッドのある小部屋だった。ここは吸血鬼の召使いたちが休むところで、正治郎たちがいつも横になるのはもっと広い場所だ。

「今夜はここで休んで行きなさい。あなたにはまだ用事があるのよ」

御代田が正治郎をベッドの上に横にさせてから、優しげに肩を叩いた。皆に内緒で、御代田にも血を吸われるのだなと正治郎は思った。

正治郎は、御代田に血を吸われるのをあまり好まなかった。吸血鬼のときのように痛みは感じないものの、ひどく妙な気がするからだ。

御代田が一度、廊下の外に出て行き、三十分ほどしてから戻って来た。壁には古ぼけた円い柱時計がついている。

ちょうど夜中の三時だった。この時刻には、日本中に吸血鬼がひしめく闇の時刻だ。

「どう、元気になった」

御代田が冷たい手で、熱いミルクとバターをたっぷり塗ったトーストを持って来てくれた。正治郎はそれにむしゃぶりつくようにして食べる。そのあいだに、御代田は正治郎の下着を脱がせるのだ。

御代田が正治郎の血を吸うときは、吸血鬼と同じように長い嘴を使ったりはしない。それはきっと、御代田が女性だからだろうと正治郎は考えている。彼の持っている管に、直接、唇をつけるのである。

正治郎は、最初のうちはくすぐったいと思い、それからまたじっとしていられないような妙な感じが躰中に走って、なんとか逃れたいと願ったことがあったが、下手に抗《さか》らうと御代田がヒステリックに目を吊りあげて恐ろしい顔つきになる。それよりもじっとしていたほうがましだと考え直して我慢しているのだった。

御代田は、正治郎の腿のあいだに顔を埋めているときは実に真剣で、口もきかない。

固い、およそ柔らかみのない乾いた唇で、正治郎の管を吸い続ける。彼は頭を持ちあげるようにして、吸血鬼の手下の女の仕科《しぐさ》を眺めるが、そのうちどうしても目を閉じてしまう。全身がふわっと雲の上にでも乗せられた気持になってくるからだ。

正治郎は思わず短い叫びをあげる。吸血鬼に先の鋭い針の嘴を突き刺されるときとは、まるで違う気持だ。

御代田は、両手で正治郎の管をおさえ、喉を鳴らしながら、溢れ出す白い血を吸っている。

この瞬間、異常に赤い唇の両端から牙がのびて、正治郎のほうを見てニヤリと笑うのだった。

正治郎は疲れを覚え、そのまま深い眠りに落ちてしまったらしい。明け方、寮の車で、舎監の尾形と副舎監の倉敷とが迎えに来た。運転をしているのは倉敷のほうであった。

倉敷はときどき御代田を映画に誘うらしいが、御代田のほうではまるで相手にしないで無視している。

「昨夜は、足もとがふらつくと言うので、大事をとってベッドで休ませました。もう大丈夫でしょう」

御代田がてきぱきとした明るい声で、舎監の尾形と挨拶を交した。

よく休ませたというのは、正治郎のことを言っているのである。御代田が誰にも内緒で、そっと正治郎の白い血を吸ったことは誰も知らない。正治郎も、たとえ口が裂けても言うまいと思っているのだ。もし、そんなことを言ったら、彼は吸血鬼と御代田に殺されてしまうだろう。

「無理心中の連中はどうしました」

舎監の尾形が、品のない音をたてながら茶をすすっている。

「男のほうは、今朝の四時に死にました。自分の頸動脈を剃刀《かみそり》で切ったんです。普通は、無理心中の相手のほうが死ぬものなんですがね……」

「女のほうはどうなんです」

「相手のほうは助かりそうですね。まだ重態ですから、急変するかもしれませんけれど……」

「女のほうの家族は来ているんでしょうね。出した分は、ちゃんと支払ってもらわなければならない」

舎監の尾形が、吸血鬼に吸わせた正治郎の血のことを言っている。正治郎の血は特別だから、値段のほうも特別料金をとるつもりなのだろう。Rhマイナスの人間を見つけるのに大変な費用がかかってしまって――とかなんとかインチキな理由をつけて……

「大丈夫ですよ。心配しなくても、そのうち家族との連絡がつくでしょう。男のほうの両親はもう来ていますし、いざとなればそちらのほうで払うんじゃないですか」

御代田が、昨夜正治郎の血を吸った赤い唇を歪めながら、狡猾《こうかつ》な声で言っている。いつも正治郎の血を吸ったあとは、別人のように機嫌がよくなるのだ。

「おい、八号、あの女はお前に気があるのか。お前みたいな優さ男《や》のどこがいいんだ！お前にちょっかいを出したのか」

車に乗ると、すぐに運転をしながら倉敷が怖い声を出した。倉敷は御代田に気があるので、ことごとに正治郎に辛く当るのである。

「そんなことはありません」

正治郎は、なるべく胸を張るようにしてきっぱりと答えた。

「嘘をつくと承知しないぞ」

倉敷が力一杯、正治郎の頰を叩いた。

「乱暴はよせ！」

舎監の尾形が言うのを聞きながら、正治郎は目に涙をためた。

3

一週間ばかり平穏な日が続いた。正治郎は一度も吸血鬼のところには行かなかった。寮の他のメンバーたちは、相変らず毎日のように吸血鬼のところにご機嫌をうかがいに行っては、血を吸われ、金をもらって帰ってきていた。

そんなある日、舎監の尾形の機嫌が朝から悪かった。正治郎が二階で寝ころんで、表紙のとれた古い週刊誌のグラビアの裸の女をぼんやり眺めていると、廊下のところで尾形が声を殺すようにして副舎監の倉敷を叱りつけているのが耳に入ってきた。

「お前の目は節穴なのか。一体何のために不寝番で寮の監視をしているんだ。新聞記者にこんなことをかぎつけられて書かれたらまずいことぐらい、わかってるはずだろう。会長の耳に入ったら、お前はすぐに馘首《くび》だ！」

「おれのせいじゃないよ。おれはちゃんと目を光らせていたんだ。いつか寮を脱走したやつが、新聞社に売りこんだんだ」

「馬鹿、脱走させたのだって、お前がぼやぼやしていたからじゃないか。吸血鬼の使いの女にばかり色目をつかっているから、そういうことになるんだ」

舎監が倉敷の頬を強く殴ったらしい。皮膚のはじけるような、ぴしゃっという音がした。

舎監が倉敷に当れば、今度は、倉敷が正治郎たちに当り散らす番だ。倉敷は頭が少し足りないが腕力だけが取り柄というがっしりとした男だから、当り散らされたら正治郎たちが災難だった。

「何を読んでいるんだ」

「週刊誌です」

思ったとおり、倉敷が見廻りにやってきた。

「いつの週刊誌だ！」

倉敷が、隣の六号で週刊誌を読んでいたO型のメンバーを、やにわに突き飛ばした。その週刊誌は、正治郎が吸血鬼の使いの女の御代田から貰った週刊誌だった。吸血鬼の棲家《すみか》には、週おくれの週刊誌が沢山ある。御代田は正治郎にだけ、そっと週刊誌をくれる。正治郎は、グラビヤと漫画のところしか見ないから害がないと思っているのであろう。

「これは先週の週刊誌じゃないか。舎監の検閲の判がないのはどういうわけだ。検閲の判がない雑誌や新聞を読んだら、どういうことになるかわかっているだろうな」

倉敷が低い声で嚇《おど》しはじめた。陰険な愉《よろこ》びが、言葉の端々にまで滲《し》み出している。

「すみません。判があると思いこんでいたので……」

「嘘をつくな、いったい誰がこんなものを持ちこんだのだ。お前たちは、じっと静かに目をつぶって横になっていればいいのだ。一時たりともゆるがせにしないで、反省の時間にしろ！　瞑想《めいそう》をしていろ！　お前たちがどんなにろくでなしだったか、よく考えるのだ。そうすれば、いま吸血鬼さまにお仕《つか》えしているのがどんなに大切で意義のあることか、よくわかってくる」

倉敷が、大きな声で演説をはじめた。すべて舎監の尾形のいっていることの受け売りだった。舎監の尾形は、月に一度だけ顔を出す会長の演説の受け売りだ。〈ろくでなしのお前たちは更生しながら、世のため人のために尽くすのだ！〉

「誰がこんな週刊誌を読めと言った。反省しろ！」

倉敷は、ズボンのベルトをきゅっ、きゅっとしごきながら抜いた。ついで、O型のメンバーを皮のベルトで打擲《ちようちやく》する恐ろしい音だ。正治郎は両手で耳を塞いだ。

殴られたくなかった。御代田に週刊誌をもらったことがわかったら、それこそ嫉妬まじりで狂ったように殴りつけられるだろう。正治郎は見ていた週刊誌を、倉敷の目を盗みながら急いで枕がわりの座蒲団の下に隠した。

O型のメンバーが、ひーひーと悲鳴をあげている。しかし、その悲鳴も心なしか力が無い。

今朝また二百cc、吸血鬼に吸われたばかりなのだ。

倉敷はO型メンバーの制裁を終えると、今度は押入れのほうに目をやった。

「A型の二人はどこに行った」

部屋中響き渡るような声である。四、五人いる二階の寮生たちは、みんな唖になったように黙りこくっている。

「お前たちは、かばってやろうと思っているのかもしれないが、そんなことをしても無駄だぞ。どこにいるのか、ちゃんとわかっているんだ。だいたいA型の人間は陰険で、こそこそとした好き者が多いのだから……」

倉敷が、ニヤッと笑った。これから、もっと意地悪な制裁を加えようとしているのだ。

正治郎は全身を震わせた。

倉敷が、いきなり押入れの襖《ふすま》を乱暴にあけた。その勢いで襖が前に倒れ、黒い口を開いた。その狭い押入れの中には、寮生が二人抱き合っていたのだ。

一人は、もう半年もいるメンバーだが、もう一人は一週間前に来たばかりの新入りであった。

「ここは感化院とは違うんだぞ。ここでお前たちが絶対にやってはならないことが一つある。それは血を薄くするような行為だ。お前たちは一体なにをやっていた?」

倉敷が、しごいたベルトで二、三度激しく床を鳴らした。そして、爪先《つまさき》で古株の寮生の鳥肌だった痩せた尻を突いた。

押入れの中にいる二人は、二人とも感化院出であった。古くからいるほうが、吸血鬼の使いの御代田のように、他人の管をくわえるのが好きなのだ。

「いいか、ここに出て来て、押入れの中でこそこそやっていたことを、みんなの前でやってみろ!」

倉敷が皮のベルトをもう一度鳴らした。押入れの中の寮生が、緩慢な動作で押入れから出てくると、古株のほうが言われたとおり、新入りの脚のあいだに顔を埋めた。新入りは目のやり場に困り、真赤になって、顔から汗をだらだら流している。

倉敷は腕組みをして、じっとそれを眺めていた。他の寮生たちは、まるで息がとまってしまったように躰を固くし、ことりとも音を立てなかった。

「いいか、これで血を薄くするような破目になったら、罰として三日間絶食だぞ。それが嫌だったら、我慢するんだ」

倉敷が、大声で新入りを嚇しつけた。そのくせ古株のほうには、

「お前は舌を使うのが名人だと自慢しているそうだな。ふん、この変態性め! 早く終

らせるのだ。新入りにまだどのくらいの活力が残っているか試してやれ。新入りを早いとこ終らせなかったら、そのときはお前が三日間の絶食だ。何も食べないで瞑想し、二日間の反省だぞ！」

倉敷の声は、ますます残忍さを帯びる。正治郎は、ぎゅっと目を閉じた。何も見ないことだ。

もし、あの御代田という女に管を吸われたことがわかったら、倉敷は正治郎のことを殺すにきまっている。

口が裂けても言ってはいけない――御代田に白い血を吸われたことを言ってはいけない――

「何をやっているんだ、馬鹿なことはいい加減にやめろ！」

舎監の尾形が、二階の騒ぎを聞きつけて駆けのぼって来た。

「今日から女の寮生が二人入ってくる。規律を守って、少しは品をよくするのだ。倉敷、寮生に勝手な制裁を加えてはならないと、いくら言ったらわかるんだ。寮生の躰は、吸血鬼のところに行かせるために、少しでも消耗を少なくして大切にしなければいけない。日中、読書の時間は二時間、あとは午前、午後の散歩を三十分ずつ二回。その他は昼間も雨戸をしめて、じっと横になっていることだ。躰を休め、心を静ませ、絶えず反省のときを過すのだ」

舎監が来たので、正治郎は助かったと思った。それにしても女の寮生とは、誰が入ってくるのだろうか。今までにも女の寮生は、ときどき入って来たが、たいてい一週間か二週間ですぐにいなくなってしまう。噂によれば、若い女の寮生だと、会長がさっさと自宅に引き取ってしまうのだそうだ。

「八号、お前の横の寝床をあけるのだ。この前の無理心中の生き残りの女が、静養がてら入ってくる。お前が面倒をみてやるのだ」

舎監が正治郎のそばへ来て、妙に優しい声で言った。

4

夕方、女の寮生が運ばれて来た。

紺の縦縞《たてじま》の男物のようなパジャマを着ている。この前、吸血鬼のところで裸でいたときとは、まるで違う女のようだ。

御代田が甲斐甲斐《かいがい》しい様子で付き添って来ていた。蒲団に寝かせてから、肩のあたりを隙間風の入らないようにぽんぽんと軽く叩く。

「いいこと、何かあったら、なんでもあたしに話すのよ」

御代田が優しげに話しかけたが、女は黙ったままだった。

「あのひと、男に刺されたあと一言も口をきかないのよ。もしかしたら、今度は自殺を企てるかもしれないから、あなたがちゃんと見張っていなくては駄目よ。それから、このひとに手を出したりするんじゃないわよ。いいこと、わかっているわね」

御代田が正治郎を呼び寄せると、低い声で囁いた。

「わかっています。何かあったら、すぐに知らせます」

「舎監の尾形にも気をつけるのよ。この女のひと、実をいうと引き取り手がまるで無かったの。どういうわけか舎監の尾形がすごく熱心で、どうしても自分のところで引き取るってきかないんですからね」

御代田がいろいろと正治郎に教えてくれようとしていると、そこへ舎監の尾形がやって来た。

「どうです、まだぜんぜん口をききませんか」

「ええ、意識ははっきりして快方に向ってるんですけれど……おかしいですわね」

御代田も首をかしげた。

「どうでしょう、まさか記憶をなくしたんじゃないでしょうね」

「さあ、それはもう少し経たないとわからないと思いますわ」

「この男に看病させておけば大丈夫でしょう。何かあったら、すぐに知らせますよ」

舎監が正治郎に看護人の着る白衣を着せた。もう一人の新入りの女性は、O型の四十歳近い女で、吸血鬼に血を吸われすぎて少しおかしくなっている女だった。

舎監の尾形に言わせると、しぼりかすで、まるで使いものにならない女ということだ。飯炊《めした》きにでも使うさとうそぶいていた。

それにくらべると、無理心中の生き残りのほうは大変に待遇がよい。

毎日、蜂蜜入りの牛乳を三合も飲ませ、お粥《かゆ》の中にもバターを溶かしこんである。そのうえ、ときどき舎監の尾形が自分で栄養剤の注射にやってくるほどなのだ。

正治郎の見ている前で女のパジャマを脱がせ、見覚えのあるあの腿に、太い注射針を刺す。女はすでに無理心中の相手に、胸や下腹部や腕を刺されているので、注射針を刺せるのは、もはや腿だけなのである。

「この人の名前は、なんというのですか」

正治郎が舎監に質問した。

「名前はわからないのだ。番号は五十一号。ここでは名前など必要ない。お前だって、ただの八号だ、そうだろう」

「ええ、そうです」

正治郎は大人しく頷きながらも、自分の名前は正治郎じゃないかと、不満に思っていた。

二週間経つと、蜂蜜入りの牛乳のせいか女の顔が一段とバラ色を増してきた。

初めて吸血鬼のところの白くて固い台の上で見たときの、蒼い蠟《ろう》のような顔色から完全に蘇生している。

「あなたは誰なんですか。眠りの森の美しいお姫さまですか」

正治郎は、あたりに誰もいないのを見はからって、五十一号の柔らかい頰を指先で突いてみる。しかし、女はなんの反応らしいものを示さなかったし、何の意識もないようだった。

正治郎はそろそろと、毛布の下に右手を滑りこませてみた。悪い手だと思うが、どうにも仕方がない。あの雑誌のグラビヤみたいな裸の女が、きっと毛布の下にいるはずなのだ。毛布の下をまさぐるときに、正治郎は新たな発見をした。

五十一号の女のかけている毛布が、毛足の長いふかふかとした外国製の毛布だったのである。正治郎たちの使っている、固くてちくちくする藁《わら》のような毛布とは段ちがいだったのだ。そのふわっとした毛足の長い毛布を撫《な》でながら、もしかしたら吸血鬼の長い毛もこんな感触なのではないだろうかと、正治郎は考えたのだった。

正治郎の直感はよく当る。

もしかしたら――吸血鬼の娘？

正治郎の手は、更に正確に、五十一号の女のパジャマの下に伸びていった。パジャマを脱がせると、その下はいつも舎監が栄養剤の注射をするときに見せる、すべすべとした太腿のはずだった。

腿のあいだには、不可思議な黒い茂みがひっそりと打ち震えているだろう――グラビヤの女たちは、たいてい皆その場所を手や布で隠しているけれど……

正治郎はなおも無遠慮に手をのばし、思わずぎくりとした。柔らかくしっとりした感触の腿のあいだに、金属性の固いベルトのようなものが触れたからだった。彼は思いきって、毛布をはねのけてみた。

この前、病院で見たときは、こんな物々しい鉄のベルトはしていなかった。たしかに、海底にゆらめく海藻のような黒い叢《くさむら》が見えていた。いったい誰が、いつ、こんな鉄のベルトをしたのだろうか。それも何のために――

正治郎は、今までに見た女の裸体のグラビヤを凡《すべ》て思い出そうとした。正治郎の記憶は、変則的に普通の人間以上の働きを示す。そうだ、これは貞操帯というものじゃなかっただろうか、美しい裸の女がこれと同じようなベルトをはめて躰をくねらせていた――

この鉄の帯は貞操帯なのだ。吸血鬼の娘はなぜ、貞操帯で守らなければならないのだろうか。

正治郎は啞然《あぜん》としながら、毛布を剝ぎ取ったあとの五十一号の女を目《ま》ばたきもせずに見つめていた。

もしかしたら、吸血鬼と同じような真紅の長い毛が上体にふさふさと生えているのではないだろうか。なにしろ吸血鬼の娘なんだから――正治郎は、何の反応も示さない、大きな美しい人形のような五十一号を、もうすっかり吸血鬼の娘だと決めていた。

彼は恐る恐る五十一号のパジャマの上衣のボタンをはずした。

あのとき、無理心中の相手に刺されたという絆創膏の下の生ま生ましい傷口は、癒えたとはいえ全快は不可能なはずであった。

もしかしたら傷口の痕に、吸血鬼の娘だということを証明する長い真赤な毛が密集しているのではないか。

正治郎が五十一号の女の絆創膏をはがす気持になったのは、こんな考えがあったからだった。

正治郎は、まず肩のあたりの絆創膏をそろそろとはがした。血と膿の臭いがするのだろうか。絆創膏はあっけなくはがれた。そして……

正治郎は自分の目を疑った。五十一号の女の肩口には、血も膿も真紅の長い毛もなく、無傷の腿と同じようにすべすべとした美しい素肌があったのである。

正治郎は震えながら、五十一号の女の左の乳房のところに大きく貼った絆創膏をはがした。そこも、右の乳房の上も、下腹部も……どの白いガーゼや絆創膏の下も、美しい、なんの傷痕もないバラ色の皮膚であった。

正治郎はしばらくのあいだ、無意識のうちに乳房を揉みしだいていた。乳房が、まるでぐみの実のように固くなるのがわかった。

それまで何の反応も示さなかった五十一号の女が、そのとき初めて声を洩らした。全身を妙にくねらせ、何かを欲しがるように両手を宙に持ちあげた。けれども、正治郎はそれから先、どうしてよいのかわからなかったのだ。

慌てて、大きなガーゼと絆創膏をもとの場所に貼ると、毛足の長い毛布をもと通りにかけた。

舎監が入って来たのは、ちょうどその時だった。

「何をしていたんだ」

「何か唸り声をあげたもんで……」

正治郎は吃《ども》りながら、弁解した。そのとき五十一号の女が、都合よく低い声をあげた。舎監は不思議そうに首を振ったが、それ以上のことは言わなかった。

5

午後の散歩のとき、カメラを肩からさげた三十前後のレインコートの衿《えり》を立てた男が近づいて来て、正治郎に話しかけた。

彼は一週間に一度、散歩の時間として、近くの雑木林に出かけて写生をするのを許されていたのだった。

正治郎の絵はいつも決っていて、鬱蒼《うっそう》とした暗い森の中に、真赤な毛をふさふさと生やした吸血鬼が坐っている絵なのだ。今週に限って、すらすらと吸血鬼が描けないのは、あの五十一号の女の肌に血と膿の臭いのした傷がなく、陶器のように白くすべすべしていたせいであった。

「きみは新生寮の寮生だね」

男は正治郎にチョコレートをすすめながら、顔を覗きこんだ。正治郎の警戒心を解くように、精いっぱい微笑を浮かべている。

正治郎は、カメラを持った人間が嫌いだった。彼が交通事故に会ったとき、灰色の舗道に血を流して苦しんでいる最中にカメラを向けられたので、未だに憎んでいるのだ。

「ええ、寮生です」

「八号の徳本正治郎くんだね。血液型はたしかRhマイナスのAB型？」

「ええ」

正治郎はチョコレートを貰った手前、しぶしぶ返事をした。寮のことでは、外部の者と口をきいてはならないことになっている。

しかし、相手は正治郎のことをよく識《し》っている様子だった。

「いま、新生寮には正式のスペンダーは何人いるのだね」

「スペンダー……」

正治郎はぽかんと口を開いた。寮の中には、自分のことをスペンダー（職業的供血者）と呼んだり、怪我人を患者《クランケ》と呼んだりしてスマートぶっているのもいるが、正治郎にはすべてが吸血鬼とその召使いたちなのである。

「まあ、いい。こちらの調査では、現在三十二人だ。二週間前に、女性が二人増えたが」

「……」

「喋《しゃべ》っては都合が悪いことなのかね。心配しなくても、きみから聞いたとは言わない。それに我々は、ちゃんと正確なデータを握っている。きみは本当はあんな寮にいたくはないんだろう。一日でも早く、まともな社会に戻りたいんだろう」

「そんなことはありません。ぼくは寮が好きです」

正治郎は正直に答えた。吸血鬼や、使いの御代田はあまり好きではないし、舎監や倉敷にいたっては大嫌いな恐ろしい存在である。けれども、寮の外に出ても同じことなのだ。かならず意地悪な人間や嫌なヤツがいる。今のところ寮にいれば食べるものにも困らないし、好きな写生も出来るし、吸血鬼の美しい娘の五十一号も隣で寝ている。

「そうかい、そのうちうんざりするほど嫌いになるさ。今でも、毎日のように二百ｃｃ、三百ｃｃを採られている連中は、血が薄くなって黄色くなり、廃人同様になっているにちがいないんだ」

「さあ、皆のことはわかりません」

「きみは口が固いんだね。よほど寮の幹部連中を恐れているらしいな。しかし、われわれの力のほうが強いんだよ。かならず、きみたちを救い出してやるよ」

男は正治郎がありのままに答えているのに、一人で妙なことを言う。

「徳本くん、きみの他にもう一人、ＲｈマイナスのＡＢ型のスペンダーがいたね」

「スペンダーって……」

「そんなことはどうでもいい。ＲｈマイナスのＡＢ型の寮生がいたね」

「そういえば、いましたね」

正治郎は頼りなげな返事をした。今になって考えてみると、たしかにあの吸血鬼の娘が白い冷たい台の上に乗った日に、山根という、もう一人のＲｈマイナスＡＢ型の男が外出していたのだ。

本当ならば、あの男が吸血鬼のところに行く番だった。それがたまたま外出していたので、仕方がなく正治郎の番になったのだった。——正治郎の記憶は、普通のことに関する限り、こういうゆっくりとした段階で甦《よみがえ》ってくる。

「ああ、そう言えば、三号の山根がいたな……」

正治郎は独り言のように言った。

「いつからいなくなったのだ。正確に思い出してみたまえ」

そう言われると、正治郎の記憶は空転しはじめる。吸血鬼に呼ばれる順番が狂った日からであることは確かだ。だが、あの晩、そして翌日の朝、三号の山根は果していただろうか。

「しっかり思い出すのだ。無理心中のあった日だ。あの日から三号は寮からいなくなっているだろう」

いつのまにか、男は正治郎の鼻先にマイクロフォンをつきつけていた。それを見て、正治郎はまたひどく吃った。

「ああ、無理心中の日からだ」

「あの日、きみは何cc採ったんだね」

「何ccって、なんのことだろうな」

正治郎が首をかしげると、男はやれやれ仕方がないという顔つきになった。

「ccという言い方はわからないんだね。それじゃ徳本くん、きみは吸血鬼にどのくらい血を吸われたのだ。いつもと同じかね。それとも脚が痺れて、目の前が暗くなるほど吸われたのかね」

「あの晩は……あの晩は……吸われたとき、目の前が暗くなった……わけがわからなくなって……それから、しばらく横になっていたんだ」

正治郎は御代田に、宿直室の中で、下腹部の管から白い血を吸われたときのことを言った。御代田にあの変なことをされるとき、いつも目の前が暗くなり、気が遠くなるのだった。

「しようがないな。きみは一体、誰の味方をしているのだ。病院の採血の記録では、きみはあの晩、二百ccしか供血したことになっていないのだ。きみたち職業的なスペンダーが、二百ccやったぐらいで意識が遠くなるわけがない。しかも、徳本くん、きみの血液型は特殊なんだ。あの心中事件の供血前には、七十時間以上、採血していないじゃないか」

男がとうとうしびれをきらして叫んだ。正治郎は男に叫ばれると、よけいおどおどした。

——おれは何も嘘をついていない。本当に、吸血鬼の使いに管を吸われて気が遠くなったんだ——

男が正治郎の肩を摑んで、強くゆさぶった。

「しっかりしたまえ、きみたちはA輸血協会の連中に血を吸われているんだぞ。連中は、口では綺麗ごとを言っているが、実際は金儲けのために皆の血を集めているのだ。そうだろう。彼等は株式会社なんだ。商業血液銀行は、二百ccの血液を四百円で仕入れて千三百円で売っている。去年、記録に残っているだけでも、延べ百二十二万人の人間が血を売りに来て、採血出来たのは半分の六十八万人だけ。あとは血が薄くて採血出来なかった。きみたちの血は採られすぎて、もう使いものにならなくなっている。それを更にしぼり取って、連中は利益をあげようとする。A輸血協会の連中はもっと悪い。連中はきみたちを寮に集めて飼っておく。そして夜中の交通事故や突然の怪我などで輸血が必要になったとき、保存血液のかわりに、きみたちを直接病院に送りこむのだ。とくにこの辺りは交通事故の多発地点だ。去年だけでも、二人の人間が血を採りすぎて極度の貧血状態を起こし、死んでいる。きみたちは仲間が死にながら、なぜ、見て見ぬ振りをしているのか。明日は、自分の身にふりかかることじゃないか」

男は口から泡を飛ばし、目に涙をためていた。一体なんのことを言っているのだろう。なんのために、こんなに怒っているのだろう。正治郎は困惑するばかりだった。

「皆は、吸血鬼のところに喜んで行っているのです。吸血鬼はちゃんとお金をくれるし、吸血鬼に血を吸ってもらうと、いい血だっていうことで名誉が保ててホッとするんです」

「きみたちには、何を言っても始まらない。きみたちは人生の落伍者《らくごしゃ》だ！　とにかく、なんでもいいから正直に答えるのだ。連中を恐れる必要はない。きみがあの晩、採血《スペンド》されたのは間違いなく二百ccだけなんだな」

「……」

正治郎は、もう黙っていた。

「いいかね、あの晩、無理心中の相手にされた身元不明の女は重態で、どんなことをしても三千cc以上の輸血を必要とした。三千cc以上輸血しなければ死んでいたはずなのだ。それなのに、病院では、きみは二百ccしか輸血しなかったと言っている。あの身元不明の女性は、特殊な血液型をしているのだ。きみと同じRhマイナスのAB型だ。RhマイナスのAB型は、二千人に一人といわれる特別な血液型だ。あの晩、きゅうにそれだけの保存血液を集められるはずがない。保存血液を集められなかったとしたら、一体どうしたのか。スペンダーに依頼したとしか考えられない。けれども三千ccといえば十五人のRhマイナスAB型のスペンダーを集めることだ。あの夜中に、どうやったって特殊な血液型の人間を十五人も、あの郊外の病院に集めることは出来やしない。出来るはずがないのだ。そんなことは不可能にきまっている。そうだとすれば、あとは只一つのことしか考えられない。きみの仲間の三号の血液を、あの晩、三千ccぶん使ったということなのだ。ああ、なんという恐ろしいことだ」

男は大袈裟に、正治郎の前で身震いしてみせた。正治郎には男の言葉の意味が、まったくと言っていいほど理解出来なかった。

「でも、寮のひとは、あつい外国製の毛布にくるまって、蜂蜜入りの牛乳と、バターをたっぷり塗ったパンを食べて生活しているんだよ」

「そんなはずはない。きみたちの寮の生活は、監禁同様のはずだ」

「でも、あの女のひとは違う……」

「女のひとって誰のことだ。まさか、あの晩の無理心中の相手じゃないだろうな」

「あの晩の女のひとさ。吸血鬼の娘だと思うんだけれど肌がすべすべしていて、吸血鬼みたいに赤い毛が生えていないんだ」

正治郎が吸血鬼の娘のことを言うと、男は飛びあがるようにして行ってしまった。別れぎわに、ノートの切れ端に電話番号を書いた紙切れをくれた。一つは人権擁護局の番号で、もう一つは東京のテレビ局の報道社会番組の直通番号だった。

「寮の誰れにも見せるんじゃない。何かあったらすぐにここに電話するんだ。この次に危険なのは、きみなんだよ。きみは四千ｃｃ分の特殊血液を持った、生きた保存血液庫なんだ」

男は早口に妙なことを言ったが、正治郎はほとんど聞いていなかった。彼はカメラを持った人間が嫌いだったのだ。

6

Ａテレビ局社会報道制作部より、厚生省の担当官にあてた公開質問状。

＊

D県F郡の国道十七号線の交通事故多発地点の救急病院、田原外科の輸血業務を一手に引き受けているA輸血協会の新生寮で、ひとり一回の採血が五百ｃｃから二千ｃｃ以上にわたっている事実があるが、調査監督のご意志ありやなしや？

＊

二週間後に、担当官より得た回答。

＊

厚生省は、ひとり二百ｃｃ以上の採血は認めていない。商業血液銀行は、この厚生省の規則に従って業務を行っているはず。当方はそのように指導監督しているが、なにぶん広範囲にわたることでもあり、目の行き届かない場合がある。最終的には経営者の良心に頼るほかはない。お尋ねの新生寮の件について調査したが、先方よりは二百ｃｃの採血規準は守っているという返事があった。採血前には、厳重な血液の比重検査をやるのだ。供血者の健康状態もよく、お尋ねのような事実はあり得ないとのことである。

＊

Aテレビ局社会報道制作部より、東洋レッド・クロース輸血研究所所長への調査依頼。

＊

お尋ねの件につきましては、わたくしども管轄外のことでもあり、新生寮の実地調査も不可能なので、わたくしどもの商業血液銀行《ブラッドバンク》に対する態度を説明することだけにとどめたいと思います。

最近、わたくしどもで臨床医家に、輸血をどう取り扱うかというアンケートをとりましたところ、次のような回答を得ています。

それに依れば、今日では心ある臨床医家は、保存血液による輸血の効果をすでに期待していないのであります。

はなはだ恐ろしいことでありますが、今までの習慣に従い、機械的に輸血をしていただけだというのであります。このような臨床医家の輸血に対する頽廃《たいはい》的な見解を招いたのは、商業血液銀行が無理して集めた黄色い血のためであります。

したがって臨床医家が、A輸血協会のスペンダーの血を千cc以上も採血することは、かえって考えられないことなのであります……

＊

Aテレビ局社会報道制作部より、××警察署に対する調査依頼。

只今、調査中。

＊　＊

正治郎は、寝床の中で目を覚した。雨戸の節穴から強い陽射しが差し込んでくるところを見ると、もうかなり日中らしい。隣の寝床を見ると、吸血鬼の娘がいなかった。あのふかふかした毛布もない。庭のほうで、フット・ボールをしている賑やかな声が聞こえた。寮生が庭でスポーツをするなんて、今までに一度もなかったことである。

正治郎は顔を洗うために起きあがった。みんなより遅れて寝坊をしたのだったら、舎監の尾形に、また長いお説教をされる。集団生活には規律が必要なのだ。けれども幸いなことに、階下の座敷には来客が何人も来ている様子だった。

会長の古野の、貫禄があるように見せかけるためのゆっくりとした喋り声が聞こえる。

「本日は、わざわざわたくしども保存血液の供血業務で関係のあるB血液銀行の医療担当の業務取締役にも来ていただいている。放送局の諸君の質問には、すべて快くお答えするつもりである。どうか、わたくしどもの社会への貢献という点をよく考えてくださって、世のため人のための、わたくしどもの仕事をご理解いただきたい。ところで遠路いらしてくださったのだから、まあ一杯やってください」

会長が酒をすすめているとみえて、盃をすする音がする。

「遠慮なく質問させていただきますが、お宅では二百ccの採血規準を守っているというお話ですが、それは事実でしょうか」

「当り前です。嘘だと思うなら、寮生の健康状態をみてください。ああやってスポーツと反省の毎日に明け暮れています。採血は一週間に一度か二度です。これも社会奉仕が目的で、血を売るという考えではやってはおらん」

「わたしどもの調査では、毎日のように三百cc以上の採血をしているということですが……」

「そんな馬鹿なことはない。血液銀行《ブラッドバンク》のほうに、この新生寮からスペンダーを送ってもらう場合も、ちゃんと血液の比重検査をして合格したものだけ採血しておる」

「比重検査のときは、替え玉を使って無理矢理合格させるというじゃありませんか」

「たまにはそういう馬鹿なことをやるものもいるかもしれないが、こちらではそんなことは絶対にあり得ない」

「輸出用の保存乾燥血液が必要だというので、一日に二度も採血したことがあるのじゃありませんか」

怒ったような声で横から質問したのは、この前、雑木林の中で正治郎に話しかけてきた男であった。

「馬鹿も休み休み言い給え。そんなことは、サイエンスとして笑い話ですよ。そういう出鱈目《でたらめ》を言うなら証拠をみせてください。人間の造血機能には限りがあるのです。毎日、採血するとか、一日に二度とか、そんなことがあり得るはずがないじゃありませんか。わがブラッド・バンクは、もう十年近くアメリカに乾燥血液を輸出しているが、一度だってそんな事故はない」

血液銀行の取締役が、額に青筋をたてているのが、階段を中途までおりた正治郎の目に映った。あの人たちは、何を言い争っているのだろうか。

彼に関心があるのは只一つ、いなくなった吸血鬼の娘のことだった。舎監の尾形にでも、用心棒の倉敷にでもいい、吸血鬼の娘のことを聞いてみなくてはならない。

「それじゃあ、決定的な証拠をあげましょう。この新生寮から脱出した供血者が、東京の病院に入院をした。毎日、強制的に採血されていたというこの患者は、心臓が二倍に肥大し、呼吸困難を起こし、肺水腫《はいすいしゅ》を併発していました。貧血のために、呼吸をしても空気が肺に入らず水が溜るのです。彼は新生寮から監視の目をかすめて逃げ出して来たと言っています」

「それは嘘だ。誰か、この新生寮をおとしいれるために、そんなことを言っているのだ。われわれは、その男と対決してもいい」

「残念だが、その男は二週間前に、のたうちまわって死にました」

「それみろ。お前たちは嘘をついているのだ。証拠のないことを言うな」

「まだある。あなたたちは、RhマイナスAB型の白血病の患者に、全身の交換輸血を試みている。すでに、RhマイナスのAB型のスペンダーを一人殺したはずだ」

「その男を名誉毀損《きそん》で訴えてやれ！　うちにはRhマイナスの寮生は一人しかいない。その男は元気で、ぴんぴんしておる」

会長が、来客にコップを投げつける音がした。

正治郎は吸血鬼の娘のことをみんなに聞くために、座敷に出て行くのを思いとどまった。

7

放送局の連中が来なくなってから、もう二カ月経つ。最近では怪しい人影も、この新生寮の周りをうろつかなくなった。庭でフット・ボールの真似事をしていた、やくざっぽい連中も東京に帰り、昔の蒼白い顔をした寮生たちが戻って来た。

三号だけはやはり戻らなかったが、吸血鬼の娘だけが昨夜、担架に乗せられて運びこまれてきた。二階にいた寮生たちは、正治郎だけを残して、みんな階下に移動させられている。

御代田が正治郎のそばに付ききっきりで優しくしてくれる。

「今夜、吸血鬼がここに来るわ。あなたの血を吸いにわざわざ来ますのよ」

「それじゃ、吸血鬼のお邸まで行かなくてもいいんだね」

「そうよ。ここにじっとしていればいいの」

「吸血鬼の娘は、またなんでここに来たのだろう。あの女はやっぱり吸血鬼の娘なんだろうね。この前ガーゼの下を見たけれど、長い赤い毛は生えていなかったよ」

正治郎は、御代田が相手だと、ついなんでも話してしまう。御代田がにこにこ笑いながら、正治郎の腕をゴム輪で強く縛った。彼の静脈がはっきりと太く浮かびあがる。ここ二週間も採血していない濃い血であった。

「この頃のスペンダーの血は、採りすぎでみんな桃色っぽい黄色い色なのに、こんな濃い血を見たら、吸血鬼がきっと大喜びするわ」

御代田が独り言を言った。

準備が終り、三十分ほどして、新生寮の会長と舎監と吸血鬼が二階にあがって来た。

「もう一度、思い切って交換輸血をやってみましょう。いらない血を抜いて、新しい血を入れるのです」

「先生、今度は大丈夫なんだろうね。この前の三号の時は失敗だったんだろう。おれたちは輸血の終ったあとの死体を隠すのに苦労をするからね。この前だって、うっかりしたら放送局の奴等にかぎつけられるところだった」

「きみたちは、沢山報酬を受け取っているのだ。黙っていたまえ。どちらかの血を移さなければ、片一方は死んでしまうのだ。血がなければ、塩水でもなんでもいい、とにかくわたしは送りこまなければならんのだ」

「こんな危険なことは、これだけにしてもらいたいって言ってたんですよ。そりゃ、あの方のお嬢さんですからね。どんなことがあっても助けなくっちゃいけない。こいつら供血者は、宿なしの、家族もいない人生の落伍者ばかりです。血を全部採って殺してしまっても、別にどうってことはないんですよ。ただ、放送局とか新聞記者とかがうるさいからね、なるべく前みたいに交通事故や無理心中の怪我みたいにして、お嬢さんに輸血をさせたかったんだ。ところが、うちの監視がぼやぼやしていたために、脱走した奴にぺらぺら喋られて危いところだった。今度は余計な細工をしないで、迅速にやってしまいましょう」

「たしか、この男は、麻酔をかけなくても大丈夫なんだったね」

「ええ、精神薄弱で、完全に頭が弱いですからね、先生のことも髭が長いせいで、なぜか吸血鬼だとばかり思い込んでいるんですよ」

「余計なことは言わないで、早く輸血の用意をしたまえ。採血が千ccを越えたら、スペンダーの血管に塩水を送り込むのだ」

正治郎は、吸血鬼たちが彼の枕もとでぺちゃぺちゃと喋るのをぼんやり聞いていた。吸血鬼の娘がまた現れたので、彼はなんとなく明るい気持になっていたのだ。

御代田が正治郎の腕をとった。吸血鬼が長いガラスの管の嘴を近づけた。今日はいつもより長いこと嘴をつけ、正治郎の血を吸い続けている。彼は冷たい汗をかきはじめた。両脚がじーんと痺れてくる。激しい眩暈《めまい》が襲い、やがて呼吸が出来なくなってきた。ひどく苦しいのだ。

御代田に、いつも皆に内緒で白い血を吸われる時の、あの何とも言えない眩暈とはまるで違う。あの時は、決してこんなに苦しくはないのだ。今度、チョコレートをくれたあの男に会ったら、吸血鬼に血を吸われたとき息が出来ないほど苦しくなったことを言わなければならない。そう思いながら、正治郎の意識は再び戻れない暗黒の世界へと次第に遠のいて行った。

＊

Aテレビ局社会報道制作部の人権擁護局に対する調査依頼。

＊

A輸血協会新生寮で、精神薄弱児を供血者《スペンダー》として雇っていたが、本人の判断能力がないところからみて、人権侵害になるのではないでしょうか。ご調査をお願いします。

＊

人権擁護局の調査回答。

精神薄弱とはいえ、健康な体の持主であるかぎり、採血による社会奉仕は許されるべきだという、A輸血協会からの強硬な申し入れがあり、当方としてはそれ以上の強制勧告は出来かねます。

降霊のとき

1

入口のほうで人の気配がする。

誰か、霊媒相談の客が来たのだろうか。そうだとすると、玄関のチャイムが鳴るはずなのに、こわれているのだろうか。

まさか、霊が、玄関の戸をあけて入ってくるわけはない……

先生は、そんなことを仰言《おつしや》っていない。霊というものは、人の躰に乗り移る時にはいつも音を立てずにやってくるはずなのだ。

芝山未津《みつ》はそんなことを考えながら、台所のリノリュームの床から立ち上った。

東京に出てきてもう五年にもなるのに、椅子に坐るより、冷たい床にぺったり坐るほうが彼女の性に合っていたのだった。

「どなたでしょうか」

未津は、そっと入口を覗いた。

桐谷妙空霊女霊媒相談所は、代々木の裏通りに面したモルタル造りの二階である。やっと一人通れるほどの急な階段をのぼって、客はあがってくるのだ。

「あのう……あたし……」

客は、一番下の段に片足をかけながら、躊躇《ためら》っている様子だった。

三十歳前後の女で、鶸《ひわ》色の和服コートのせいだけではなく、ひどく蒼ざめていた。持ち物から判断すると、ホステス業のようにも見えるし、少し派手な奥さんという感じでもある。

精神状態が普通ではないとみえて、頬のあたりに絶えずチック（痙攣《けいれん》）が走っている。乾いた唇がわななくだけで、口も満足にきけなかった。

「あのう……死んだ人の霊を、すぐに呼び出していただけますか……」

「霊媒のほうは、予約制になっているんですよ。一週間前か、せめて三日前に申し込んでいただかなければなりません。先生は、テレビや講演でお忙しいのです。それに死者の霊を呼ぶのは、大変な苦業なんですよ。その日の午前中から絶食しますし……一日に三人も死者の霊を呼んだら、それだけで霊媒は疲れきってまいってしまうんです」

未津は、客の顔を見ながら喋った。

未津の先生である妙空霊女が、客に説明している言葉の受け売りであった。妙空がいない時には、未津の喋り方が妙空そっくりになるのだ。

半分は意識してだったが、半分はごく自然にそうなるのだった。

「お願いします。お金はいくらでも払いますから……今すぐに何とかお願いしたいんです……」

客の口調は何かに取り憑《つ》かれたように熱っぽく、からみついてはなれない執拗《しつよう》さがあった。

視線が一点を見つめて動かない。

今まで妙空霊女が留守のときに、客を勝手に招じ入れたことはなかった。とくに最近は依頼者が増えているので、妙空霊女は計算高くなり、紹介者のない客はすぐには承諾しない。

「困ります、先生はいつお帰りかわかりませんから……」

未津は強く断わったが、女は一向に帰る様子を見せなかった。

「ああ、早く……あのひとの霊を呼んでくださらなければ、あたしはここで死にますよ」

向うも強気だった。思いつめているだけに、迫力がある。

「何回申しあげればわかるんですか。先生はお留守なんですよ」

「でも急ぐんです。あなたはしたことがないの。普通に霊を呼んでくれればいいんです」

「わたしは……」

未津は言いかけて心が動いた。いつも先生の妙空霊女の霊媒ぶりをつぶさに眺めている。

いつかは自分もああいうふうに死者の霊を呼んでみたい、ああいう能力を持ちたいとかねがね思っているのだが、一度もそんなことを口に出して言ったことはなかった。

自分の霊感を試してみたい……

未津の胸の動悸が早くなった。

「わたしも……することはしますが……」

未津が妙空霊女の家に住みこんでいるのは、あくまでお手伝いとしてである。同郷ということで、雇われているだけのことであった。

「あなたで結構です。やってくださいますか。お願いします」

「わたしは、まだ修業がたりませんから、たぶん死者の霊を呼ぶのに時間がかかると思います。先生でさえ、時には霊が降りてこない時があるんです。とくに自殺した方や殺されたりした方は難しい……」

未津の喋り方が、ますます妙空霊女に似てきていた。

「ともかく、やってみてください」

「わたしがやってさしあげるのはいいですが、誰にも仰言らずに秘密にしておいてくださらないと困るんです。もし修業中に霊媒をやると、先生に破門されるのです。あまりあなたがご熱心なのでやってさしあげますが、絶対に黙っていてください」

未津の心がとうとう動いた。霊媒の真似をしてみたいという誘惑にうち勝てなかった。

霊媒が、死者の霊を呼び出すときの型だけはよく心得ている。なんとかやれる自信はある。

毎日、毎日、客が来て、妙空霊女のやるのを細部にわたって見ているのである。客の取り次ぎは未津がやっていた。二階の入口まであがってきた客を恭《うやうや》しく、曲りくねった細長く冷たい廊下を通って、応接室に案内する。

応接セットの置かれた待合室には、妙空霊女の生涯や、最近の奇蹟をのせた雑誌や新聞の切り抜きがはってある。テレビで霊媒を行なっているときの大きな写真も額に入れて飾ってあった。

妙空霊女のファンである有名人の政治家や映画女優が、霊を呼んでもらっているときの写真もある。

客がここで一時間ほど待たされていると、いつのまにか神秘的な、霊の世界が近づいてくる雰囲気になってくるのだった。

降霊室は、ドアを一枚へだてた隣だったが、雰囲気はがらりと変っていた。

白と黒のまだらの床に、壁は同じ配色で霊界の象徴的な模様が画いてある。

一面に墨を流したような感じだが、一種の催眠効果があるらしい。

神棚だけは日本風で、その横に五、六百年前のものといわれる刺繍の屛風が置いてあった。色はあせているが、緋《ひ》の地に金糸でこまかい桜の模様が浮いていて、これもじっと見つめていると、男女のからみ合う図にも見えるし、賽《さい》の河原にも見えてくるから不思議だった。

妙空霊女のファンの実業家から寄贈されたもので、一幅《ぷく》一千万円もすると未津は聞かされている。

火事になったら、これを一番先に持って逃げよと、かねがね言いつけられていたものであった。

未津はこの屛風の前に正座すると、ふと自分が平安朝時代の女になったような気がする。

とうに三十を過ぎているというのに、ときどき何時間も夢想の世界をさまようことがある。妙空霊女が不在で、ひとりで降霊室を掃除しているときなど、自分が霊媒になって死者の霊を呼び出している光景を、よく思い浮かべていたのだった。

女客を降霊室に通したとき、未津の心の中に臨時の霊媒になりきる決心のようなものが出来あがっていた。

入口のドアを閉め、電話の受話器をはずすなど、外部から邪魔をされない慎重な配慮も働いた。

すでに心の用意が出来ていたのだった。

妙空霊女が霊媒のときに使う、白い繻子《しゅす》の着物に紫の袴をつけて客の前に坐った。

「いいですか、この紙にあなたのお名前と生年月日と、それから呼び出したい死者の名前と亡くなった月日を書いてください。ふりがなを正確にふってくださいね」

客に言うときの声が、意識せずに、妙空霊女のちょっとかすれたような低音になっていた。

2

妙空霊女が霊媒を行なうときは、その四、五時間前から食事を断つ。どんな職業でもそうであろうが、集中力を保つためには空腹状態でなければならないのだ。

未津は、先ほど寿司の残りを三つばかり食べたのを思い出した。

妙空霊女が、出がけにわざわざ老舗《しにせ》から笹《ささ》寿司を取り寄せて、食べて行ったのである。その残りを口にしたのだが、そのことが気になった。

笹寿司の中身は鮭と卵だった。未津は、妙空霊女が霊媒前の断食中でも生卵に大根おろしをあえたのを、人目をさけてすすっているのを思い出した。

卵くらいなら、降霊の邪魔にはならないだろう。だいいち、未津には霊媒をつとめる自信がもともとなかったのだ。

ただ客を満足させるための型をつくってやれば、それでよいのではないか。

未津は両手を胸の前で合わせ、数珠《じゅず》を揉《も》み、ぱっと叩くようにして鳴らした。

これも妙空霊女の仕草どおりだった。

妙空霊女の言葉では、数珠さばきは山伏のように威勢がよく、気合がこもっていなくてはならない。

数珠は、妙空霊女が神殿の中にスペアとして納めておいたものであった。

ふだん使うのは黒い塗りのほうで、この赤い珠がところどころに混っているのは、よほどのとき――つまり呼び出すのが自殺者の霊や殺された人間の霊、いわゆる変死の場合のみに使っていた。

《六根《ろっこん》清浄《しょうじょう》、六根清浄……》

未津は口の中で最初は呟くように、次第に低く唸《うな》るように唱えはじめた。

呪文はなんでもよいというのが、妙空霊女の意見で、南無阿弥陀仏でも南無妙法蓮華経でもハレルヤでも、よい。つまりはこちら側の精神の統一にあるというのであった。

未津は固く目を閉じ、懸命に六根清浄を唱えはじめた。十年ほど前の富士登山の経験を記憶によみがえらせていたのだった。

経験の浅い霊媒師の場合、霊を呼ぶまでに三十分や四十分かかるのはざらである。しかし妙空霊女クラスになると、たいてい三、四分で肩がぐっとさがり、降霊の状態になった。

未津は、自分には長い時間が必要だと思っていた。というよりも、霊が呼べるはずがなかったのだ。

あくまで先生である妙空霊女の型を真似ていただけであった。

「片山道子、昭和十五年九月十七日生まれ、夫、片山豊二、昭和四十六年一月十日……」

このあたりは、奇妙な節にのせているが、やや明晰な発音になって、霊媒依頼者の耳にはっきりわかるようにしなくてはならない。

未津は、妙空霊女のやり方をそっくり踏襲した。

言葉が時おり口の中でこもるきらいはあったが、ほぼ先生どおりのやり方を真似ることが出来たと思った。

このへんまでは、未津の意識ははっきりとしていたのである。

題目を唱えている合いまに、どうせ自分が霊を呼んだところで依頼者の夫の霊は降りてこないであろう、三十分ほど霊を呼び続けて、駄目だと断わらなければならない……という思考さえしていた。

依頼者の女も、それで一応満足するのではないか。

三十分近く同じ姿勢で、同じ題目を唱え、同じ名前の霊を呼んでいるうちに、脚の痺《しび》れが襲ってきた。

固く閉じている目の前の闇に、ふと、赤い小さな円筒のようなものが見えた。

それがだんだん近づいてくる。中では火が灼熱状態になっているらしく焔のように燃えていて、それに包まれるように黒いものが蠢《うごめ》いていた。

太陽の黒点のような黒いものは次第に大きくなり、裸の男がもがきながら、その燃えさかる円筒の中から一生懸命に這い出そうとしている姿が見えた。

《ああ、霊が見えた、霊が近づいてくる……》

と未津は思った。

妙空霊女のよく言っている、幽界、霊界が見えてきたのである。あとは霊がこちら側に来て、未津の躰に乗り移ってくれさえすればいいのだ。

未津は予期していなかった奇蹟に圧倒され、題目の声を一層大きくし、必死になって死者の生年月日と霊界に入った日、現世にいた年数を呼び続けた。

霊界の戸籍謄本を、一生懸命に繰っているようなものだった。

未津は、突然、全身が氷に包まれるような感じを持った。このあたりは、完全に肉体的な経験である。

氷の層に入ったような気がしたのだ。

「片山豊二、昭和四十六年一月十日、片山豊二、昭和四十六年一月十日、妻、片山道子……」

未津の言葉の繰り返しとともに、今まで赤く燃えていた円筒の内部がすっと蒼ざめた。中にいる裸の男まで蒼くなったのである。

パチパチと火の燃えさかっているような音まで、一緒に消えた。

蒼い裸の男は、ゆっくりと未津の足もとに近づいてくる。

相手の裸の男自身、凍りついた円筒形に見えた。

《霊は、一体どうやってあたしに乗り移るのだろうか》

そのとき未津は、はっきりとそう考えた。自分自身を観察しているのである。

急に、未津の胸が楽になった。はいている紫色の袴と白繻子の着物の帯がするすると解けたのだ。

未津の身につけているものは、いつのまにかすべてなくなり、一糸もまとわぬ裸になっていた。

未津は、自分の下半身を眺めた。湯舟の中で自分の脚を眺めているときのように、白い脚がゆっくりと開いてゆく。

《嫌だ、どうしたのだろう……恥ずかしい、なぜこんなふうになるのか……》

未津は脚を開きながら、そう思っていた。脚を一杯に開いた未津の腿《もも》は、ぽってりと肉づきがよく、それが微かに青白く震えている。

未津は脚に痛みを感じた。

それでも脚は開き続ける。まるで、誰かが両側から二人がかりで脚を引いているような感じだった。

未津は思わず《あ、あ……》と声をあげた。意識の隅で、いつかどこかで同じような経験をしたことがあると思っていた。

同じような感覚は、未津の新婚の夜にあった。

未津は見合い結婚だった。夫は四つ年上で、彼女が二十二歳のときに郷里の青森で結婚した。三年ほどの結婚生活で、夫は東京に季節労務者として出稼ぎに行き、工事現場で事故死したのだった。

工場現場での事故死は、一般に考えられているより遥かに多いのである。

子供の出来なかった未津は、そのあと実家に帰り、家事手伝いをさせられたまま再婚話も起こらなかった。

霊媒師の妙空霊女が郷里に帰って、未津を手伝いの女として連れてくるまでは、東京に出てくるなどということは考えもしなかったのだった。

《あ、あ……》

と未津はまた声をあげた。

躰が後に倒れて、畳に押しつけられる……

未津にはもう自分の下半身が見えない。ただ何か巨大で、固く、しっかりとしたものが強い力で未津の下半身に押しこまれるような感じが伝わってくる。

痛みとか快感とかいうよりも、ただ押しこまれるという感覚だけがあった。それは新婚の初夜の晩の感覚と同じものであった。

蒼白い霊が、いま自分の躰に、それも下半身から入りかけているのだと未津はかろうじて考えた。

それはまだ、未津の躰に半分ほどしか入っていなかった。未津は霊を迎えるために、さらに両脚を強くひろげた。

子宮の芯に、ずんと当る感覚があった。

《あ、あ……》

と未津はもう一度叫んだ。その瞬間に意識がふっと遠のいて、目の前が暗くなった。

3

「あなた……あなた……片山豊二……さんですね。あたしです、あなたの妻の道子です……」

未津の耳に、相手の声が聞こえた。未津はうっすらと目を開いた。

相手の顔がローソクの明りにゆらめいている。霊媒を依頼した客の女だった。頰を緊張で引きつらせながら、未津の顔を覗きこんでいる。

未津は、《今こそ自分の躰に、他人の霊が乗り移っているのだ》と意識した。

そのように振舞うのだという、もう一人の観察者の声が未津の耳に聞こえた。

「あ、あ、う、う……ぼくだ、片山豊二だよ……ここは熱い……とても熱い……」

未津は、なるべく低い男のような声を出した。

先生の妙空霊女も、男の霊を呼ぶときはいつも低い迫力のある声を出す。若い女のときは、ころころと囀《さえず》るような声を出すのだ。

「あなた、あなた、本当に熱いんですか……あたし、どうしていいのか……あんなことをしてしまって……あたし、あなたを殺す……いいえ、あんな目に会わすつもりはなかったんです。ただ、あなたがあんなに酔って帰ってらして、お風呂に入ったきりいつまでも出てこなかったけれど、そのままにしておいただけなんです……あなたが心臓麻痺をおこすなんて、思ってもいませんでした。許してくださいね……お願い……」

女が、すすり泣くような声をあげると、夫に対するように未津にすがりついてきた。

未津は、自分が今どんな姿勢でいるのか、おぼろげにわかっていた。いぜんとして両脚を強く両側に引っぱられているような感覚は変っていない。

意識は、夢幻と現実のあいだをさまよっている感じだったが、依頼者の言っていることははっきりとわかった。

この女の主人は、お風呂の中で死んだのだ——この女が放っておいたから死んだのだ——。

未津はそんなことも考えた。

「許すことは出来ない。おまえのような女は許せないよ。なぜ、あのとき助けにこなかったのだ。放っておいたのだ。あんなに叫んだじゃないか……」

未津は、自分でも驚くほどすらすらと言葉が出てきた。芝居がかった男のような声が出る。どこか酔っている時の気分に似ている。

薄く開いた未津の目と、相手の女の目が合った。自分は今この女の夫なのだ、うんと恨み言を言ってやらなければならない。

女が脅《おび》えたように目をそらした。

「ごめんなさい、あたしが悪かったんです。どうか許すと言ってちょうだい……お願い、ね、お願い……」

女は生きた夫に会ったような錯覚をおこしているのか、未津の胸に顔を埋めて泣きはじめた。

こんなふうに他人に接触されたのは、ここ十何年、一度もなかったことであった。

女は未津の胸に顔を埋め、次第にずり落ちるようにして顔の場所をかえていった。未津の腰から下は、相変らずつったまま自由にならなかった。彼女はそろそろと手を動かすと、袴の紐に触れた。先ほど袴が滑り落ちたと思ったのは錯覚で、着物の裾も袴もちゃんとそのままになっている。

そのくせ、未津は自分の下半身が露わであるような気がした。

女はますます泣きじゃくりながら、顔を押しつけてくる。女が何を望み、何をしようとしているのか、未津にはまるで見当がつかなかった。

未津の結婚は短い。一度、夫に、夫の躰を唇で愛撫するように強要されたことがあったが、それも夫のほうから無理矢理、ごく短い時間、接触させられたようなものである。未津のほうから積極的に、男の躰を唇の中に包みこんで愛撫したという実感はなかった。

その後、人の口から、あるいは活字から、そういう夫婦の営みの仕方のあることは知ったが、感覚としては理解出来なかった。

女は夢中で、未津の広げた脚の支点に顔を押しつけ、手をさまよわせ、さかんに何かを求める仕草を見せている。

この女は、きっと死んだ夫の躰を探しているにちがいないと、未津は思った。女が苛立ったように、宙をさまよわせていた手で未津の袴の紐を摑んだのはその時だった。女は未津の袴をとり、着物の裾をひろげた。そこまではスムーズな動作だった。未津の腰から下は相変らず硬直したままである。

未津は力を入れると上半身を出来るだけ起こし、自分の下半身を眺めた。いつも湯舟の中で見馴れている下半身のかわりに、蒼ざめ、骨ばった男のような下半身があった。

その下半身は、未津がどこで見た男の躰なのか、とっさには思い出せなかった。七十歳で癌《がん》で亡くなった実家の父親の瘦《や》せ衰えた脚のようでもあるし、子供のときに見た川の中の行き倒れの男の脚のようでもあった。

ひどく筋ばっている。固く冷たい脚だと未津は思った。

霊が、あたしの躰の中に入って、あたしを変えている——

未津は、自分にそう言いきかせた。変っているところが一箇所だけあった。それは、下半身の芯にあたる部分だった。

そこだけは青白い蠟人形のような感じではなく、生ま生ましく黒々と濡れている円筒状のものであった。

男の躰だと、未津は思った。それはふくらみ、怒り狂っているように見えた。

その部分は、未津の新婚時の体験と一致する。夫の躰は、そういう形状で未津の躰を押しわけ入ってきたのだった。

依頼者の女は、その黒々とした筒を唇で包んでいた。

女の、鮮かに口紅をぬった厚い唇が化物のように大きく裂け、その口一杯に頬ばっているように見える。

女が頭を上下にゆするたびに、未津の下半身に快感が波のように拡がってゆく。

未津は、女のその行為を、なんとかしてすぐにやめさせなければいけないと思った。さもなければ未津は死んでしまう。それほど快感の度合は昂《たか》まっていた。

「許す……おまえのしたことは許してやるから、早く離れてくれ……」

未津は必死になって叫んだ。叫んだが、無駄であった。

下半身の引き吊ったような感覚は、次第に上体にも及んできていた。

それは乳房を浸し、首筋から未津の顎《あご》のあたりにまでのぼってきたのである。

しばらくして、未津は自分の全身に霊が乗り移ったのを感じた。

未津は起きあがると、今度は依頼者の女を逆に畳の上に押し倒すようにした。

女は両手で顔をおおい、躰を震わせた。着物の裾が乱れて、開いた白い両脚の内側の筋肉が間《ま》をおいて痙攣しているのが、未津の目に映った。

未津はこのあと、ごく当り前のように、女が身につけているものを取った。

完全に女の夫になりきっていた。女の夫ならば、どうすればよいかということが自然に頭に浮かんだ。

女の柔かな丸い乳房を揉みしだき、まだ子供を生んだことがないらしい艶のある下腹部をそっと撫でさすり、最後には叢《くさむら》のあいだから愛の泉を溢れさせている割れ目に指をあてがった。

未津がそれを動かすたびに、女の眉根のあいだに寄せられた二つの皺が更にふかくなり、白い歯のあいだから呻《うめ》きのようなものが洩れた。

未津は相手の夫として、ローソクのゆらめきの中で女がとめどなく昂まってゆくのをじっと眺めていた。

4

未津が、先生の妙空霊女に内緒で初めての霊媒をつとめてから、一週間が過ぎた。

そのあいだ、別に何事も起こらなかった。すべてがいつものように過ぎていった。

未津は相変らず妙空霊女のお手伝いであり、霊女が在宅しているあいだは雑事で駆けまわらなければならなかった。

電話や接客の雑事の合い間に、未津はふと、耐えられない不安にとらわれることがあった。

《もしかしたら、この前来た客は亡霊だったのかもしれない……あたしは夢か幻を見たのかもしれない……》

その一番の理由は、霊媒行為が終ったあとで、未津が相手の女の姿を見ていないということであった。

あの日、未津が気がついたとき、彼女自身は畳に坐るときと同じ脚を折り曲げたままの姿勢で、仰向けに倒れていた。

袴も、繻子の白い着物の袴も乱れておらず、そのままであった。ただ、ひどく脚が痺れていた。すぐには起きあがれないほどで、筋の突張るような感じが腿の内側にかなり強く残っている。

神殿の横にあるオランダ製の古い置時計が三時を示していた。この時刻になると、いつ妙空霊女が帰ってくるかわからない。

そのことが未津を慌てさせた。

早く袴と着物とをしまわなくてはならない。もし、こんなところを先生の妙空霊女に見つかりでもしたら、すぐにここを出されてしまう。

第一、未津が霊媒になりたいという野心を持っているのを知っただけで、妙空霊女は怒るであろう。妙空霊女が持つにちがいない強い嫉妬の怒りが、未津には手にとるようにわかっていた。

妙空霊女に対する恐怖と威圧感が、未津の現実復帰をすばやいものにした。

彼女は急いで袴と着物をしまい、数珠を神殿におさめた。このあいだ、未津は一度だけ自分の下半身に注意を向けた。それは一瞬、新婚の朝に感じたような異物感を、腿の内側に感じたからであった。

未津は、自分の腿の内側が濡れていると思った。そんな感覚は、ここ数年、めったにないことであった。

東京に出て来て妙空霊女の家で働くようになってから、ごくまれに躰が熱くなることはあったが、自分の手で触れたこともなかった。自分では、そういうことに淡白な女だと思っていた。それだけに自分の芯が潤《うるお》い、溢れていることに驚きを感じた。

《でも、先生はいつも、霊媒をしているあいだのことは何一つとして覚えていないと仰言っている……》

乗り移った霊が一体どんなことを語ったのか、絶対にわからない。自分が喋るのではなくて霊が喋るのだから、それは当然のことであると主張するのが、霊媒の存在理由なのである。

そのことによって霊媒は、自分の言葉に責任を持つ必要がなくなってくる。

霊が現われ近づくまでは、はっきりと見えるが、自分と一体になったあとは一切記憶がなくなるということは、絶えず妙空霊女が客や未津に語っている言葉であった。

未津の頭にも、それだけはしみこんでいた。

《それなのに……あたしはまざまざと今しがたの出来事を覚えている。霊が乗り移って相手の女と抱き合ったことをはっきりと覚えているのだ……あの女の夫が風呂場で死んだことも覚えている……》

未津は激しい不安にとらわれながら、この問題に悩んだ。

なぜ、自分だけ〝降霊のとき〟の出来事を覚えているのだろうか。

きっと霊媒としての資格がないから、見たものをすべて覚えているのだ……霊の世界を垣間見《かいま》た……だが、もう二度とこんなことをしてはいけない……もしも続けていたら、きっと恐ろしい罰がくだるにちがいない……

つとめて自分を納得させながら、霊媒室を片づけ、応接室のテーブルから茶器をさげた。

ふと気がつくと、たしかに客は未津の入れたお茶を飲んだはずなのに、湯のみの中の茶はそのままであった。その気になって探してみると、客が来たというそれらしい痕跡は何一つとして残っていなかった。

中でも一番ハッとしたことは、霊媒依頼の客が謝礼を置いていかなかったことであった。

そのことが、もしかしたらすべては夢だったのではないかという強い不安を未津におこさせた。

「未津さん、あなたこの頃、少しおかしいわね。言われたことは、すぐにしてもらわなくては困るのよ」

ぼんやりと仕事の手を休めていて、妙空霊女から何度も強い叱責を受けた。

妙空霊女は断食の時間が多く、その上このところ難しい霊媒の依頼が続いているので、未津に対して殊更に人使いが荒くなっていた。

時には、霊媒行為の直後に飲む霊湯を持って行くのが遅くなり、数珠で腕を強く叩かれたこともある。

未津は、そうされることで更におどおどし、失敗を重ねた。

「嫌なら、いつでもやめてもらってもかまわないんですよ。代りの人はいくらでもいるんだから……」

「申し訳ありません……一生懸命やりますから、ここにずっと置いてください。故郷《くに》へ帰るのは嫌なんです」

未津は哀願した。最近、躰の具合が悪いので……などといっても、そんな弁解が通用するような相手ではない。

未津は、早朝から深夜まで激しい労働のあと、今までなら蒲団に入ったあとすぐ泥のように眠ってしまうのに、あのことがあった次の日から、どうしても自分の腿の内側に手がいってしまうのを、どうしようもなかった。

その度に、目を閉じながら霊が乗り移ったときのことを思い出していた。そして手を動かしたのだった。

未津のところに、二度目の霊媒依頼者の電話がかかってきたのは、二週間ほど経ってからである。

「すみません。先生は今、霊媒のほうはお約束が一カ月先までございまして……身の上相談だけでしたら、三日ほどお待ちいただければ……」

紹介者のない電話には、未津は同じ返事をする。じっさいに妙空霊女のスケジュールは、テレビに出るようになってから急増していた。肉体的な疲労度の強い霊媒は、一日に三件が限度だったから、あとどうしてもという人は身の上相談を先にしておいて、霊媒のほうは一、二週間あとになる。紹介者があってその順番であるから、電話の申し込みなど、とても応じられないのだった。

「テレビに出ている先生のほうじゃなくてもいいんですよ。もう一人、細面の色の白いお弟子さんがいるでしょう。あの人に頼んでちょうだい。このまえ死んだご主人の霊を呼んでもらった人がいるでしょう、あの人に紹介してもらったのよ」

喋り方が少し乱暴で、水商売の女かなにかという感じであった。

未津の目が、自然と壁にかけてあるカレンダーのほうへ行った。そこに妙空霊女の予定表が書き込まれている。

翌日は、T県の県会議員の自宅まで出張することになっていた。出張霊媒のときは、夕方まで帰らない。

「明日の一時でしたらよろしいですよ」

未津は霊媒室に聞こえないように、電話口で声をひそめた。霊媒の邪魔をしないように、電話は入口の近くに置いてあるのだ。

受話器を置いて、霊媒室の横に戻ってきた未津の心は弾んでいた。

この前の依頼人は、やはり夢ではなかったのである。

霊媒をつとめ、ちゃんと死人の霊を呼ぶことが出来たではないか。

未津は隣の部屋のガラス戸越しに、じっと先生の霊媒ぶりに目を注いだのだった。

5

二度目に未津に霊媒を依頼した客は、まだ二十二歳の若いホステス風の女だった。

未津は客を入口で迎えてから応接室に通し、霊媒室で白繻子の着物と紫色の袴にかえた。

この前と違っていたことは、客に会う前に能面をつけたことであった。

未津は密かな霊媒行為を、先生である妙空霊女に見つかることを極度に恐れた。客に顔を覚えられては絶対にまずい。考えたすえ、面をつけたらどうだろうという知恵が生まれた。

妙空霊女を送り出したあと、すぐに能役者の用いる能面をデパートで手に入れた。

二番目の客は未津の能面を見て、最初は吃驚《びっくり》した様子を見せたが、すぐに生年月日と名前を書いて、霊媒に対する信頼感を見せた。

「誰の霊を呼び出すのです」

「あたしの父の霊を呼んでほしいの。どうしても聞いておきたいことがあるのよ。二人だけしか知らないことなんだから……」

ミニ・スカートをはいた若い客は妙なことを言うと、そこにあったマジックで父親の死んだ日を書いた。

二十歳ぐらいしか年の違わない父親で、二年ほど前に病死していた。

未津は能面のうしろ側から、依頼者の女の顔をじっと観察した。今度は能面をつけているので、気分的によほど楽である。

ただ、この前のように本当に霊を呼び出せるかどうか自信がなかった。

あのような体験が、もう一度スムーズに行なわれるとは信じられない。

「六根清浄、六根清浄、橋本洋助、昭和四十四年六月四日、四十一歳……」

この女の父親ならば、きっと肥った恰幅《かっぷく》のいい重役タイプの男であろうなどと考えながら、ただただ、ひたすら呪文を唱えた。

二十分かかるか、三十分かかるか――

目を固く閉じて、一生懸命に数珠をまさぐっていると、真暗な厚い闇の中から今度は蒼白い球体が近づいてきた。

肥った裸の男が胸をかかえて、母親の胎内にいる胎児のようにしゃがんでいる。

またこのあいだの時と同じように、両脚に突張るような感覚が訪れる。自分でも無意識のうちに両脚が開いてゆく……。

両側から強く引かれているようで痛いと思うまもなく、蒼白い球体はそのまま未津の躰の中に押し入ってきた。

強い力であった。未津は躰をのけぞらせ、畳の上に倒れるのが自分でもわかる。

「胸が痛い、胸が痛い……」

未津は叫んだ。

「ああ、お父ちゃん……お父ちゃんなの……胸が痛むのね、肋骨を取ってるから仕方がないわ。でも……まだそんなに痛むの……」

「痛い……痛い……肋骨のせいもあるが、他にもいろいろ悩みが残ってるんだ……」

未津の口から、すらすらと言葉が流れた。

自分が、この女の父親になっているのだという、もう一つの強い意識があった。

妙空霊女がいつも言っているように、霊が乗り移っているあいだ、何もわからなくなるということが、今度もないのである。

未津は小学生のとき、一度だけ学芸会の芝居の役を振りあてられたことがあった。十歳のときである。

そのとき未津は王子であった。男の子がいたのに王子に選ばれ、同じクラスの女生徒たちと親しく腕を組んだ。

なんの脈絡もなく、未津の意識にその時のことがふっと浮かんだ。

王子が、客の女の父親になり、それが自分になった。

「お父ちゃんに、どうしても聞きたいことがあったのよ。七年ほど前、あたしがまだ十五の頃、お父ちゃんが夜、酔払って帰ってきたことがあったでしょう。あのとき、お父ちゃん、あたしに何をしたの……」

未津は能面のうしろで目を見開いていた。相手から詰問されているという、言葉の気配、語調の強さがよくわかる。

「何をしたのか……よく覚えていない……」

未津は困って、頭をかくような素振りを見せた。自然に男の仕草になるのが、自分でも不思議だった。

「覚えていないわけないじゃないの。お父ちゃんは、あたしの躰に嫌らしいことをしたでしょう」

「そんなことはない……いや、そんなことがあったかもしれない……遠い昔のことだ、よく覚えていない……」

「しらばくれるのはやめて……あたしは本当のことが知りたいのよ。あの晩、お母ちゃんはお店から帰らなかったわ。きっとお店のお客と一緒に、どこかの旅館に泊りに行ったんだわ。お父ちゃんはいつものようにお酒をあびるほど飲んで、やきもちをやいて……最後にはあたしをお母ちゃんのかわりにしたんだ……」

「そうだ……そうだった……おまえはよく眠っていて、わたしはおまえをお母ちゃんと錯覚したんだ……」

未津はすらすらと応答した。目の前の女の家庭の状況が、スムーズに頭に浮かんだ。飲み屋につとめている母親――職人かなにかの酒飲みの父親――そのあいだに生まれた娘――。

「なぜ、あんなことをしたの。あたしはバレー・ボールの部に入っていたから、昼間の練習がきつくて、お父ちゃんに何をされてもわからなかった……ただ、朝起きてみて、白いものがこぼれているのでおかしいと思っただけよ」

「すまなかった……そのことでは今でも悩んでいる。本当はおまえのことが好きだったのだ……昔のことは忘れて、早く仕合せになっておくれ」

「その日以外にも、夜中にずいぶんと胸の上が重いなと感じることがあったわ。あれは、やっぱりお父ちゃんだったの」

「そうだ……わたしだった……おまえの躰が忘れられなかったのだ。許しておくれ……今こっちで、わたしは毎日懺悔《ざんげ》の生活を送っている……おまえが許してくれないと、この暗いところから出られないのだ。ここは狭い岩の上だ。ここにしゃがんでいると胸が痛くなる……」

未津はそう言いながら、自分が本当に狭く冷たい岩の上に坐っているような気がした。

「あたし……いま結婚を申し込まれているの。お父ちゃんに感じがそっくりの人なのよ。彼と結婚して、うまくいくと思う」

「うまくいく……ぜひ、その男と結婚しなさい。その男はわたしの生まれかわりだ。わたしはその男と一緒になって、ときどきおまえを愛しに行く……」

そう言ってから未津は両目を開き、能面のうしろから女の顔を見た。

若い女は半ば脅えたような顔で、未津のほうを見つめていた。瞳孔が大きく見開かれ、そこにちらちらとローソクの焔が映っている。尖った顎の線と、ほっそりした首筋が妙に生ま生ましい白さで薄暗い霊媒室の中に浮かびあがっていた。

「お父ちゃん、もうあたしのところにはこないでちょうだい。あの人まで悩ませるのはやめて……あの人が変なことになったら、あたしが不幸になるもの……」

「わたしはおまえを愛している。これが最後だ……言うことを聞いておくれ、いつかのように……七年前の夜のように目を閉じて、疲れきって死んだように眠っておくれ……わたしは娘の躰が欲しい……」

未津は、自分の口からなぜそんな言葉が出てくるのかわからなかった。ただ、今まで味わったこともないような陶酔感があった。それはどことなく、小学校の学芸会のとき、王子になって舞台で台詞《せりふ》を喋った時の気持に似かよっていた。

未津が起きあがり両手をのばすと、女は恐怖に蒼ざめた顔で、意志を失ったように後に倒れた。両脚がだらしなく開いている。

この前の女のように、この女も躰に触れたらとめどなく乱れるだろうか。他人の性的な興奮をこの目で見たいという気持が、未津の心に強く働いていた。

その時点では、未津は一瞬冷静になり、客観的な判断をしている。

それからすぐにまた、その女の父親になりきった。酔って足もとも定まらない父親になりきった。

未津は両手をのばし、女のミニ・スカートの下から伸びた型のいい腿をさすり、ついで身につけているものを剝いだ。

酔った父親がするように、未津の仕草は荒っぽく好色だった。能面をずりあげ、こんもりとした乳房を揉みしだき、吸うと、すぐに叢に手をのばし、その中の隠れた花芯をまさぐりはじめた。

女が、次第にのぼってくる昂まりに耐えきれずに腰をよじると、未津はそれを自分の腿でおさえつけた。

未津の脳裏には、酒くさい息をはずませながら、淫らな欲望に目をぎらつかせて娘を抱いている父親の一挙手一投足が、映画のスクリーンを見ているようにありありと映っている。

そして、その父親の手の動き、指の動き、躰の動きが、未津の動きなのであった。

相手の女の激しい反応が未津に伝わるにつれて、未津自身の躰の中に押し込まれた霊の塊《かたま》りが、さらに巨大な圧迫するかたちのものになり、未津に快感を与えた。

6

未津はこのあと、霊媒の客を四人とった。どの客も、口コミによる紹介だった。

最初の客の片山道子が、知り合いの二番目の客の女に教え、ついで他の女にその体験が伝わるというかたちであった。

どの女も、死者の霊が現われ、その霊と肉体的な交わりを持ったことに満足した。未津は二番目の客でかなりの自信をつけ、三番目の客からはだんだんとその応対に慣れた。応接室で茶菓子を出し、充分に予備知識を得てから霊媒をするようになった。霊媒が終って能面を取ったあとは、またもとの使用人の未津にかわり、世間話や霊の体験などを聞いてから、一万円の謝礼を受け取っていた。

未津には、ある意味で生活の充実感が生まれはじめていたのだった。

三番目の客は、遺産相続にからむ会社社長の妻であった。もう四十過ぎの女で、未津よりもかなり年上のようだった。電話をかけてきたときから、ざあます言葉を使い、未津とは肌合いの違う階層を思わせた。

「遺産相続のことでしたら、先生しかおやりになりません」

「先生じゃなくてよろしいのよ。内弟子さんの、もう一人の方にお願いしたいの。どうしてもお引き受けくださらないのなら、先生にわたくしから直接お願いしますわ。先生は、お弟子の方にお願いしても、別にお怒りにならないのでしょう」

客の言葉が意外なほうに走り出したので、未津は慌てた。

先生の妙空霊女に、もし弟子がいるだろうなどと言われたら、それこそ大変なことになる。結局、未津はその女の依頼を引き受けざるを得なかった。

妙空霊女の外出の予定がその週はなかったので、客を五日ほど待たさなければならない。

客というものは、待たせて勿体《もったい》ぶったほうがかえってよいのだということを、未津は妙空霊女から教えられていた。

その日、応接室へ案内すると、三番目の客は話し好きとみえてとめどなく喋る。着物は芥子《からし》色の綸子《りんず》で、指には二カラットもあるダイヤをしていた。

霊媒依頼の内容というのは、死んだ夫に二号がいて、相手に認知した子供もいるが、遺産をどの程度わけてやればいいかということであった。

「弁護士やなにかと相談して、一応のめどは出したんですけれど、亡くなった主人にも納得してもらいませんと寝覚めが悪うございましてね……。生前は、主人はほとんどわたくしのところなどには寄りつかずに、相手の女のところに入りびたりでそのあげくに、きゅうに脳出血でぽかっと死んでしまったでしょう」

「まあ、それはお気の毒に……」

未津は当りさわりのない話をして、少々お待ちを……と言ってから霊媒室に入って着替えた。

能面をつけて依頼者の前に坐り、題目を唱えて霊を呼びはじめると、しばらくして、いつものように両脚が突張りはじめた。両側に強い力で引かれるのだ。

闇の中に蒼白い世界が見え、黒い点が次第に近づいて大きくなり、妾の女に脚を引っぱられて水中でもがいている、頭の禿げた会社の社長が見えてくるのである。

未津は低い、よく通る声を出した。

「遺産を一人じめにしてはいけない。あの女と子供にもわけてやってくれ。さもないと、わしはいつまでも冷たい水の中にいなければならない……」

「いいえ、嫌です。あんな女に何かしてやれると思ってらっしゃるのですか。でも、あなたがどうしてもと仰言るなら考えます。そのかわり、あたくしに謝ってください。あなたが生きてらした間、本当に苦労させられたんですのよ」

未津は能面のうしろから、大会社の社長の妻だという女が本気で腹を立て、無邪気に夫の霊と喋っているのを眺めた。

いつものように、また自然にすっと未津の両手が前にのびた。

「わたしの手は水のように冷たい。お前の肌で暖めておくれ」

未津は女の肩口をおさえると、すぐに着物の八ツ口から手を滑りこませた。帯におさえつけられた女の乳房が柔らかく当たる。

女は畳の上に倒れ、なんの抗《あらが》いも見せずむしろ待ち望んでいたように、霊との肉体の交わりを愉しんでいるようだった。

未津は、この頃はもう女の躰になれて、乳房を唇で愛撫しながら、すぐに右手を相手の一番感じやすい場所に滑らせる。女が目を閉じて、夫の姿を思い浮かべながら未津の手を通して霊に身を委《まか》せ、声をあげるのを見ながら、今まで自分に一度もこういう体験がなかったのを不思議に思った。

そのくせ、相手の昂まりが続くと、未津の躰もじんと熱くなってくる。夫としての征服欲と本能的な興奮とで、自分の腿で相手の脚をしっかりとしめつけるのであった。

未津は一しきり相手の官能の嵐が静まったあとで、霊が離脱した振りをした。

この三番目の客のときが、未津が一番自分を芝居がかっていると感じた時であった。霊媒が終ったあと、台所でまた普段の野暮ったいスカートとセーターに着替え、世間話をして礼を受け取った。

「ああ、これで気持がさっぱりしましたわ。主人の言うとおり、あの女にも必要なものは分けてやりましょう」

女が満足して帰るのを見送りながら、未津は自分もよいことをしたような満足感にみたされて、浮き浮きした気持になるのだった。

あとはただ、妙空霊女にばれないことだけを、祈るような気持で願った。

四番目の客のときに、未津のアルバイトの霊媒行為に破局が訪れた。

客は三十八歳になる洋裁店の経営者の女で、夫が半年前から行方不明だというのである。

死者の霊を呼ぶのではなくて、生きた人間の霊を呼び、現在いるところと心境を尋ねる生霊《いきりよう》霊媒であった。

生霊は、妙空霊女もめったに行なっていなかった。

未津も最初は断わり続けたが、相手があまり熱心に頼みこむので、つい引き受けざるを得なくなってしまったのである。

一つには、自分が生霊を呼べるかどうか試したかったし、その客が妙空霊女のほうに依頼した時に、未津のことがばれたりしては大変だと思ったからだった。

妙空霊女が外出した午後に、そのデザイナーの女を呼んで、失踪した相手の主人の名前を尋ねた。

「向坂吾郎っていいます」

「失礼ですけれど、そのご主人とは正式に結婚していらっしゃるんですか。籍を入れて……」

「籍は入っていませんけれど……失踪後は警察の家出人係にも届けてあるんです」

「向坂吾郎さん……生年月日はいつですか」

吾郎というのは、未津の死んだ主人と同じ名前であった。生年月日を聞いて、未津はさらにその偶然に恐怖を感じた。

苗字は違うが、相手の夫の名前も生年月日も、未津の死んだ夫とまったく同じだったのである。

7

「向坂吾郎、昭和二年十月十八日生まれの失踪した霊よ、今ここに現われ……」

未津は目を閉じて数珠を鳴らし、題目を繰り返して十分以上、向坂吾郎の霊を呼び続けた。

やがて闇の中に蒼白い世界が拡がり、火の玉に包まれた光が現われて、それがだんだんに近づいてくる。

生霊は裸の男で、躰中を灼熱した針金で縛られ苦しそうに喘《あえ》いでいた。

生霊の顔を見て、未津はハッとした。

未津の死んだ夫の顔だったのであった。もう十数年前に、東京の工事現場でコンクリートの塊が落ちてきて死んだはずの主人であった。

保護帽《ヘルメット》をかぶっていなかったので、頭がつぶれ、労災保険をもらうときも、主人の過失かどうかでもめたくらいである。

結局、労務手帳などの所持品から本人だと断定されたが、死体があまりむごいからということで未津は対面せず、あとで白木の箱に入った遺骨を受け取りに行っただけであった。

その夫の霊が、今、目の前に現れてきている。事故死という異常死のために、呼ばない霊がさまよい出てきたのだろうか。

顔はつぶれておらず、真赤に灼熱して苦しそうなだけである。

「何しに来たのだ！　帰れ、帰れ！」

未津はきゅうに怖くなって大声で叫んだが、霊はそのまま近づいてくる。

未津の下半身には、また例の突張りがはじまっていた。

両脚がこわばり、左右から強く引かれているような状態になっている。

未津は自分の下半身を眺めた。白い肉づきのいい腿が大きく開いて、そこに灼熱した夫の生霊が、火の棒のようになって押し込まれてくる。

「痛い！　痛い！　あ、あ……」

と、未津は続けて叫んだ。

事実、激しい苦痛があった。疼痛と呼ぶべき痛みである。あとは叫びにならず、呻き声になった。

霊の灼熱した火の棒がすっかり未津の躰の中に入ってしまうと、ようやく瘧《おこり》のような苦しみは静まった。霊の火の棒は、未津の脳天を何度も突きあげるような感じで入ってきたのだった。

「あ、あ、熱い、熱い……わたしはいま船の底の火の釜の前で働いている……誰にも言えない事情があってここにいる……わたしは、工事現場の大きなコンクリートの塊で頭を割って死んだ……その時わたしには妻がいたのだ……わたしは生まれ変って東京でおまえと結婚した……帰る場所がわからなくなった……未だにわからない……わたしは帰る場所がわからない……おまえは新しい男と結婚して仕合せになるのだ……わたしは前世の妻のところへ帰らなければならない……」

未津の口から出る霊の言葉に、相手のデザイナーの女が腹を立てた。

「あなた、何を言ってるんです。失礼なことは言わないでください！　あなたの帰りをずっと待っているのじゃありませんか！」

「お、お、苦しい……熱い……どうか、わたしのことは探さないでおくれ……」

未津は、いつもと違う混乱状態におちいっていた。

そのくせ、未津は無意識に手をのばした。

未津はいつものとおり、乳房から腿の内側へと手を滑らせはじめた。

女は、未津に乗り移っている夫の生霊の手を拒まなかった。拒むどころか、自分から身につけているものを取ると、こまかい指示をしながら強く求めるのである。

未津は、乳房だけではなく、腋の下や、耳朶《じだ》や、更には躰の芯にまで唇を這わさなければならなかった。

未津の躰には、いつか灼熱となった生霊が乗り移っていた。

未津は強い愛撫を続けた。女は全身をくねらせ、何度も波のたかまりの頂点で痙攣した。

「吾郎！　吾郎！」

と未津の夫の名前を呼んだ。

「お願い、あなた……いつものようにして……ここを……」

女は最後に、自分の首に強く指先を当てがうように懇願した。それが、この夫婦の愛の営みの慣習であるらしかった。

未津はいつのまにか、そのデザイナー夫婦の閨房《けいぼう》の秘事に参加させられていた。

未津は言われたとおりに、女の首筋に手を当てた。

けれども、なぜか醒《さ》めた部分があった。工事現場で死んだ筈の夫は、こうやってデザイナーの女と激しい閨房の夜を持ち続けていたのだろうか。

許せない。

嫉妬と怒りの気持であった。

未津は指先に力をこめて、全身の体重をのせた。

それは未津自身の殺意がやらせたことでもあり、生霊が強く命じた愛撫の行為でもあった。

女が静まってぐったりしたときに、未津は生霊が下半身から離脱してゆくのを感じ、そのあと意識を失った。

霊媒室の二人を発見したのは、妙空霊女であった。

妙空霊女は未津が何をしたのかすぐに悟った。彼女は怒り狂ったが、客の女が死んでいると思ったので、まず警察を呼んだ。

ところが、客の女は、救急車の中の人工呼吸で息を吹きかえしたのである。

その結果、未津にとって皮肉な結末になった。

失踪していたデザイナーの夫の向坂吾郎が、都心のマンションのボイラー・マンをしていて、自分から名乗り出たからだった。

「わたくしは青森県出身の芝山吾郎ですが、東京の工事現場で働いているときに手配師の名簿のミスで、別人の事故死がわたくしだということになりました。わたくしは故郷《くに》に帰るのが面倒だったし、妻の存在も疎《うと》ましかったので、そのまま別人になって東京で生活してきました。ただ、名前や生年月日はそのまま使っていたのです。もし戸籍が必要になったら、名乗り出ればいいと思っていました。二度目の妻とは恋愛し、結婚しましたが、籍は入れていません。一度、失踪すると、それが癖になってしまって、今度もマンションのボイラー・マンの求人広告を見て、資格を取りがてら、ふらふらとそのまま住み込んでしまったのです。あの事件の日、ボイラーを焚いている最中にきゅうに胸が苦しくなり、しばらく呼吸も出来ませんでした。なんとなくデザイナーの妻のことが心配になり、それから数日後に顔を出したという次第です。最初の妻のことはすっかり忘れ果てていて、彼女が霊媒をしているというのも知りませんでした」

この夫の警察での供述が、未津に有利に働いた。

一応、未津は殺人未遂の容疑で留置されたが、検事の調べの段階で不起訴になり、釈放された。

担当検事は、すべてが偶然の暗合だろうとは思ったものの、強いてこの法律を越えた霊界の問題に立ち入るのを避けたのであった。

未津の夫の存在を知らされ、妙空霊女からも、今までのことは水に流して新たに霊媒として東京に残ってもよいと許されたが、ある朝早く、誰にも黙ったまま故郷《くに》に帰った。

事故死したはずの夫の生存が認められ、戸籍が復活したあと、未津はあらためて離婚の手続きを自分からすすんでした。
そのあと、未津は故郷の小さな町の病院で賄婦《まかないふ》として働いている。
誰にすすめられても、彼女はもう二度と霊媒の真似をするつもりはないのだ。

誘惑者

1

先生にはじめてお会いした時のことからお話いたしましょう。

それはもう夏も終りの頃でございましたでしょうか。この私が軽井沢の先生の別荘まで、原稿をいただきにうかがったのでございますよ。

原稿をいただきにあがるなどといえば、いっぱしの編集者のように聞こえるでございましょうけれど、いいえ、私はまだ女学校を出たばかりの、右も左もわからない世間知らずでございました。

大きな印刷所をやっておりました父の紹介で、さる探偵小説の雑誌の編集部に入ったのでございます。

河崎先生といえば、その頃もうすでに、たいへんな文豪でいらっしゃいました。私の女学校の教科書に河崎先生の文章がのっていたほどでございますもの、女学校を出たての私には、雲の上の神様のような存在でございました。

ヨーロッパ帰りの、外国趣味の強いお方で、ふだんは滅多なことでは人とお会いにならず、一年の大半は、軽井沢の西洋館の別荘にこもっておいでになるということでした。

また軽井沢の別荘というのが、これも明治時代に金持の外人がお建てになったとかいう由緒のある二階建ての建築で、うっそうとした糸杉や唐松に囲まれた大きな敷地に、それこそ西洋のお館の絵のようにそびえておりました。

三角の屋根に円い出窓のついたお城のような建物で、紋章の入った鉄柵の入口から、玉砂利を踏んで玄関の車寄せまで、女の足で五分もかかるのでございますよ。それなのに広い別荘には、病身の奥様と耳の不自由な年寄りの別荘番の夫婦しかおりませんでした。

私が初めてうかがいました時も、玄関の獅子の顔のノッカーを鳴らしておりますと、長髪の先生がご自分で出ていらっしゃいました。

ワインカラーの、金の縁取りのある西洋のガウンをお召しになっていたのを、今しがたのようにはっきりと覚えております。

「家内の具合が悪くてね……なかなか原稿が書けないで困っているのだよ。でも、約束だからね、かならず夕方までに渡すから、あがって待っていなさい」

先生は私の顔を見て、気の毒そうに優しく仰言《おっしゃ》いました。私は先生のことを、気難しい、神経質な芸術家タイプの方だとうかがっていましたので、それはビクビクものでした。

その時、先生が書いてくださった原稿のことですが、たしか〝夜の誘惑者〟とか、〝夜の吸血鬼〟とかいう恐ろしい題名でございました。

先生は滅多なことでは、ご自分では探偵小説はお書きになりませんでしたけれど、外国の探偵小説は大好きで、一時は丸善から取り寄せた洋書を毎日お読みになっておられるほどでした。あの有名なポーの小説も、先生がお訳しになったほどですもの。

そのとき、私のいただきかけた三十枚ほどの短編小説も、たしか密室ものでございました。青酸カリかなにかの毒薬の粉をつけた大きな蛾《が》が、誘蛾灯の役目をする怪しい光りを放つアール・ヌーボーのランプに引き寄せられて、その下に置いてあるブランデー・グラスに毒を入れるという、たいへん幻想的な物語でございましたよ。

ええ、その毒入りのブランデーを飲んで死ぬのは、妙齢の美女で、殺人者はたしか昆虫を研究している大学教授かなにかでございました。

その探偵小説の結末がどうなっていたのかは、もう覚えておりません。先生は、書きかけの原稿を三十枚ほど私に渡されて、あとは奥様の看病でそれどころではなくなってしまったのでございます。

私が応接間で待っているあいだに、奥様のご容態が急に悪くなったとかで、お医者様が呼ばれました。

背の高い顎髭をのばした、外国人のお医者様でした。

その時まで、私はよく知りませんでしたけれど、河崎先生の奥様は、ポーランドか或いはハンガリーでしたか、どこか遠いヨーロッパのお国の方だったのでございますね。

それで、たぶん外国人のお医者様がお見えになったのではないかと存じます。その頃の軽井沢は、そりゃ、おそろしいほど沢山の、外国の方がいらっしゃいました。外国の方は、当時クーラーなどない湿度の高い日本の夏に参ってしまわれるので、皆さん軽井沢などで、避暑をされたのでございますね。

「きみ、まことにすまないが、家内がいっとき危篤状態になったんだよ。以前から、白血球がどんどん減ってゆく原因不明の病気でね……すぐに貧血状態になるし、都会じゃとても住めない体だったのだがね……輸血をしなければいけないのだが、なかなか健康な人の献血者がいなくてね……ところで、あなたの血液型は何型かね」

先生は何気なく私に尋ねられました。お恥ずかしい話ですけれど、私は自分の血液型など知らなかったのでございます。私が知らないと申しますと、そりゃ、きみ、知っていなくてはいけないと仰言って、その外国人のお医者様に私の血をとらせました。採血といっても、私の耳朶《みみたぶ》から少量の血をとって、血液型のテストをされただけのことでございましたけれど……

その時、私の血液型は、Aでしたか、Bでしたか、それともAB型でしたか忘れましたけれど、奥様のと同じだったので、先生がたいへん喜ばれました。

「あなたに献血してもらえれば、しばらくのあいだは家内が元気になって、わたしも原稿を書いていられる」

先生にそう仰言られると、私もお断りするわけにはまいりません。なんだかんだしているうちに、奥様の病室に行き、輸血のお手伝いをすることになりました。

大きなベランダに面した病室のベッドにお寝《やす》みになっていらっしゃった先生の奥様は、そりゃ美しい方でございました。あちらの名前がマリアンヌで、日本名が真理奈さんでいらっしゃいましたね。

長い睫毛《まつげ》を物憂げにあげられて、私のことをじっとごらんになりました。私の血をさしあげることで、このお方のお命がのびるのかと思うと、私も思わずジーンとなりましたよ。

その時、一度に牛乳瓶に三本ほどの血を採ったとかで、私はしばらく経つとボーッとなり、奥様と同じ病室のベッドに横になることになりました。

それから先のことはよく覚えておりませんね。河崎先生が編集長にお電話をして、原稿が出来上るまで私が泊ってゆくというようなお話があったようでございますが……じつは私はそのまま、二度と東京に戻らなかったし、家族の顔を見ることもなかったのでございますよ。

2

はじめは二晩ほどのご看病の予定で、マリアンヌさまのご病室に泊りました。

原稿をお待ちしているのと、もう一度献血をしてさしあげるということで、ごく自然にそういうようなことになったのですよ。

奥様のマリアンヌ様はそれは美しい方で、当時でもすけて羽衣《はごろも》のように見えるネグリジェをお召しになっておられました。白血球の減ってゆくご病気とはいえ、白いネグリジェの下のお体は美しく、とても、すぐに亡くなられるお方には見えませんでした。

河崎先生も、マリアンヌ様をそれはそれは愛していらっしゃったとみえて、昼間は何度も病室にお見えになり、蜂蜜を入れたミルクだとか、こけもものジャムだとかをご自分の手で運んでおられました。

そりゃ、他目《はため》にも美しいご夫婦に見えたものでございますよ。そのころ、マリアンヌ様は三十歳くらいでございましたでしょうか、河崎先生よりもお年が半分も違うというのに、親子のようには見えず、仲睦《むつま》じいご夫婦でございました。

マリアンヌ様は日本で生まれた方ではございませんから、もちろん日本語は片言《かたこと》で、先生とはあちらの言葉でお話しになり、私には卒業した学校のことや、私の両親のことをお尋ねになっただけでございました。

私の卒業した女学校がミッション・スクールなものでございますから、英語の先生が外国の宣教師の方だと申しますと、そのフローラ先生をよく存じあげている、世間は本当に狭いものだなどと仰言って、涙ぐまれるのですよ。

それで、私も若かったせいもあり、人さまのお役に立つのがただ嬉しくて、東京に帰ることなどまるで忘れていたのでございます。

「あなたのご両親には、よくお話してありますからね……もう一日、お願いするよ。あなたがマリアンヌの病室にいてくれると思うと、わたしは安心して仕事が出来る」

河崎先生は、夜中になると仕事部屋にこもられてしまいます。前からお約束の大きなお仕事があるとかで、仕事場にこもられるとほとんど徹夜で、外には出ていらっしゃいません。

私のいただいた三十枚の探偵小説の原稿も、肝心の結末が出来ておらず、そのままでした。

マリアンヌ様は、いつも白いネグリジェの上に白いネッカチーフを首もとに巻いておられました。お洗濯は、別荘番の婆《ばあ》やがやってくれますし、看病といっても、夕方、マリアンヌ様が寝つかれる前に、枕もとで英語の聖書をお読みすることだけでした。

マリアンヌ様は、小さな字の聖書を読まれるとすぐお疲れになるとかで、私がかわりにたどたどしい英語で読んでさしあげると、本当に喜ばれるのでした。

マリアンヌ様がお寝《やす》みになると、私も聖書を枕もとに置いて、お医者様からいただいた錠剤と赤い葡萄酒を一息に飲むのでございます。

最初の晩に血を採ったあと、外国人のお医者様が、かならず眠る前に飲むようにと仰言って、増血剤とかいう錠剤をくださいました。

葡萄酒を飲むのも初めてでございましたけれど、甘くて口当りのよい葡萄酒でございました。これを飲んで寝みますと、それはぐっすりと眠れて、翌日は元気を恢復しているのでございますよ。

あれ以来、あれほど元気になるお薬は飲んだことはございません。

外国人のお医者様は、毎日お見えになりました。緊急の時に血をさしあげられる健康な若い女性がそばにいるのを、とても喜ばれているご様子でした。マリアンヌ様の血液は特別なので、それに合う血液型がなかなか見つからないのだと仰言っていました。私の血液がぴったりなのだと説明されますと、私もむげに逃げ出すわけにはいかなかったのでございます。

逃げ出すどころか、有名な河崎先生の別荘にいつのまにか家族同様に置いていただけたのでございますし、美しい外国人の奥様のご看病はさせていただけるし、まるで西洋の夢の世界の主人公になったようなつもりで、有頂天になっていたのでございますよ。

でも、もう三日目の晩には恐ろしい体験をいたしました。

たしか二度目の血を採った時のことでございます。夕方、奥様の具合が急に悪くなられて、聖書も読まずに寝《やす》まれたのでした。

そのせいでしょうか、私は心配で夜中にふと目を覚したのでございます。

それも胸のあたりが重苦しいような、いやな目覚めでございました。気がつくと、テラスに通じるガラスのドアが開いて、軽井沢特有の真白な霧が、部屋の中まで流れ込んでおりました。

奥様のお体に悪いのではないかと、まずマリアンヌ様の寝台のほうを眺めますと、その時に、マリアンヌ様の寝台の上にかがみ込んでいる、黒いマントの男を見たのでございます。

マリアンヌ様のベッドの枕もとには、古いランプのかたちをした電気スタンドが一つ置いてございました。一晩中、小さな明りにして、そのスタンドをつけておくのでございますけれど、影絵のような男の姿だけがはっきりと見えました。

男は黒いマントを身につけたまま、マリアンヌ様を抱きかかえるようにして、顔に接吻し、次には衿《えり》もとや、時には胸もとにまで深々と顔を埋《うず》めるのでございます。

一番恐ろしかったことは、マリアンヌ様の衿もとの白いネッカチーフをはずして、首筋に吸いつくようにしたことでございます。

じっと首筋に吸いついているのを見て、私はすぐに西洋の吸血鬼の話を思い出しました。ミッション・スクールの宣教師から、吸血鬼ドラキュラの話は聞いておりましたから、すぐに吸血鬼と目の前の黒い影とがぴったり一つになったのでございます。

その時、私は生まれて初めて、金縛りの恐怖を体験いたしました。

なにしろ、叫ぼうにも、起き上ろうにも、まるで体が動かないのでございます。ただ目を大きく見開いて、吸血鬼の黒い影が、マリアンヌ様の首筋を吸うのをじっと眺めているだけでございました。

3

翌朝、どうしたことか、私もベッドから起き上れませんでした。起き上ろうとすると目がかすみ、立ちくらみの状態になるのです。

河崎先生が心配して、私にオートミールを運んでくださいました。

外国人の食べるオートミールというお粥《かゆ》みたいなものをいただいたのも、この時が初めてでございますよ。

昼頃、やっと起き上れるようになったので、洗面所で顔を洗いました。そのとき、首筋に赤い痣《あざ》がついているのにふと気づいたのでございます。痣は小さなものでございましたけれど、真中《まんなか》に虫に刺されたような、赤い穴がポツンと二つ並んでついているのでございます。

私はドラキュラ伯爵の伝説はくわしく聞いておりますし、絵本の挿絵でドラキュラ伯爵の姿も見ております。

昨夜の黒い影が、絵本のドラキュラ伯爵とそっくりだったせいでございましょうか、急に、吸血鬼のことで頭が一杯になってしまったのでございます。

私の聞いた話では、吸血鬼は被害者の首筋から血を吸い、そのあとには、二つ並んで針で刺したような赤い吸い痕が残るということでございました。

それで私は、自分の首筋の、針で刺したような二つの痕がとても気になりはじめたのでございます。私もいつのまにか、吸血鬼に血を吸われているのでございましょうか。

私は河崎先生のところに行き、吸血鬼のことが出ているご本を貸していただきたいとお願い致しました。

「なにか吸血鬼のことで調べたいことでもあるのかね……日本に吸血鬼はいやしない。かりにいたとしてもすぐにわかる。吸血鬼は血を吸ったあと、首筋に咬《か》み痕《あと》を残すからね……針で突いたような痕が二つ残るからすぐにわかるよ」

河崎先生は、向うにいらしただけあって、古い外国語の百科辞典をめくられると、すぐにそう仰言いました。

私は先生には自分の首筋のことは言い出せず、部屋に戻ると手鏡で、こわごわ首筋を眺めては、きっと虫に刺されただけのことなのだ……昨夜のドラキュラ伯爵のような黒い影は、悪い夢を見ただけのことなのだと、自分に言い聞かせておりました。

けれども、どうしても吸血鬼のことが気になるのでございますね。

その晩、奥様に聖書を読んでさしあげたあと、奥様がすやすやとお眠りあそばしたのを見定めてから、そっと衿もとに巻いていらっしゃるスカーフをとってみたのでございますよ。

やはり、奥様の首筋にも、赤い痣がいくつも浮いているのでございます。そして、痣には針で刺したような二つの痕が……

奥様が、お寝みになられる時まで首にスカーフをお巻きになっているのは、吸血鬼に吸われた痕をお隠しになるためなのです。では、誰の目から隠そうというのでございましょう……

それはもう、ご主人の目から隠そうとなさっているのに間違いございません。河崎先生は何もご存知ないのです。

私は河崎先生のためにも、あの夜の黒い影のことは確かめねばならないと思いました。ええ、私は若くて、こわいもの知らずだったのでございますね。

その晩、私は、お医者様からいただいた増血剤も赤ワインも、飲んだ振りをして流しに捨てました。睡魔に襲われないように、濃いお茶をいただいて、目を見開いていたのでございます。

夜中の一時過ぎでございましたでしょうか。別荘の玄関の柱時計が時を打つと、テラスに向っているがっしりとしたガラスの格子戸がギイッと鈍い音を立てて開きました。冷たいミルク色の夜霧の感触と同時に、あのマントをひるがえした黒い影が、奥様のベッドにおおいかぶさってゆくではございませんか。

私は起き上って、先生をお呼びしようと思いましたが、また全身が金縛りにあったように硬直して動けないのでございます。

ただ昨夜と違って、こちらも覚悟をしていたせいか、ベッドの上の黒い影も、マリアンヌ様の顔もちゃんと見えました。

マリアンヌ様は首筋を吸われていらっしゃる時、はっきりと恍惚感を顔に浮かべているのでございます。眉根はお寄せになっていらっしゃるものの、決して苦しがって悶《もだ》えている表情ではございません。

最初は、私も恐怖で全身が硬《こわ》ばるばかりでございましたが、そのうち、だんだんと落着いて、ベッドの上の二人を観察出来るようになりました。

マリアンヌ様におおいかぶさっている黒いマントの男は、金髪の外国人でございました。

絵本で見たドラキュラのような恐ろしい顔ではなく、まるで映画俳優のような甘い顔立ちでございました。

それにドラキュラにしては妙なことに、衿のところに白い高いカラーをつけているではございませんか。

私がミッション・スクールで見ておりました、宣教師様のつけているカラーと同じなのでございます。

でも、やはり吸血鬼なのだと私は思いました。なぜと申しまして、その男は、奥様の唇よりも長いこと、奥様の首筋を吸い続けていたからでございます。

奥様が恍惚の表情のまま気を失われますと、男は血を吸うのに倦《あ》きたのか、今度は奥様の胸もとに顔を埋めました。

奥様の白いネグリジェの胸もとから、真白な豊かな乳房が、それこそこぼれるように覗いたのでございます。

その外国人の男はしばらくの間、奥様の乳房をむさぼるようにもてあそんでおりました。

そして最後に、私は、見てはならないものを見てしまいました。男は、奥様の腿《もも》のあいだに顔を埋めると、やがて乱暴に奥様の脚を押しひろげ、淫らな仕科《しぐさ》をはじめたのでございます。

奥様の抜けるように白い腿が、乱暴されるたびに揺れ動き、私の目には男のむき出しの下半身までがはっきりと見えました。

私は、まだ男性経験もなく、こうした男女の営みは夢想だに出来ない年頃でしたので、ただただ恐ろしい光景として映ったのでございます。

男がなにかの拍子にチラリと私のほうを眺めました。闇の中に輝くようなその真青な目と、まともに視線が合って、情けないことに私もそのまま気を失ってしまったのでございますよ。

気がついた時は、もう陽が高く昇っておりましたし、奥様のご様子もいつもの通りでございました。

昨夜の出来事など、まるでただの悪夢なのでございます。

私の口から自信を持って、河崎先生に申しあげることなど、とても出来ませんでした。一度に沢山の血を採られたので、妙な幻覚を見るようになったのではないかと、ひとりで思い悩むだけでございます。

4

でも、結局、先生にご相談申しあげなければならなくなったのは、次の晩、とうとう私自身が吸血鬼に血を吸われることになったからでございます。

その晩、明日はもう東京に帰ろうと決心して、表向きはさり気なく、マリアンヌ様に聖書をお読みしたあと、増血剤と赤ワインをたっぷりいただいて寝みました。

もう悪い夢など見ずに、ただぐっすりと眠りたかったのでございます。

ところがどうでございましょう、真夜中の二時過ぎだったと存じますが、体中が大きな重しで押しつけられるような胸苦しさで、思わず目覚めたのでございます。

誰かが、私の胸の上に顔を押しつけておりました。叫ぼうと思うのですけれど、また、金縛りにあったようで、指一本動かすことが出来ません。

夢でない証拠には、別荘の柱時計が大きな音で二時を告げているのがはっきりと聞こえました。胸の上の重苦しさと同時に、どなた様か存じませんが、私の乳房を吸っている気配がだんだんと伝わってまいりました。

お恥ずかしい話ですが、まだその頃の私は、性の歓びなどにはまるで疎《うと》うございました。快感などというよりも、ただただ恥ずかしくて、気が遠くなる思いなのでございます。

私の上にのしかかられているお方は、いつの間にか私を裸にしている様子でございました。高原の真夜中で肌寒いはずなのに、寒さなど少しも感じません。

私の上にのしかかっているのが吸血鬼だと確信が持てましたのは、首筋のあたりを吸われる時でございました。

そのあたりに、チクッと刺されるような感じが走ると、そのあとは何もわからなくなるのでございます。

ときどき、唇を激しく吸われているような感じもございました。

もっとお恥ずかしいことは、一番恥ずかしい場所にも吸血鬼に吸われている感触が残っていたことでございます。

意識の朦朧《もうろう》とした状態が明け方まで続き、翌日は起き上っても、一日中ぼんやりとしておりました。先生の別荘を出て東京へ戻ろうなどという気力も衰えて、早く先生にご相談しなければと悩むばかりでございました。

翌晩も同じことが起こりました。

また真夜中の二時前に、胸の上に重苦しいものを感じたのでございます。

吸血鬼に吸われていると思った瞬間に、別荘の柱時計が真夜中の二時を知らせておりました。

二晩目は、こわいというよりも、何か恍惚感のようなものがございました。吸血鬼は前の晩と同じように、私の首筋の静脈をチクリと刺して血を吸うのでございますが、それだけではなく、私の耳朶《みみたぶ》や乳房や腿のあいだまで丹念に吸うのでございます。

翌日も、一日、ぼうっとしておりましたが、夕方になって、このまま毎晩、吸血鬼に血を吸われていては、間もなく死んでしまうのではないかと、ふっと心配になりました。それで、思いきって先生のところに、すぐに東京に帰りたいとご相談にまいったのです。

先生は、別荘のお二階にあるご書斎でお仕事をしていらっしゃいましたけれど、私のお話を、それは真剣な顔で聞いておいでになりました。

とくに、テラスから白い霧と一緒に入ってくる金髪の外人の男のことは、何度もくわしくお尋ねになるのでございます。

英語の文献をお調べになって、ヨーロッパで昔から行われている吸血鬼の手口にそっくりだと仰言いました。

本当の吸血鬼は、被害者を脅したり苦しめたりして血を吸うのではない、あの魔力に満ちた目で被害者を催眠術にかけ、相手の肉体を悦ばせて誘惑し、それから知らないうちに全部の血を吸い取ってしまうのだ……それに一番恐ろしいことは、吸血鬼に血を吸われた人間は、自分自身が知らないうちに吸血鬼になってしまうことなのだ……血を吸われた被害者が、今度は他人の血を吸いに行く第二の吸血鬼になるのだと仰言いました。

「あなたが真夜中に吸血鬼に襲われているのは、きっと現実の出来事だ……悪い夢ではない……あなたの話を聞いて、わたしにはピンときたことがある……誰があなたの血を吸っているのか、わたしにははっきりわかるのだ……」

先生は、とても悲しそうな顔をして仰言いました。私が、ぜひ、その吸血鬼の正体を教えて欲しいとお願いしても、先生は苦しげに首を振られるばかりでした。

「わかっているのだが、証拠を摑まえなければならない……マグネシュームを焚《た》いて写真を撮るのだ……ただ、霊媒術にもよくあることだが、写真を撮った人間も、撮られた術者も、不幸な死に方をすると言われている……それも撮られたほうは、必ず苦しんで死ぬと言われているのだ……わたしには、誰があなたを襲っている吸血鬼なのか見当がつくだけに、写真を撮るのが恐ろしい……しかし、このままにしておくとあなたが死んでしまう……どうしても写真に撮らなければならないのだ……」

先生は、それはそれは苦悩に打ちひしがれたお顔で、今夜もう一晩、私に別荘に泊るように、そして吸血鬼の正体を確かめるために、写真を撮るまでじっと、されるままにしているようにと仰言ったのでございます。

私も先生の真剣なお顔を見て、死ぬ覚悟で先生にご協力しなければいけないのだと考えました。

そして増血剤は飲まずに赤ワインだけを飲んで、寝んだのでございました。

先生から、間違いなく吸血鬼の仕業《しわざ》だと聞かされたせいか、目が冴えて少しも眠れませんでした。

ところが十二時前にやっとうとうとしかけたところに、テラスのガラスのドアがギイッと開いて、冷たく濃い夜霧が流れ込んでまいりました。

薄暗い部屋に入ってきたのは、黒いマントをひるがえしたドラキュラ伯爵のような、あの外人の若い男ではございませんか。

そして、すやすやと寝んでいらっしゃる奥様のネグリジェをとると、また体中を吸いはじめたのでございます。

どういうわけでございましょう、吸血鬼が入ってくるあいだ、私は目だけは大きくしっかりと開いていられるのに、体は金縛りにあったようにぜんぜん動かず、叫ぶこともままならないのでございます。

吸血鬼は、奥様の乳房や、美しい太腿のあいだに顔を埋めては、また首筋に戻ります。奥様の首筋に吸いつく時には、夢中で喉を鳴らしている様子がはっきりと見えました。

吸血鬼は、やはり血を吸うのが一番の目的のようでございました。けれども、奥様を歓ばせるためでございましょうか、それとも吸血鬼にも人並みの欲望が備わっているのでございましょうか、最後には奥様のからだをもてあそんでいるのがよく見えました。

ごく普通の若い男の方のように、奥様の体の中に欲望を吐き出したあとで、大きく肩で息をつき、また黒いマントを羽織って、蹌踉《そうろう》としてテラスの霧の中に消えていったのでございます。

ただ、恐ろしい吸血鬼にしては、なにか淋しそうな後姿でございました。

もしも先生が、物陰でこの場面をごらんになっていらっしゃったら、どんなお気持になるのでしょうか。嫉妬をお感じになって、吸血鬼を殺してしまわれるのでしょうか。それとも、吸血鬼に取り憑《つ》かれた奥様の身を案じて涙をお流しになるのでしょうか。それにしても、どうして先生はマグネシュームをお焚きになって写真をお撮りにならなかったのでございましょう。

私はぼんやりとそんなことを考え、いいえ人事《ひとごと》ではない……あと何分かしたら、あの吸血鬼がまた戻ってきて、今度は私の血を吸いにくるのだと思い、恐怖のあまり全身が総毛立つようになりました。

あの外人の男の吸血鬼に全身を吸われてしまうのかと思うと、目の前が真暗になるのでございます。その頃、私のような人間は異人さんというと、今の若い方が思うようにスマートな存在ではなく、ただただ鬼のようで気持の悪いものなのでございますよ。それに、マリアンヌ様とちがって、私は日本人の女でございます。外人の男に貞操を奪われ恥ずかしいことをさせられるのかと思うと、もう私の一生が滅茶苦茶《めちゃくちゃ》になってしまったようで、一刻も早く逃げ出したいのでございますけれど、金縛りにあった体はまるで動きません。

早く先生がお写真のマグネシュームを焚いてくださり、吸血鬼を追い払ってくださらないものかと、それればかりを念じておりました。

すると、柱時計の二時の時報が遠くで鳴り、マリアンヌ様のベッドの枕もとの明りがスーッと消えて、部屋が真暗になったのでございます。

胸の上が重苦しくなったのは、その直後でございます。まず喉のあたりがチクッと刺され、すとんと全身の力が抜けました。あの吸血鬼に、乳房や恥ずかしいところを吸われているのかと思うと、もう死にたい気持になるのでございますけれど、その反面、抱きあげられているような陶酔感が生れるのでございます。

5

そのあと、突然、マグネシュームを焚かれた時の恐ろしい光景は、一生忘れることは出来ません。

ボンと、部屋の隅で、先生が焚かれるマグネシュームの爆発音がいたしますと、部屋の中が一面、真昼の太陽の下のように明るくなりました。

そして、私の体の上におおいかぶさっていた白い物体が、跳《は》ねあがるように空中に飛んだのでございます。

それは、裸の上に白いネグリジェを羽織っただけのマリアンヌ様のお姿でございました。

マリアンヌ様のお顔は、驚愕《きょうがく》で目が一杯に開かれ、頬が引きつっておられました。裂けたようなお口のまわりは、真赤な血で彩《いろど》られておりました。

私は大声で叫んだまま、気を失いました。そのときはマグネシュームのせいでしょうか、金縛りにあっていた私の喉が開き、やっと大声で叫ぶことが出来たのでございます。

それから先、何があったのかは存じません。

朝になると、もうお部屋のベッドの上のマリアンヌ様のお姿はなく、お医者様と年配の看護婦さんが私の手当てをしてくださっていたのです。

しばらくのあいだ、私の目には、マグネシュームの煌々《こうこう》とした明りで一瞬、浮き上ったマリアンヌ様のあの恐ろしいお顔しか見えず、私自身は、うわごとを言ってはすぐに眠りに入るという状態だったようでございます。

一週間ほどして私がようやく落着いた頃、付き添いの看護婦さんが、あの新聞を見せてくださいました。

そうです、浅間山の麓の原生林の中で、若い外人の男とマリアンヌ様が心中していた、あの悲しい新聞記事でございます。

若い外人のほうは、もと宣教師で破門された方とか……病身のマリアンヌ様との邪恋を清算されたのだと書いてありましたけれど、私は、真相はもっと別のことだと直感的に思いました。

お二人が、なんらかの意味で、吸血鬼の被害者だったのだと思い、その時は心の中で手を合せて冥福をお祈りしたのでございます。

先生も、私のことをとても心配してくださいまして、看護婦さんの前では、なにも仰言いませんでしたけれど、私と二人だけになると、私の手を握って涙を流されました。

「あなたには迷惑をかけたね……家内に輸血を頼んだばかりにこんなことになって……

家内はやはり吸血鬼の餌食だったのだよ……一番おそれていたとおり、いつのまにか彼女自身が吸血鬼になってしまっていた……あの晩の写真を現像してみると、家内は牙をむき出して、あなたの首筋から血を吸っていた……わたしはあまりの恐ろしさに、その写真を焼き捨ててしまったがね……とても他人様《ひと》に見せられたものではない……家内や、あの破門された耶蘇《ヤソ》坊主が吸血鬼だったことも、世間様には洩らせない……そんなことを言えば、わたしが狂人扱いをされてしまうだけだ……わたしは、あの若い耶蘇坊主に間男され、家内に逃げられたような顔をしているよ……もっとも、相手が吸血鬼だとわかっていても、やはり最愛の妻をとられたと思うと激しい嫉妬を感じる……」

先生は、私の手を握ったまま、悲しそうに仰言いました。

先生のお話では、マリアンヌ様の心中のご様子はそれは凄じいもので、お二人とも鋭利な刃物で、お互いの心臓を一突きにしていたそうでございますね。マリアンヌ様の心臓をつらぬいたスウェーデン製の刃物は、うしろの白樺の幹にまで深々と突き刺さり、白樺の幹を真赤に染めていたとか……

先生の申されるのには、本当はお二人は心中したのではなく、陽が昇る直前にマリアンヌ様と相手の男は、悪魔払いの神父様の手で、十字架の剣を心臓に打ち込まれたということでございますよ。

こうしなければ、吸血鬼の生命を絶つことは出来ませんものね……

私はお話を聞いて、どんなことをしても失意の先生をお慰めしなければいけないと思いました。吸血鬼の秘密を知っているのは、先生と私だけですもの……それに私には、また別の心配がございました。

「奥様は吸血鬼に血を吸われて、ご自分が吸血鬼になられてしまいました……私の場合はどうなるのでしょうか……私も、すでに吸血鬼に血を吸われています……私も、いつか吸血鬼になるのでしょうか……」

「わからない……神のご加護を祈るだけだ……もしどうしても心配だったら、いつまでもここにいるがいい。きみが他人の血を吸いたくなれば、わたしの血を吸えばいいのだ」

先生は真剣な顔でそう仰言いました。これが、先生の私に対するプロポーズだったのでございますよ。

そのまま、私は二度と東京へ戻らず、先生の別荘で暮すようになりました。正式に籍を入れていただいたのは、先生がお亡くなりになる二年ほど前ですが、それまで二十年以上も仲睦じい夫婦として先生にお仕えしました。

6

話の続きがまだあるのでございますよ。

私は、大文豪の妻などと皆様に仰言っていただきますけれど、先生がご存命中は一日として心の安まる日はございませんでした。

私自身がいつ三代目の吸血鬼になるのかと、それだけが心配だったからでございます。先生は、私がときどき血を吸いにくると冗談のように仰言ってましたけれど、私自身にはそのような自覚はございませんでした。

ただ、血圧の異常に高かった先生が、私と暮すようになってからは、お医者様がびっくりなさるほど、安定した血圧になられたのは事実でございます。

「おまえにときどき血を吸われると、かえって体の具合がよい……医者がときどき不思議がる……」

先生はそう仰言りながら、首筋を絆創膏で隠されました。一度、お風呂場で、絆創膏をはがした痕を見ると、やはり針を刺したような吸血鬼の咬み痕が二つございました。

私はやはり自覚のないまま吸血鬼のようなことをしているのだと思い、軽井沢の別荘から外へ出るのがとてもこおうございました。ほとんど別荘に籠って、人前に出なかったのはそのためでございます。

先生がお亡くなりになられてから、ご遺言で、別荘の屋根裏部屋にあった西洋葛籠《つづら》の錠前を壊して、蓋をあけました。

棺《ひつぎ》のかたちをした西洋葛籠の中には、黒いマントと金髪のかつら、そして、嘴《くちばし》の二つある注射針など、吸血鬼に変装する小道具がいくつも入っておりました。吸血鬼につきものの、狼の遠吠の入ったレコードや、剝製《はくせい》のこうもりまで用意してあったのでございますよ。

《長いこと、お前に真実を知らせなくて申し訳なかった。じつは吸血鬼の正体は、このわたしなのだ。そう聞けば、お前は、その優しい目を大きく見開いて驚くだろう。けれども、わたしの話を終りまで聞けば、きっと許してくれるにちがいない。

私が、外国から、かつらやマントを送らせてまで吸血鬼に変身しなければならなかったのは、愛するマリアンヌのためだ。マリアンヌが、白血球の少なくなる不治の病いに犯されていたことは、お前も承知のとおりだ。マリアンヌの余命はいくばくもなかった。彼女の病名は医者もよく説明出来なかったのだ。

ある日、マリアンヌは、「私の血がだんだんなくなってゆくなんて、小さい時に聞いた吸血鬼のお話のようだわ……きっと真夜中に吸血鬼が来て、私の血を吸ってゆくのね……」と涙ながらに語ったものだ。

私は、マリアンヌが病名もわからぬままに死んでゆく、この世の不条理に耐えられなかった。どうせ死ぬのなら、吸血鬼の物語を信じて、美しく死なせてやりたいものだと思った。マリアンヌは、わたしにこう言った。

「私が吸血鬼に血を吸われているのなら、きっと私も吸血鬼になって死んでゆきます……でも吸血鬼になって死んでゆけるのなら仕合わせですわ……吸血鬼は昼間は生ける屍ですけれど、夜になるとふたたび蘇えるために、他人の血を求めてこの世に戻ってくることが出来るのですもの……どうか、私が死んだら、この別荘の床の下に亡骸《なきがら》を埋めてください……そうすれば、毎晩、人の血を吸ってでも、あなたのところへ戻ってまいります……マリアンヌは、一番愛するあなたのところへ戻ってこられるのです……」

そう言って、さめざめと泣いたのだよ。わたしは彼女が吸血鬼の物語を信じながら再会の希望をもって死んでゆけるように、なんでもしてやろうと決心した。わたしは真夜中になるとドラキュラの変装をし、金髪のかつらをかぶり、外人のメーキャップをして、テラスからほの暗い妻の寝室に忍び込んだのだ。嘴の二つある注射針で首筋を刺し、血を吸う真似をした。妻を優しく抱きしめてやりもした。不思議なことに、わたしのこんな幼稚な芝居に、妻は本気で反応を示したのだ。首筋をちょっと刺されるだけで、それが条件反射になり、吸血鬼に襲われている催眠状態になった。

首筋から細く流れる血を吸ってやると、歓喜で体を震わせた。そして、わたしにも妻の血は、甘く悲しい飲物となったのだ。こんな子供じみた遊戯が、そのままで終れば無事であった。ところがマリアンヌは、本当に吸血鬼に襲われていると思い、教会の同国人の若い神父に夜の体験を告白したのだ。マリアンヌの生まれた国の人は、吸血鬼伝説を本気で信じる人たちだ。若い神父も、半分はマリアンヌの告白を信じた。そして、自分の目で、マリアンヌを襲う吸血鬼を確かめようとしたのだ。

それが、マリアンヌと心中したあの神父だ。彼は毎晩、黒衣のままテラスの物陰にひそみ、とうとうわたしの正体を見破った。彼は即座に、夫のわたしの悲しい吸血鬼芝居の本当の意味を悟った。だから彼はマリアンヌに、吸血鬼が夫のわたしだということは言わなかった。

きっと、悪魔の存在を信じることは、神の存在を信じることでもあると、優しい心で考えていたからだろう。

しかし、そのため、あの若い神父の前に、悪魔の誘惑が残されることになった。わたしが、吸血鬼芝居のためにマリアンヌのところへ忍び込んでゆくのは、ほんの一週間に一度か二度だけのことだ。わたしは真夜中の仕事があったし、それ以上、妻を興奮させ、衰弱させてはいけないと思っていたからだった。

けれども、あの若い神父は、わたしの代りに他の夜も彼が吸血鬼になって妻のそばへ行く誘惑に打ち勝てなかった。

最初は、彼も、おずおずと妻の首筋を吸う真似をしただけだろう。しかし、そのうち次第に大胆になり、針で妻の首筋を突き、流れる血を吸うようになった。乳房を吸い、太腿に唇をつけるようになった。最後には、マリアンヌの美しい肉体を思う存分もてあそぶことさえはじめたのだ。

昼間になると、彼は自分の罪の深さにおののき、自分から教会に破門を申し出た。しかし、夜になると吸血鬼に変身する誘惑に再び負けた。いや、彼は吸血鬼そのものになっていったのだ。もう一日として、妻の体から離れることが出来なくなっていた。マリアンヌも無意識のうちに、あの男を求めていたのだろう。

ところがマリアンヌの部屋に、お前が看病のために泊ることになった。若くて、熟睡しているお前も、夜の冷たい霧と、二人の肉体の軋《きし》み合う気配で目を覚まし、とうとう神父の夜の正体を見てしまったのだ。

お前の話で、わたしもまた、ことの真相を知ってしまった。あの日、わたしはすぐに、あの若い神父を呼び寄せ、姦通を非難した。ところが、彼は夜な夜な吸血鬼になっていることを本気で否定したのだ。彼は自分の罪の深さをおそれるあまり、完全な二重人格になっていた。昼間は夜のことを忘れ、夜は昼間の自分を無意識のうちに忘れるような精神の仕組みになってしまっていたのだ。

一種の狂人だ。

私は、自分がお芝居のつもりではじめた吸血鬼物語が、いつのまにか現実の出来事になっていることに愕然とした。あの神父は完全に吸血鬼になり、妻のほうも第二の吸血鬼になっているではないか。けれども、あの晩、マグネシュームを焚《た》くまでは、妻が第二の吸血鬼になって、お前の首筋の血を吸っている事実は信じたくなかった。

しかし、結局のところ、わたしはマグネシュームを焚いた。マグネシュームを焚いたあと、一度に破局が訪れることをわかっていなかったからだ。

神父とマリアンヌは手に手を取り合って闇の中に逃げ、一挙に悲劇の結末へと向った。陽が昇りかけた時、神父と吸血鬼の境い目に戻ったあの男は、吸血鬼伝説の作法どおり、妻の心臓を、白樺の幹へと突き刺したのだ。この日のくることを予期して、悪魔払いの刃物を、あの白樺の木の上に隠しておいたのだろう。そのあと、彼も自分の心臓を突いた。すべては醜い悲劇だったが、また別の面では、わたしとマリアンヌの美しい愛の物語でもあるのだ。

わたしはお前に真実を打ち明ける勇気がなかった。きっと真実を打ち明けたあと、お前に逃げられて独りになるのがこわかったのだろう。今日まで生き長らえることが出来たのは、お前と吸血鬼芝居の続きをしては、心の傷をまぎらわすことが出来たからだ。お前は、わたしの首筋を吸ったり、わたしの回春をうながしてくれたり、なかなかの名優ぶりであった。若いお前の一生を台無しにしてしまった罪ほろぼしに、わたしのすべての遺産はお前のものだ。今度は、お前が自由に人生を愉しむがよい》

私のことでございますか。

先生に、こんなご遺言をいただいたせいでございましょうか、最近はこの年でも、思う存分、人生を愉しんでおりますよ。

いいえ、なに、この別荘に、先生の昔の原稿や、お仕事部屋を見学に来る、文学好きの青年が今でもいらっしゃるでしょう。

一人旅の、大学生さんなどが、時たまお見えになって泊っていらっしゃるんですよ。そんな時は、睡眠薬入りの赤いワインをおすすめして、正体不明になったところで、私が吸血鬼ごっこをいたしますの。

主人が残しました嘴の二つある注射針で、学生さんの首筋を突いて、流れる血をいただいたり、若いお元気なおからだに悪戯したり、それはそれは愉しい、充実した日々なのでございますよ。

塩の羊

1

十一時に修道院の鐘が鳴った。それが合図のように引き潮がはじまった。

修道院のまわりは海だった。海の中に、この中世に建てられた修道院がそびえ立っていた。長い年月のあいだには城の役目もしたし、牢獄の役目もした。

今では、年間数百万の観光客が訪れるエッフェル塔と肩を並べる、フランス一の観光地だった。

世界中から、この江の島に似た海上の景観に人々が集ってきた。

たしかにそれは景観だった。遠くから見ると荒涼としたブルターニュの灰色の海と空のあいだに、夢の城のようなサン・ギャロンの修道院が浮かんでいるのだ。

島全体にゴチック建築の尖塔が、すべて空に向って高さを競い合っていた。

満潮になると、修道院の周辺は海の水でおおわれた。観光道路が出来る何年か前までは、満潮時には人が徒歩で近づくことは不可能だった。

そのとき、サン・ギャロンの島は世界から孤立し、海の上に浮かびあがった。それは景観だった。

そして更に美しい瞬間があった。

それは潮が引いたあと、島のまわりに姿を見せる砂地の表面だった。ところどころに水の残った粘土質の砂地が、処女のような肌をあらわした。

ときに、ほんのまれに、一年に一度か二度、真赤な夕陽が西側に落ちてゆく頃、誰も通ったはずのない砂地に、羊の足跡のような四つの蹄《ひづめ》のあとが沖まで続くことがあった。

それは、見る者にとっては、ある時には数字やアラビア文字のようにも見えた。自然の残した暗号であり、夜空の星に獅子座や牡牛座の意味を見つけた最初の羊飼いのように、ある人は、自分の未来の深い意味合いをそこから見出そうとした。

修道院の建物は、すべて徒歩でのぼらなければならなかった。長い急な石だたみが、幾折れも続いていた。下のほうには、狭い通路の両側にレストランや土産物屋がぎっしりと並んでいた。

修道院の上のほうは、ときたま制服のガイドに案内された観光客の一団が通り過ぎる他は静寂が支配していた。とくに観光客を入れない尖端のテラスではそうだった。

その日、修道僧の服装をした背の高い東洋人が、このゴチック建築のテラスから、灰色の沖合を眺めていた。

天気のいい夏の日には、青い空と海を背景にした夢のような城になるサン・ギャロンも、ふだんは荒涼とした灰色の風景の中に浮かんでいる陰気な建物だった。

その東洋人は、この建物が建てられた何百年も前から、こうして荒涼としたはるか沖合を眺め、彼の生まれた故国を偲《しの》んでいるようにさえ見えた。

彼がそこに立っているのは、奇蹟のようにあらわれるという羊の足跡を見るためであった。彼の同僚の中にも、その言い伝えを現実に見た者はなかった。

それは引き潮がはじまった直後の十分か二十分ほどのあいだに見られるといわれていた。

東洋人の修道僧は目をこらしていた。潮はほとんど引いて、潮を吸った砂地が、女の肌のようになめらかな表面を輝やかせていた。

そのとき、この奇蹟の待望者の目に、足跡が映った。前の二つは人間の掌のようであり、うしろの二つは人間の足のように見えた。

それは海底の途中から突然にはじまり、点々と沖合を目ざして進んでいるのだった。

観察者は躰を乗り出すようにしてその足跡の先を追った。彼は目をこらした。

それは羊だった。ふさふさと縮れた毛をし、たっぷりと肥えているように見えた。

しかし、羊が一頭だけで沖に向うなどということがあるのだろうか。

羊を見て、東洋人の修道僧はショックを受けた。

奇蹟が起こりつつあるのだ。修道僧は懐ろから大きな双眼鏡を取り出した。神の奇蹟を見るのに双眼鏡は不釣合に思えたが、もともと近視の彼は海底の足跡を見るのに、双眼鏡を必要としていたのだ。

双眼鏡の視界の中で、羊の皮が突然ゆれると濡れた砂地に落ちた。それは羊の皮をかぶっている物体だった。

白い肌をした女が四つ足になり、時おり、二、三歩立って歩いては、また両手をついて肩で苦しそうに息をしていた。

女は全裸だった。修道僧の目に、こちらに臀部を向けた女の脚の割れ目がはっきりと見えた。

悪魔が働きかけていると、彼は思った。

奇蹟と見せかけて、悪魔が誘惑を試みているのだ。

修道僧は、双眼鏡から目をはずそうとしたが出来なかった。女の裸を見て彼の心は打ち震え、彼の肉体も強い衝撃にゆらぎはじめていた。

今では羊の皮は砂地に落ち、裸の女だけが相変らず四つ足になって、海水のほうに近づいていた。

やがて裸の女の膝が水に浸り、白い臀部だけが海の上に浮かんだ。

女が、修道院のほうを振り返ったようだった。

女はまぎれもなく、黒い髪をした東洋人の女だった。

修道僧は大きな声で叫ぼうとした。きっと故国を偲びすぎて彼の目に現われた、懲罰の妄想なのだ。ただちに追い払わなければならない妄想よ！　悪魔よ去れ！

しばらくのあいだ、女の白い臀部は海の上に浮いたままだった。

やがて女の白い臀部と背中とが海中に没し、黒い髪だけが海の上に漂っていた。

2

「あれが、サン・ギャロン島ですよ」

観光バスの窓ガラスに顔を寄せて、いつのまにか眠ってしまっていた佐伯に、ガイドの平木が声をかけた。

佐伯は目をあけた。低く垂れこめた雲の割れ目から、薄日がななめに海を照らしていた。光を強調したヨーロッパの古い写実画のような風景だった。その地平線に、王冠のように幾つもの尖塔の伸びたサン・ギャロンの修道院が見えた。

こうしてみると、難攻不落の悪魔の城のようにも見える。

「よくもこんな辺鄙《へんぴ》な場所に、あんなものを建てたものだね」

佐伯はごく月並な感想を、ガイドの平木に向って喋った。

「中世に、偉い修道僧が神の啓示を受けてあの小さな島に修道院を建てることを思いついたのですよ。建築するために石を遠くから運び、ああやって天にまで届きそうな尖塔のある会堂を建てたんですからね……ヨーロッパの人間の執念みたいなものは、まったくすごいですよ」

「なるほどね……」

佐伯は平木の言葉に軽く頷いた。佐伯は警察庁からパリの大使館に出向いて一年になるが、べつに外国の事物に気負《けお》されるということもなかった。感心するところは感心し、あとは淡々としていた。

「停車、ムッシュー」

平木が流暢なフランス語で、運転手に叫んだ。

観光バスの運転手が、大型バスを道路の端にとめた。

そのあたりは、ちょうど記念撮影の写真を撮るのに都合のいい場所とみえて、道路幅が広くとってあった。

「皆さんで記念撮影をしましょう」

平木が音頭をとって、十人近い日本人のメンバーを集めた。

ほとんどが日本の酪農関係の人間で、フランスに種牛の買いつけと観光を兼ねて来ているメンバーだった。佐伯だけが畑ちがいの人間だった。

「佐伯さん、羊がずいぶんいるでしょう」

平木が道路の向うに拡がる平地を指さした。荒地にところどころ草が生えているといった感じの平地が、どこまでも続いていた。

その平地に、灰色の塊のように羊が草をはんでいた。

「なぜ、ここで草を食べさせているかわかりますか」

平木が佐伯だけを少し離れたところへ引っぱって行くと、悪戯っぽく笑った。

「さあ……」

「この羊たちが、今夜の食卓にのぼるんですよ。この羊ですがね……調理する時に塩味を一切使わないのですよ。はじめから塩気があるのです」

平木が道路を駆けおりるようにすると、地面のひび割れた荒地に佐伯を手招いた。

「この草ですよ。ちょっと引っこ抜いて噛んでみませんか。ほら、塩辛いでしょう。海の塩気を含んでいるんですよ」

「なるほど……塩辛い草を食べている羊は、その肉も辛いということですか」

佐伯は、平木が冗談に言っているのだと思って大声で笑った。

「佐伯さん、あなたは最初から笑いましたね。でも、この辺の羊の肉は塩の味がするのですよ。信じなければいけません」

「どんなに塩分をとったところで、すべて汗やその他の水分になって体外に出てしまうはずです。肉に塩味が残っているというのは冗談としか思えませんよ。冗談というよりもレストランの営業政策……暗示的なコマーシャルですね。特殊な羊の肉だという印象をうえつけたいのでしょう」

佐伯は、ついむきになって言ってしまった。

「だから佐伯さんたちは困るというのですよ。こういうことを頭から笑ったりするようじゃ困りますよ。ここの料理人は……いや、パリの料理人たちもそうですが、ミステリックな要素……つまり微妙な、自分だけが生み出した舌ざわりというやつを今だに大切にしているんですよ。そこのところの話の調子を合わせてくれなくては困ります」

平木が、扁平な顔の奥から刺すような目つきを佐伯に向けた。

五十過ぎなのか、それともまだ四十代なのか、顔の皮膚が渋皮色で、それは何年もかかって丹念に灼《や》いた肌の色に見えた。そのうえ、あらゆる人生経験がこの男を押しつぶし、その苦渋が皮膚の色にまで滲み出しているように見えるのだった。

この男こそ、不可解な男だと佐伯は瞬間的に思った。サン・ギャロン島のことをよく承知し、平木は大使館が紹介してよこした男だった。

佐伯の捜査に便利だろうというのだった。

佐伯がサン・ギャロン島に来たのは、ここのレストランに勤務していた日本人の娘の消息を尋ねるためだった。

日本人の娘は和田陽子二十一歳で、認知はされていなかったが、本当の父親は日本の有名な政治家だった。パリに来た代議士に、この政治家の娘の調査を佐伯がプライベイトに依頼されたのだった。

和田陽子は、サン・ギャロン島のレストランに、一年半前からアルバイトに来たまま、日本に一度も手紙を出していなかった。それまでは、一カ月に一度は京都のもと芸妓の母親に絵葉書を送っていたのだった。

「わかっていますよ。あなたの言うとおりにしますよ」

佐伯は苦笑して言った。

「いいですか、これから先は、あなたは料理研究家の佐伯氏ですからね……日本の大使館とフランス観光局の紹介状のある料理研究家で、日本では著書が三冊出版されていて、週に一度テレビに出演していることになっています」

「わかっています」

「執《しつ》こく言うようですが、警察の人間だということを忘れてくださいよ。あなたはあくまで料理の秘密を盗みに来ているのです。盗むという言い方が悪ければ、視察に来ているのです。あなたの知りたいことがたまたまわかったとしても、それは料理の秘密を知るついでに偶然わかっただけです。それならば、あとですべてが許されるのですよ。はじめから、日本の警察の人間を連れ込んだとなると、わたしは二度とここのガイドが出来なくなります」

「よくわかっていますよ。ぼくは料理研究家だ……犯罪の調査に来たのではない……事実、ぼくは人間の観察に興味があるだけなんだよ」

「それならば、よけい羊の味を信じることです。塩の羊をね……疑ってはいけません」

「信じるよ。うまい肉なら、ぼくはなんの文句も言わない」

「万事がそうです。羊の肉と同じことがきっと起こるでしょう。たとえ常識外のことでも、ここではなんでも、ここのやり方に従うことです。日本の法律とはなんの関係もない場所なんですよ」

平木がまた、鋭く、きびしい目をした。

バスの運転手が、発車の合図をした。

3

レストラン〝マミー亭〟は、城壁の一部のような古い石の建物の中にあった。入口の錆びた鉄柵の中に三百年前の初代の女料理長が使ったといわれる古い大きなソース・パンが、拷問器具のように下げてあった。

佐伯はそのソース・パンの取手に興味をかられた。何か剣の楯のように見えたのだ。〝マミー亭〟の紋章は、初代の肥った女料理長が、白いコック帽とコック服とに身をかため、ソース・パンを右手にかかげている図柄だった。

もうすでに五代、女の調理人が〝マミー亭〟の主人として続いているのだ。

「食べておくだけのことはありますよ。ここの料理は世界の食通の垂涎《すいぜん》の的なんです。一年も前から予約しておいて、一年に一度食べにくるアメリカの金持もいるということですよ」

佐伯の隣に坐った平木が説明した。平木の言葉を聞いていると、何か暗示にかかってしまうような気がした。

平木が葡萄酒をぐいとあけて、顔を真赤にしている。扁平な顔の奥から光るあの強い視線は消えていた。

「ああ、羊の肉がきますよ。食べる前に赤葡萄酒を一口やって、舌を目覚めさせてください。ソースをかける前に味をみてくださいよ。はっきりと塩分が舌の上に残るはずですから……」

タキシード姿の給仕人が、愛想のいい表情と、いかにも料理を愉しませようという大袈裟な手つきで、羊の肉の皿を運んできた。

「さあ、一口食べてみてください」

平木に催促されて、佐伯はほんの一口を頬ばった。

塩気はぜんぜん感じられなかった。

佐伯は自分の常識を信じ、所詮《しょせん》、料理などというものの半分は暗示なのだと思った。

「どうです、塩気があるでしょう」

「そういえば、舌の上に塩気がひろがるようですよ」

佐伯は礼儀正しく、愉快そうに答えた。

遠来の客は理屈ばってはいけないのである。

「それじゃ、ソースをかけてもらいますよ」

平木が給仕人に手をあげた。給仕人が、濃いブラウン・ソースをかけた。

ソースといっても出来合いのものと違って、料理人が腕によりをかけて作る肉汁の一種である。

平木は今度は何も言わなかった。佐伯が味わうのをじっと見つめている。

佐伯は舌の上にソースのかかった羊の肉をのせて、一種の恍惚感を味わった。

たしかに美味しかった。美味しいというよりも、うまみが口の中にじわっとひろがり、舌が嬉しさに溶けてゆく感じだった。

「うまいでしょう。このソースが三百年前から秘法を伝えられているこの料理店独特のものなのですよ。あなたなら、この味がわかると思いましたよ」

「たしかにおいしいですね……お世辞抜きです」

「そうでしょう。このソースを発明した最初の料理人は殺されたんですよ。〝マミー亭〟の初代の料理長で、若くて才能のある女だったのですが、パリに出ようとして殺されたのだとも、ソースの秘法を持ち出させないために殺されたのだとも言われています。それ以来、代々の店主の女料理長だけがこのソースの秘法を伝えて、今日まできているのだそうですよ。この料理を食べ終ったあとで、料理長が挨拶に来ます」

平木の説明を聞きながら、佐伯はその秘法といわれているソースのかかった羊肉を食べ終えた。

このソースのために殺人が行われたという話が、佐伯の食欲をさらに刺戟し、料理長の女性に会うのが楽しみだった。

佐伯がホークとナイフを置いたとき、白いコック帽と、裾まである白いエプロンをかけた女性の料理長が、佐伯たちのテーブルのところに寄って来た。

肥った年配の女料理長を佐伯は想像していたが、目の前に現われた女性は彼の予想を見事に裏切っていた。

白いコック帽の下から巻きあげた金髪の輝くのが見えた。年は三十代で、女優といっても通用するような美人だった。どちらかというと肉感的な体格で、純白なコック服の中の豊かな肉体が想像出来た。

「お気に召しましたか」

女料理長は、佐伯のところに来ると足をとめた。

平木が日本の有名な料理研究家だと紹介したせいか、佐伯に特別な興味を持っているのがはっきりとわかった。

「素晴らしい味です。感動しました」

佐伯は、こういう場合に使う挨拶の言葉をフランス語で喋った。一年ほどいるあいだに、フランス語のニュアンスもかなりわかるようになっていた。

「ここに一晩、滞在なさるそうですね。あなたのために、明日にでも特別の料理を一皿つくらせていただきますわ」

女料理人はじっと佐伯の目を見つめた。それは、深い淵に男を引きずりこむような誘いの目の表情だった。

佐伯はかつて、こんなふうに女から見られたことがなかった。

「羊のお味はいかがでしたか」

「結構でした」

「本来の塩味はきいていましたでしょうか」

ふたたび女料理人が、問いかけるような視線で佐伯を見つめた。

「はい、たしかに……」

佐伯は答えながら、自分の視線がゆらいでしまったと思った。塩気などなかったのだ。女料理人は佐伯に握手の手をのばすと、あとは満面に笑みを浮かべた。

彼女はなんらかの意味で、佐伯のテストを終らせたのだった。

4

佐伯だけは一人部屋を割り当てられた。酪農関係者たちとは、はじめから別扱いであった。

島の中の古い由緒のあるホテルなので、近代的なリゾート・ホテルのように各部屋にバスがついているというふうにはいかない。

ホテルの若い女中がバスの仕度の出来たことを告げに来た。

〝マミー亭〟の経営をしているホテルである。

バス・ルームは細い階段をあがった三階にあった。案内をしている女中は十八歳くらいで、赤いチェックのワンピースの制服を着ていた。スカート丈が短く、若々しい腿の内側が階段をあがるたびにすべて見えてしまっていた。

白いペンキを塗ったばかりだが、百年は間違いなく経過したと思われる分厚いバス・ルームのドアの鍵穴に、女中が古風な真鍮《しんちゅう》の鍵をさしこんだ。

勝手に風呂を使われないように、いちいち鍵をかけるのである。

女中は佐伯に背中を見せると、バス・タブに湯を入れはじめた。今度は中腰の姿勢なので、短い格子縞のスカートがほとんど上に引きあげられ、腿の内部と臀部が露わになった。

女中はスカートの下に何もつけていなかった。栗毛色の茂みとセックスそのものが佐伯の目に映った。

わざとやっているのだろうか、それともまるで無頓着なのだろうか。

女中が愛嬌のある笑窪《えくぼ》を浮かべてバス・ルームを出て行くのを見ると、たぶん無邪気すぎるだけなのだと彼は無理に思い込もうとした。

《お湯を入れてくれたのだから、あとでチップを二フランほどやらなければいけないな……》

佐伯は考えながら、勢いよく出てくる蛇口の湯をじっと見つめていた。

バス・タブが三分の一ほど溜ったところで、蛇口の湯が急にとまってしまった。

バス・ルームは建物の内側につくられているとみえて、全く窓がなかった。上部に換気口らしい穴があいていて、そこからかすかな打楽器のようなリズムが聞こえてきた。

気をつけて聞いていると、先ほど調理場の暖炉の前で若い職人がボールの中で玉子をかきまぜながら出していた金属の触れ合う音である。

妙に官能的な音だと佐伯は考えながら、バス・ルームのドアをあけ、メイドの姿をさがした。

メイドの女の子は、バス・ルームのすぐ前にいた。床の上に腰をおろし、膝の上に抱いた金属製のボールをスプーンでかきまぜている。

タン・タン・タターン・タンといった、あの官能をくすぐるようなリズムで音を出していたのだった。

「バス・ルームのお湯がとまった。故障なのだろうか……」

佐伯はフランス語の単語をつなぎ合わせながら言った。

「ちがう。故障ではない」

メイドの女の子が、ボールをかかえたまま、バス・ルームの中に入ってきた。

さっきまで愛想よく笑っていたのだが、今度は緊張した横顔を向けている。

柔らかい栗色の髪をうしろに束ねた項《うなじ》がほっそりと美しく、緊張したそばかすの表情が可愛かった。躰全体がいかにも引きしまっている感じだった。

蛇口のハンドルを右にまわしたり左にまわしたりしている。中腰になっているので、また太腿の内側が露わに見えた。

佐伯は新鮮なショックを受けた。先程まで何も身につけていなかったのに、今度は真白いパンティをはいている。

さっき裸だと思ったのは、目の錯覚だったのだろうか。そうでないとしたら、何のためにわざわざパンティをつけセックスを隠してきたのだろうか。

ちょろちょろ流れていた蛇口の湯が、ふいにほとばしった。

メイドの女の子はシャワーのほうに蛇口のハンドルを倒すと、佐伯に腰のバス・タオルをとるようにと言った。

佐伯は好奇心にかられて、言われたとおり腰のバス・タオルを取った。

シャワーの湯が気持よく佐伯の躰にかかった。

「東洋人の娘が……たぶん日本人の娘だと思うけれど、ここで働いていたのを知っているかい」

「知らないわ。あたしは勤めてまだ一カ月目なのよ。ホテルのほうの仕事で、調理場にも入れてもらえないわ」

「そのボールは、何を作っているのかね」

「リズムをつけて上手にかきまぜることが出来るように、暇さえあれば練習をしているのよ。あたしだって、あと十年もしたら〝マミー亭〟のマダムの助手になって、素晴らしい料理をつくりたいわ」

メイドの女の子は、シャワーの湯を佐伯の胸や腰のあたりにかけ終ると、今度は石鹸を軽くこすりつけてきた。

佐伯はバス・タブの中に仁王立ちになったまま、体をメイドの手に委せていた。彼は剣道や柔道や水泳で鍛えているので、赤銅色の立派な筋肉をしていた。

最初のうち、メイドの女の子は意識的に佐伯のセックスから視線をはずしていた。恥ずかしいのか、そのあたりに初々しい表情と動作が残っていた。

佐伯の躰に、じょじょに若々しい血のたぎりが流れはじめた。ふいに猛々しくなった彼のセックスを、若いメイドの前につきつけてやりたくなったのだった。

石鹼を取ろうとして、若いメイドが佐伯に背中と尻を向けた。小柄な引きしまった臀部で、それは佐伯の欲望に直接訴えかけていた。

佐伯のセックスが変化した。

メイドは振り向くと、佐伯のセックスの変化を片目でとらえた。メイドは待ち受けていたように、佐伯のセックスに石鹼の泡をつけると、シャワーの湯をかけた。

そのあと、今度は佐伯に背中を向けると、バス・ルームの壁に掴まるようにして中腰の姿勢になった。

佐伯に近づくようにと、手で合図をした。

メイドはうしろを向いたまま右手をのばし、佐伯のセックスを柔らかく掴んだ。

それは男のセックスを掴むというよりも、雌牛の乳房を掴むといった感じだった。佐伯の推断は当っていた。メイドが何を意図しているのか、すぐに理解出来た。

若いメイドは、佐伯のセックスをそっと握ると、それを自分の脚のあいだにはさもうとしていた。

佐伯は言われるままに、相手の動作に応じやすい姿勢をとった。若いメイドの腰に手をあて、ほそい項の巻毛が震えるのを見おろすかたちになった。

ワンピースは背中のところがジッパーになっていた。佐伯はそのジッパーを半分ほどおろすと背中を露わにした。

女はブラジャーをしていなかった。最初から本格的な性交渉を求めているのであろうか。

佐伯は、すでにある程度まで中年の図々しい男性のひとりになっていた。それなりに愉しんでもいいと思ったのである。

佐伯が短いスカートの下から手を入れ、パンティをおろそうとすると、メイドの女の子が「ノン」と叫んだ。毅然とした声で、佐伯の手をふり払った。

その声が合図のように、メイドの女の子は両足を爪先立たせると、腿の内側をこすり合わせるようにした。

佐伯はしばらくメイドの魅力的な背中を見つめていたが、快感がくりかえしよじのぼってくるのに耐えられずに目を閉じた。

それはセックスの営みよりも、さらにリズミカルで柔らかく、腿の筋肉がよじれるたびに適度の強さを加えて、佐伯の膨張しきったセックスを責めつけた。

佐伯は両手でバス・ルームの壁に手をつき、中腰になっているメイドの腰をしっかりと摑むようにした。

今まで一度も味わったことのないその快感を、数分でも長く持続しようと思ったのだった。

それは美味の料理の味わいを少しでも舌の上に残しておこうという努力と同じだった。

そのとき、佐伯はバス・ルームの上の換気口から、あの玉子を攪拌するときの官能的なリズムが聞こえはじめたのに気づいた。金属を叩き合わせる音は次第に激しく、短い間隔になっている。

《メイドの腿がリズムどおりに動いている……》

佐伯は突然、新しい発見をした。それは、誰かがこのバス・ルームの外でメイドの作業に歩調を合わせ、リードしているということではないか。

佐伯の頭に、一瞬それだけの警戒のサインが浮かんだが、彼のセックスを包んでいる激しい快感の波のほうが強かった。

それはセックスの営みそのものというよりも、佐伯が一頭の雌牛になり、彼の乳房を若い美しい百姓の娘が前後に揉みしだいている感じに近かった。

佐伯は小さな叫びをあげ、彼の快感の頂点に身をゆだねた。

気がつくと、彼はメイドの腰に強く爪を立てていた。そのことよりも、彼をさらに驚かせたのは、メイドが中腰の姿勢のまま、彼女の腕のボールの中に佐伯のセックスの乳蜜を受けていることだった。

メイドは何事もなかったように、ボールを小脇にかかえ、スプーンでリズミカルにかきまぜはじめるとバス・ルームを出ていった。

あのメイドは初めから、佐伯のセックスの乳蜜を盗み取るのが目的だったと佐伯は考えた。裸で挑発し、実際の作業の時には自分自身のセックスはパンティで保護したのだ。佐伯の脳裏に、〝マミー亭〟の女主人の美しい顔が浮かんだ。〝マミー亭〟の料理の秘密に、佐伯は一歩近づいたような気がした。

チーズに精液を加えるというような話は噂にはよく聞いていたものの、現実に若い娘の腿のあいだでそれが採集されてみると、佐伯の口の中に苦い感触が一杯にひろがるのだった。

5

ホテルの窓をあけると、潮が退いたあとの海底の粘土をむき出しにした風景が目の前にひろがっていた。

雲が厚く垂れこめて、空と地の荒涼とした境いの区別がつかなかった。目前の風景が海だとわかるのは、潮が退いたあとの粘土質の砂地が鮮やかな曲線をいくつも描いているからだった。

佐伯はしばらく窓をあけ放したまま、その荒涼とした風景に見入っていた。

佐伯は大学で学んだ犯罪の要因の一つに風土があるという説を思い出していた。たしかに、この荒涼とした風景は、人の心に犯罪の誘いを呼びかけているような気がするのだ。

佐伯の視界で、灰色の群れがゆっくりと動きはじめ、それからその一団は急速に黒い色彩をのばしたように走りはじめた。放牧の羊の群れだった。朝の食事のために羊の群れがいっせいに駆けはじめたのだった。

それは灰色の風景の中で、一種壮観な色どりをそえていた。羊はリーダー格の一頭が動くと、あとの全体は盲目的にその一頭に従うのが普通だった。

それなのに灰色の羊の群れの中に、一頭だけ真白な羊がいた。それは群れから離れて、海に近づいていた。まるで草のない、潮の退いた粘土質のむき出しの砂地をゆっくりと歩いているのだ。

佐伯は望遠鏡が欲しいと思った。肉眼ではそれ以上のことはわからなかった。塩辛い羊に、群れから離れた兎のような一匹羊か……ここには妙な羊ばかりがいる……。

佐伯がそんなことを考えていると、昨夜の若い女中が朝の食事を運んできた。薬草の匂いの強いフランス特有のコーヒーと、しぼりたての山羊の乳でつくった真白なヨーグルトだった。

「マダム・シュロンが料理研究家のあなたのために作った特別なヨーグルトです。一匙のこさずに召しあがってくださると信じていますと、彼女が言っています」

若い女中が、一生懸命に覚えてきたように早口に喋った。

ピンクの縞柄のエプロンをつけ、短いスカートからすんなり伸びた素足を見せていた。佐伯は眩しい思いで、若い女中の脚を眺めた。

昨夜、その若い女の脚のあいだで、彼はしなやかな筋肉の柔らかな動きを、セックスの快楽そのものとして味わったのだ。

「それから……マダム・シュロンが、食事のあとであなたを島の修道院にご案内するそうです。あなたお一人だけですから、どなたにもわからないようにこれを着て、用意をしておいてください」

女中がもう一度廊下に出ると、黒い修道服とふちの広い黒い帽子を抱えてきて、ベッドの上に大事そうに置いた。

女中が腰をかがめると、短いスカートが腰の上まであがり、こりっとした可愛らしい臀部と、栗毛色に包まれたセックスの一部が露わに見えた。女中はまた、スカートの下に何もつけてはいないのだ。

佐伯は、次第に自分の感覚が狂ってゆくような気がした。普通とまるで反対なのだ。これには誰かの意図が働いているのだろうか。

「この黒い服を着るときは裸にならなければいけません……汚れたものは何一つ身につけていてはいけないのです。絶対ですよ、おわかりですね、この修道服は裾も長く、袖も長く、決して寒くありません。裸になってくださいね」

女中が佐伯の前に来て、絶対です、絶対ですよと子供に言い聞かせるようにくりかえした。

若い女中は、佐伯が裸になり裾の長い黒い修道服に着替えるまで、じっとそばに立って見つめていた。

佐伯が言われたとおり全裸になり、黒い修道服をすっぽりとかぶると、「ボン（結構よ）」と言い残して部屋を出て行った。

佐伯は、窓の外にひろがる灰色の羊の群れと、地平線のかなたに溶け込んでいる引き潮の粘土色のひび割れた海を眺めながら、真白な冷たいヨーグルトを口に運んだ。

それは日本で食べるヨーグルトよりも、はるかに柔らかく滑らかで蜜の味をおびており、佐伯の口の中で、表の憂鬱な世界とはまるで違う新鮮な驚きとなってひろがっていった。

これが美味しいものを食べるということなのだ……と佐伯は思った。東京のレストランやパリのカフェで同じものを食べても、おそらく同じ味はしないだろう……この風景が必要なのだと佐伯は思い、それからわざと自分を勇気づけるように大声で、「目黒のサンマか……」と呟いてみた。

窓の外の風景に向かい大上段にふりかぶり、真剣を持ったときのような気合いをかけて、「え！　やっ！」と切りこんでみた。

佐伯は剣道四段で、日本にいた頃は警察の全国大会にも出場していた。

「あたしが修道院の入口までご案内します」

若い女中のかわりに、六十過ぎの老婆が佐伯を迎えにきた。この地方特有の真黒な服装をしていた。裾までのびたロング・スカートと三角の帽子で、海岸の陽で、一生のあいだ焼き続けてきた顔は完全ななめし皮のような渋色に変色していた。

ガイドの平木の灼けた皮膚の色が、人生の苦渋を思わせるのに反し、老婆の色は自然そのものだった。

目がくぼみ、鷲のような鉤鼻《かぎばな》が突き出ているところも、観光用の絵葉書に出てくるこの地方の老婆そのものであった。

佐伯は聞きとりづらいこの地方の方言で説明する老婆のしわがれ声を聞きながら、泊っているホテルの裏口を出た。

ホテルの表側は、日本の江の島の土産物屋の通りを思わせるような狭い曲りくねった石だたみの通りに面していたが、裏側は長い石段をおりると、そのまま引き潮のあとの砂地に通じていた。

「これから修道院の裏側まで海の中を歩きますだ。今は自動車用の道路が出来たけれど、昔は皆こうやって引き潮の合い間を見て島と行き来をしたものだ。こうして島に行くから有難いのに、当節の人間は自動車で島に渡ってしまう……」

案内の老婆が、どこの国の老人もが言うような愚痴と怒りと歎きをこめた呟きを、誰に向かうともなく言った。それはすぐに強い潮風にかき消されてしまった。

引き潮の砂地に出てみると、意外と風が強かった。

案内書にも書いてあるように、ここは人間が住むのに最も適していない土地であった。完全に荒涼とした風景……この中に天にもとどくような尖塔を幾つも持ったゴチック建築の教会を、最初に建てようと考えた人間は、いったい何者だったのか。

一種の狂気が彼を導いたのだと佐伯は思った。

万里の長城のように、外敵から守るという必要性から生まれた建築ではない……完全に宗教的な発想が、この夢の城のような建物を生んだのだ……

何万人という人間が、唯々諾々《いいだくだく》として遠くから石を運び、今日でも年間百万人という観光客が世界中から集ってくる……

佐伯はつばの広い修道僧の帽子が吹き飛ばされないように、夢中でおさえていた。

足もとの砂地は、ともするとどこまでも沈みそうになりながら、粘土質のせいか意外としっかりとした抵抗感で佐伯を支えた。

最初にこの島に渡った修道僧も、こうして風に飛ばされそうになりながら、ただ天国への階段のような建物を建てることだけを考えていたのにちがいない……

佐伯は、ふとその修道僧の気持がわかるような気がした。

「ここから階段を登っていけばいい。中間のところでマダムが待っているからね……」

老婆が佐伯をそこまで案内すると、曲った背中を見せ、黒い点のように粘土質の砂地の中を帰って行った。

6

風と波に洗われて角を失った急な階段を登ると、赤錆びた鉄柵の前にマダム・シュロンがいた。

マダム・シュロンも裾の長いこの地方特有の黒服を着ていた。帽子のかわりに、金糸の刺繡《ししゆう》のある三角のかぶりものをつけている。

白い料理長の服装をしているときよりもはるかに神秘的で美しかった。

「あなたが、かならず来てくださると思っていましたわ」

愛嬌のある微笑を浮かべたが、目は真剣で、男を誘い込む強い光を浮かべていた。

「いろいろ珍しいお料理をいただいて、少し混乱しているところです」

佐伯は、マダム・シュロンの白い項《うなじ》のあたりを眺めた。

「今朝のヨーグルトは召しあがりましたか」

「ええ、美味しくいただきました。今までにあんなヨーグルトを口にしたことはありません」

「そうでしょうね。あれはお客さまにもお出ししないものなのですよ。修道院の中で十六世紀の頃から秘かに特別なつくり方でつくられている、ごくわずかなヨーグルトなのです。修道院の中でも召しあがるのは、院長さまをはじめ三、四人の偉い方ばかりですわ。今朝のは十三歳の少年の乳蜜が入っていました。非常に栄養と神秘力に富んでいて、老齢の院長さまはあのヨーグルト一つだけで、一日中なにも召しあがらないことがあります」

「なるほど……美味しいわけですね。あの若い女中が少年の蜜を集めるのですか」

佐伯は皮肉な口調で質問した。

「いいえ、今朝のはわたくしが自分で集めました」

マダム・シュロンが頰に赭味《あかみ》をみなぎらせて早口に答えた。

佐伯の目に、マダム・シュロンの引きしまった腿と少年のおののいている躰が浮かんだ。

「修道院とあなた方の関係はどうなっているのですか」

「月に一度だけ、このヨーグルトをわたくしもいただけるのです。修道院でつくられるヨーグルト……これを普通のヨーグルトに混ぜて何倍にもするのですけれど……そのヨーグルトの他に、やはり修道院でつくられる食前酒の一種をわたくしどもがパリの料理店に製品として送り出していますの。修道院の方たちも作業が必要だし、お台所をまかなうお金は必要なんですよ」

「今でもそういう関係にあるわけですね。何か歴史的にも、修道院とあなたの料理店は深い結びつきがあるとか……」

「初代の女の料理長《シェフ》は、修道院の若い僧に恋いこがれて、海に身を投げました……なんでも、最初にここの羊料理のソースを発明したのは、修道院の中年の僧侶だそうです。

十六世紀のお話ですけれど、初代の女料理長は、好色で貪欲なその修道院の僧と、ソースの作り方の秘密と引きかえに身を許したのだということです。十六世紀には、お酒と食事と女を愉しむ快楽派のお坊さんが沢山いたんですよ。女料理長は、ソースの秘密と引きかえに好色な五十すぎの僧侶に身を許したものの、別の若い僧侶に恋してしまったわけね。ソースを作った僧の嫉妬で若い僧侶が追放されてしまうと、彼女はあの引き潮の海をどこまでも歩いて行って自殺したのだといわれています。それでも若い僧が忘れ難く、いまだに羊になって引き潮のときには修道院のところに歩いてゆくといいますわ……羊というのは群れで行動するというのに、ときたま一頭だけ迷子になる羊があるのです。ほら、迷える羊というでしょう。ここにも一頭いるんですよ。白い羊で、いつも群れから離れて、引き潮のときには島の修道院のほうへさまよってゆくといいます。嘘ではない証拠に、地元の人が引き潮のあとの砂地に、一頭分の羊の足跡がついているのをよく見るんですよ」

「そうなんですか。ぼくも今朝、白い羊が一頭だけ群れを離れて沖のほうに歩いて行くのを見ましたよ。不思議なことがあると思って見ていたんですがね……」

佐伯は興奮した声で言った。たしかに彼も自分の目でその白い羊を見たのだ。

「この地方の人は、この羊が〝マミー亭〟の最初の女料理長の生まれかわりだといっています。本当に沖のほうに歩いて行って、溺れて死んでしまうのですよ」

マダム・シュロンは、じっと遠くを眺めるような目つきをした。自分が黒服を着ているのが、その溺れた羊の喪《も》のためだとでもいうような悲しげな目つきだった。

マダム・シュロンと羊の話をしているあいだに、いつか三百段近い石だたみを登り終った。観光客の入ってこない修道院だけのための裏道だった。

佐伯が息切れをするその急な階段を登り終ったあとでも、マダム・シュロンの呼吸は少しも乱れていなかった。

石段を登り終えたところから、修道院のゴチック建築の尖塔が垂直にそそり立っていた。

「観光客もこちらの建物には入れません。外国人でここに入れたのは、あなたを含めてまだ十人足らずですわ」

マダム・シュロンが、十六世紀の石の建物にふさわしい厚い樫《かし》のドアの鉄の取手を鳴らした。

年配の背中の曲った大人しそうな僧侶が出てきて、マダム・シュロンに丁寧に挨拶をすると僧院の中に案内した。

陽の射さない薄暗い僧院の中に、また信じられないほど長い石の階段が続いていた。こうした長い階段を登りおりして肉体を自然と鍛練することが、修道院の生活の一つだったにちがいないと佐伯は思った。

ゴチック建築の建物の最上階に出ると、そこはアーチ型の回廊にかこまれた小さな薬草園になっていた。

灰色の風景とは似ても似つかない、鮮かな色彩の薬草が咲き乱れていた。

「この薬草のエキスを三百年もねかしたものから、修道院のお酒をつくるのですよ。あなたにこの薬草園を見ていただいて、それから修道院のお酒を味わっていただくつもりなのです」

マダム・シュロンが、薬草畑のそばに膝まずいた。ここでは十六世紀の時間が完全にとまったままでいると、佐伯は思った。

年寄りの修道僧が、彎曲したブルーのガラス瓶と小さな足のついたグラスを捧げるようにして持ってくると、そのまま薬草園のテラスには誰もいなくなった。

彎曲した青いガラス瓶は、何か溲瓶《しびん》のようなものを佐伯に連想させた。

「この瓶もグラスも十六世紀のものですよ。もちろん内容の薬酒も四百年前のものです。そのグラスに二杯だけ召しあがれ。信じられないほどの効果がありますわ」

「どんな効果があるのです」

佐伯は質問したが、マダム・シュロンは黙っていた。

佐伯は、まずグラスに一杯の薬酒を飲んだ。

フランスの食前酒特有のトロッとした感触と薬草の苦味が、巧みに調和している感じだった。アルコール分もかなり強いように思われた。

「結構なお味です」

佐伯は礼儀正しく言い、あらためて会釈をした。

「日本の料理研究家のために、これほど親切にしていただいて、感謝の言葉もありません」

佐伯はそう言いながら、フランスの観光局の紹介状がこれほど利くものなのだろうかと、あらためて不思議に思った。

「あなたは料理研究家ではありません。日本の警察の方でしょう」

マダム・シュロンは、じっと刺すような目つきで佐伯を眺めた。

佐伯も、マダム・シュロンの言葉に動揺した。自分の本当の身分がわかるはずはないと、安心しきっていたのだった。

「なぜ、そんなことを仰言るのです」

「隠されても無駄ですわ。あなたがここに来られた目的はわかっています。わたくしの料理店に勤めていたアルバイトの日本人の娘の消息を探すためにいらしたのでしょう」

「たしかにそのとおりですが……しかし……なぜ、わかりましたか」

「わたくしには友人が沢山います。あなたに事実を理解していただくために、こうしてご自分の目で眺め、ご自分で体験していただく必要があるのです……最初に結論から申しあげますけれど、あなたの捜している日本人の娘はもうここにはいません。彼女も一頭の迷える羊となりました……引き潮のときに沖に歩いて行ったのです」

「自殺したのですか……それは確かなことですか」

「間違いありません。これからあなたご自身の目でそれを確かめればよろしいのです」

佐伯はしばらくマダム・シュロンの美しい顔と心もち肉感的な盛りあがった唇とを眺めていた。

これほど早く調査の結果が出ようとは思っていなかったのだった。

佐伯は、娘の消息を伝えなければならない、東京の大きな派閥の指導者の七十過ぎの代議士の疲労した顔を思い浮かべた。

消息を絶った娘は、その代議士が京都の芸妓に生ませた私生児で、認知はしていないが短大を出るまでは月々の仕送りをしていたのだ。

東京に、フランス料理の小さな店を出すことを夢みて日本を飛び出した自分の隠し子が、この荒涼とした引き潮の砂地を歩いて行ったことを、あの代議士は永久に実感として受けとめることは出来ないだろうと佐伯は思った。

〈お尋ねのお嬢さんは、現在サン・ギャロンのレストランでは働いていない様子……引き潮のさい行方不明になった可能性あるも調査を続行する予定〉

佐伯は、東京に送る電文の文句を考えていた。

派閥のリーダーの隠し子というだけで、正式の家出人捜査の届け出がないこの事件は、あくまで佐伯がプライベイトで行っている調査であった。

7

修道院の大伽藍《がらん》は島の上に聳え立っていた。上から見おろすと、はるか下の砂地の上の人間が玩具のように見えた。

「あなたはもうすぐ日本に帰られますの」

マダム・シュロンが尋ねた。マダム・シュロンは薬酒を飲まなかったが、彼女の肉感的な唇の端に緑色の薬酒がこびりついて乾いていた。マダム・シュロンも何分か前に、この薬酒を飲んだのだ。

「いや、わたしは当分、パリに駐在しています。行方不明人の消息がはっきりするまでは、ときどきここに伺うつもりです」

佐伯は、簡単には引きさがらないという意思表示をした。

マダム・シュロンは、しばらく考えていた。彼女の視線は、眼下にひろがる引き潮のあとの広大な砂地と土色の海と、それから雲の厚い灰色の空をさまよっていた。

「仕方がありませんわ……これはどなたにもお話するつもりはなかったのですけれど……あなたにはすべてお話いたします。わたくしの話を聞いて、ここで起こった出来事を理解してくださったら、何にも仰言《おつしや》らずにここから去ってくださいね。そして、二度と戻っていただきたくないのです……」

マダム・シュロンは回廊の柱に身を寄せるようにして話しはじめた。

「日本人の娘が……マドモアゼル・陽子がわたくしのレストランに職を求めてやって来たのは一年前のことでした。彼女は料理長《シエフ》が女性のレストランを捜していたのです。日本に帰って自分が料理長になり、フランス料理の店を出すつもりだったのでしょう。彼女は真剣でした。どんな仕事も嫌がらずにやり、一日でも早く料理の真髄を学ぼうとしていたようです。でも……彼女は一つだけ持ってはならない希望に取り憑かれてしまいました。それは、わたくしの店のソースの秘密を盗もうとしたことです。これだけは許されません。〝マミー亭〟の主人にならないかぎり、ソースの秘密を識《し》ることは出来ないのです。けれども陽子は諦めませんでした。ソースの秘密を知っているものが、この修道院の中にもいると考えました。彼女は、初代の〝マミー亭〟の女料理長の故事にならったのです。引き潮のときに白い羊の皮をかぶり修道院に近づけば、ソースの秘密を知っている修道僧が島からおりてくる。彼女の肉体と引きかえに、ソースの秘密を耳うちしてくれると信じ込みました。彼女は三カ月のあいだ、この誘惑を実行しました。雨の日も風の日も、白い羊の皮をかぶって引き潮の砂地をさまよったのです。彼女の膝は赤くすりむけましたわ。四つん這いになって歩いたのですから……」

「それで……ソースの秘密を知ることは出来たのですか」

マダム・シュロンは大きく溜息をついてから、首をゆっくりと左右に振った。

「いいえ、修道院からは誰もおりてはきませんでした……彼女は失望して、ある日……それは彼女の意志が遂にすり減ってしまった日のことですけれど……彼女は修道院に向うかわりに、海のほうへ……遥か彼方の沖のほうへ歩き続けたのです。それ以来、誰も彼女の姿を見ていません。このあたりの溺死体はめったに見つからないのです。一度、三十年ほど前に、イギリス側の海岸へ流れついた女の死体がありましたけれど……」

「彼女が沖に向った日は、いつだったのです」

「七月十四日でしたわ……パリ祭の日で、お店は予約の客で賑わい、一杯でした。あたくしたちは、彼女のことに気をつけている暇がなかったのです」

マダム・シュロンの言葉に、弁解の調子が混った。

佐伯は沖の海を眺めた。白い羊のイメージは浮かんだが、行方不明人の日本人の娘の姿とは重ならなかった。

「お話はよくわかりました。が、二、三の点で、わたしの知っている事実とくいちがうようです。その点を説明していただけますか。まず、行方不明人が〝マミー亭〟に就職した動機ですが……彼女は大学の新聞広告を見て応募したはずです。ここに一年ほど前の学生向けの新聞の広告があります。〈求む、日本の若い女性、ホテル及びレストランの簡単な手伝い、避暑をかねての一カ月間のアルバイト、高給、食事、個室つき、〝マミー亭〟〉となっています。あなたが出された広告ですね」

佐伯は厳しい目つきで、マダム・シュロンを見つめた。マダム・シュロンは力のない手つきで佐伯の書類を受けとめた。

「ええ、出しましたわ……夏のシーズンには日本人のお客様も多く見えて、言葉の通じる日本人のウェイトレスが必要だったからです。彼女も応募してみえた一人ですけれど、陽子の場合は初めから料理の勉強が目的だったのです。ウェイトレスも手伝いましたが、夏のシーズンが終ると、あとは料理の勉強をはじめました」

マダム・シュロンの説明は明快だったが、目にはかすかな不安の色が浮かびはじめた。

「日本人の娘を必要としたのは……新聞広告まで出したのは、それだけの理由ですか、あなたにはもっと違う理由があったのではありませんか」

佐伯はなんの確信もなかったが、一歩もさがらない気構えで言った。マダム・シュロンが動揺した。最初は両手で、自分のほっそりした項《うなじ》のあたりを軽くおさえた。

それから佐伯のすぐそばに寄ってくると、佐伯のほうに肉感的な唇を向けた。

「あなたには、もうすぐこの修道院の秘薬酒の利きめがあらわれてきます。あのお酒を薄めずに生《き》のままグラスに二杯飲んだ人間は、どんな意志の強い男でも肉欲の虜《とりこ》になります。あれは、悪魔が手伝ってつくったお酒なのです。あなたも、もうすぐ目の前の女を犯さずにはいられなくなります。それは、たとえ目の前の相手が母親でも、羊でも、犯さずにはいられないほど強い衝動なのです。信じてくださらなくてもいい……あなたは事実を体験することになるでしょうから」

マダム・シュロンの声は、今度は軽々と確信に満ちていた。佐伯は一種の暗示をかけられていると思った。

あの羊の肉にしても、塩辛くなかったのだ……淡白な味ではなかったか……海の潮をふくんだ塩辛い草を食《は》んだからといって、なぜ羊の肉が塩気を帯びなければならないのか……

人間が道徳的な意志を失って肉欲の虜になるような薬酒があるはずがない……媚薬と

か精力酒とかが科学的な効果を持った試しがないのだ。みんな暗示なのだ……

佐伯はつとめて自分を落ち着かせながら、マダム・シュロンの美しい顔を眺めた。マダム・シュロンは頰をバラ色に染め、唇を半分ほど開いていた。肉感的な唇のあいだからは、白い歯と濡れた舌の先が見え、男を誘っていた。

「日本人の娘は……陽子は……昨夜のフランス人の若い女中のように、男のセックスを腿のあいだに迎え入れたりしていたのですか。彼女もそういう仕事をしたのですか」

佐伯は冷静に質問した。

「しました。何日間かの訓練で、彼女も腿の筋肉を上手に動かせるようになりました。ああやって生命のエッセンスをしぼり出す必要があるのです」

「ということは……あなたの店の料理に、絶対に必要なものなのですか」

「必要ですわ。そんなことはちっとも珍しいことではありません。この地方の農家の主人は、自家製のチーズにこうして魂を加えるのです。あなた方が考えるほど、不思議なことではありません」

「日本人の娘は、そういう作業になんの疑問も抱きませんでしたか」

「抱くわけがありません。彼女は真剣でしたもの……人々をうっとりさせる特別料理を作るためにね」

マダム・シュロンの柔らかな手が、いつのまにか修道服の上から佐伯のセックスをおさえていた。彼女は喋りながら、巧みに佐伯の躰を掌の上で転がしていた。

佐伯は突然、欲望に取り憑かれた。それは、ふいに躰の中に満ち溢れてきた衝動なのだった。

それが薬草酒のためなのか、マダム・シュロンの柔らかな掌のためなのか、佐伯にはもうわからなかった。

マダム・シュロンが唇をちかづけ、佐伯の質問を封じるように舌を吸った。

「あなたのことは一目で好きになりました。あたしたちには時間がないのです。恋の手管《くだ》《て》はぶいて愛し合いましょう。あなたにはなんでもお話します。そのかわり、わたくしの愛をはねつけるようなことはしないでください。あなたの仰言るとおり、日本人の娘を雇ったのには他の理由《わけ》がありますわ」

佐伯はマダム・シュロンの背中と腰に手をまわした。黒服の下には、佐伯と同じように何もつけていないことが、その滑らかな感触からはっきりとわかった。

「どんなわけがあったのです」

「修道院の中に日本人の高僧がいるのです。彼はどんな呼びかけにも応じません。若い日本人の娘ならば、彼の心を動かすことが出来るかもしれないと思ったのです。でも、それは無駄なことでした……」

マダム・シュロンは呟くように言うと、ふらっと佐伯の胸から離れた。

薬草園の花壇をかこっている石垣に両手をのせるようにすると、祈りのときのようにひざまずいた。

右手を黒服の長い裾にかけると、一気に腰のところまで引きあげた。白い臀部が、輝くように佐伯の目を射った。

突然の激しい動作だったにもかかわらず、舞台の上の女優の優雅な仕種《しぐさ》のようなリズムを保っていた。

「お願いです……旅のお方……わたくしのここには、とろけるような蜂蜜がたっぷりと塗ってあります。どうか、ひと思いにわたくしを犯してください。あなたは、わたくしの愛の申し出を拒まないと約束したはずです」

マダム・シュロンが訴えるような真剣な目つきで佐伯のほうを振りかえった。その目は欲望に満ち溢れて、男を誘っていた。

佐伯は暗示にかけられたように、マダム・シュロンの肉づきのいい艶やかな臀部の前にひざまずいた。

マダム・シュロンの言葉どおり、彼女の白い臀部の割れ目と腿のあいだは本物の蜂蜜で輝いていた。

佐伯は極限にまで拡大された彼の躰を、蜂蜜に輝いている割れ目に埋ずめた。

マダム・シュロンが、佐伯の動きにつれて微かな連続的な呻き声をあげはじめた。

マダム・シュロンの細い指先が、ピアノの鍵盤の上で踊るように石垣を叩いていた。

その激しく速いリズムは、バス・ルームの中で聞いた、金属製のボールの内容をかきまぜる音と同じだった。

佐伯は、また巧みに腿のあいだで彼の生命のエッセンスを採取されているのではないかと思ったが、彼のセックスはマダム・シュロンの割れ目に深く沈んでおり、二人は完全に結合していた。

絶え間なく快感が襲ってくるにもかかわらず、佐伯は妙な違和感を感じていた。

ふいに、それがなんであるのか佐伯に理解出来た。

黒い服を着ているにもかかわらず、マダム・シュロンは白い羊の姿態をとりつづけ、佐伯はそれを背後から犯すかたちになっているのだ。

マダム・シュロンのセックスの姿態の意味がはっきりと理解出来た瞬間、佐伯は自分の背中に強い視線を感じた。

振り向くと、ガラス窓のない吹き抜けの修道院の小窓から、東洋人の僧がじっと彼等を見つめていた。

東洋人の僧が、一目で五十歳をまわっているのがわかった。

8

日本人の酪農関係者の一団を乗せた観光バスが、島の駐車場から埠頭のような橋を渡ってゆくのが見えた。

「連中は近くの軍港を見学して半日ほどで戻ってくるのですが、あなたも一緒にあのバスで帰りますか」

ガイドの平木が、暖かそうな毛のジャンパーを羽織って佐伯の部屋に入ってきた。

「どうやら帰れそうもありませんね……事態は思ったより深刻で、こみ入っています」

「そうですか……しかし、代議士の娘の情報はとれたのでしょう。あの女料理長はあなたに惚れていますよ。あなたにというよりも、あなたの肉体に惚れているといったほうがいいのかな……彼女、修道院の中を案内したでしょう」

平木がさぐるような目つきで、佐伯を見た。佐伯にはどうしても平木の正確な年齢がわからなかった。青黒い扁平な表情が動くたびに、三十代の終りのようにも、五十をはるかに過ぎているようにも見えるのだった。

「案内してもらいましたがね……マダム・シュロンの言うには、代議士の娘は沖に向って歩いて行き、溺れ死んだようなことを言っていますよ」

「最近の若い娘なんて、何をしでかすかわかりませんからね……あの連中は気狂いなんですよ。死にたけりゃ死なせればいいじゃありませんか。東京の代議士のおやじのところに、行方不明で全く手がかりが摑めないって電報を打っておけばいいでしょう。これ以上、本気で探したって無駄ですよ」

平木が突き放すように言ったが、目は落ち着かず、怯《おび》えていた。

「マダム・シュロンは、ぼくがここに来た目的をちゃんと知っていましたよ。ぼくの本当の職業も知っていました。あなたが話したのですか」

「いや、わたしは何も言いませんよ……」

「しかし、あなた以外にわれわれのことを知っている者は誰もいないのですよ。新聞広告を見て、代議士の娘をここに紹介したのはあなたなのじゃないですか？　マダム・シュロンは、なぜ日本人の娘を必要としたのです」

「わたしが知るわけがない……」

「マダム・シュロンはほとんど話してくれました。あの修道院には日本人がいますね。その日本人がどんな男なのか、あなたは知っているはずですよ。なぜ、隠すのですか」

佐伯は質問を続けた。彼に出来ることは、質問を重ねることだけであった。どんな人間でも、自分が隠し続けてきたことを、ふいに喋ってしまいたくなる瞬間があるものなのだ。

平木の顔が蒼ざめてきた。煙草に火をつけようとしたが、手が震えてどうしてもつかなかった。

「隠したりしてやしない……こういう噂は、誰もが知っているのだ……修道院にいる東洋人は間違いなく日本人だ……」

平木が、今度は言葉を吐き捨てるように言った。

苦渋が彼の顔にじわじわ拡がると、年齢をさらに増しているように見えた。

「本人も認めているのですか」

「本人は否定している……ベトナム人だと言っているが、それは嘘にきまっている。彼は戦争中の日本軍の将校なのだ。終戦のとき現地に残って第一次のベトナム戦争を戦ったのだ……たいていの日本人が解放戦線の側で戦ったが、彼はフランス軍についた。最後はフランスの国籍をとることにまで成功したのだ」

「終戦のとき、なぜ日本に帰らなかったのです」

「戦犯の指定をおそれたのだろう……日本軍の彼の小隊が、現地でフランス系の修道院の尼僧を十人以上も強姦し、そのうえ銃殺したのだ。彼は最初、この虐殺には加わらなかった。部下の兵隊たちがフランス人の尼僧を四つん這いにし、犯すのを見ていただけだった。しかし、夜になってから、兵隊たちが彼のために残しておいた一番若い尼僧に羊の皮をかぶせて、うしろから犯したのだ……彼等は、女のかわりに、よく羊を使っていたのだよ……」

　平木は目を閉じ、疲れたように深く息をついた。

「なんという恐ろしい話だ……しかし、あなたはなぜ、そんな話を知っているのです」

　平木が下を向き、額に脂汗を浮かべた。

「皆が噂をしているし……こういうことは、いつかわかってしまうものなのだ……」

「だが……修道院がなぜ、そんなことをした男を許しておくのでしょう」

「修道院だから許しておくのだろう。わたしにもわかりはしない……」

「マダム・シュロンは、修道院の日本人の素性を知っているのですか」

　佐伯は質問を矢つぎ早に放った。

「噂ぐらいは知っているだろう……だけど、あの女が修道院の日本人に近づこうとしているのは、そのためではないだろう……マダム・シュロンは日本の浮世絵を何枚も所蔵しているのだ。彼女は歌麿のあぶな絵で、日本人のセックスが人並みはずれて大きく強靭だと信じている。あの女もおかしいのだ……狂ったところがあるのだ……修道院の日本人を雌牛のようにして、いつもしぼり取ろうとしているのだ」

平木はそう言いながら突然、床にひざまずくと、どんと机を叩いた。彼はなにかにひどく怒っているようにみえた。

「マダム・シュロンは、修道院の日本人を誘惑するために、日本人の娘をやとったのではないんですか？　引き潮のときに羊の皮をかぶせて、わざと修道院に近づけたのでしょう」

「そうだ……そのために雇ったのだ……わたしはマダム・シュロンに日本人の娘の斡旋を頼まれた。可愛くて、若くて、性的魅力のある女の子だ。わたしは、マダム・シュロンが日本人の娘を自分のベッドの中の同性愛の相手にするために雇ったのだと思っていた……まさか、修道院の男を誘惑するために使うとは思わなかったのだ……あの娘が行方不明になったとしてもそれはわたしのせいじゃない……わたしだって……あの娘の行方を知りたい……」

「あなたはぼくに、はじめから全てのことを話してくれればよかったのだ」

「話したって信じやしない。じっさいに味わってみなければわからないのだ。味わったって、あなたは信じやしないだろう……あの羊の肉が塩辛いことも、あなたは信じていないじゃないか……」

平木が肩で喘ぎながら、抗議するように言った。

「ここが違う世界だということは認めますよ……平木さん、あなたも雌牛のように、ホテルのメイドにしぼり取られたのですか」

「いや……」

平木が力なく首を振った。

「わたしは違う……わたしは何年も前にそういう能力を失っている……セックスがないのだ」

「なるほど……マダム・シュロンは、そういう面ではあなたに失望したわけですね」

「そうだ、ひどく失望した……けれども、かわりを紹介してやったよ。あんただってそうだ……修道院の屋上で、マダム・シュロンと交わっただろう。あの女も羊のように、白い尻をあんたのほうに向けたはずだ……まるでさかりのついた雌の羊のような呻き声をあげたはずだ……」

平木は床に崩折れたまま、頭をかかえていた。

「あなたの話がいろいろと参考になりましたよ。ぼくは修道院の東洋人と会ってきます。彼がなぜ沈黙しているのか。直接聞いてみます」

「無駄だ。彼は喋りはしないだろう。そうだ、絶対に喋りはしない……」

平木の声がほとんど泣き声になっていた。

佐伯は窓のところに行き、潮の満ちはじめたサン・ギャロン島のまわりの海を眺めた。海はすべてをおおい隠すように、〝マミー亭〟の下の石垣をひたひたと叩いていた。日本人の娘の失踪とともに、すべてが過去のものとなってしまったのだろうか。佐伯は突然、今朝方、引き潮のときに沖に向ってのろのろと歩いていた白い羊を思い出した。

平木の言葉に真実がふくまれているとしたら、修道院の東洋人を誘惑しようとする試みは、いぜんとして終ってはいないのだ。

佐伯はテーブルの上に俯伏している平木を置いたまま、部屋の外に出た。

9

マダム・シュロンの部屋をノックすると、彼女は難しい顔でデスクに向い、帳簿をひろげていた。洋服もいつのまにか縦縞のスーツに着替えていた。修道院の屋上で、裸で四つん這いになったのと同じ女とはとうてい思えなかった。

「いま平木ガイドと話をしてきましたよ」

佐伯はマダム・シュロンの正面に坐った。いずれは、こういうかたちで話をする必要があったのだ。お互いに普通の洋服を着て、顔と顔を合わせて話をする必要が……

「あなたは途中でやめるということをなさらないのね……どこまで行けば満足するつもりなの。あなたの探している日本人の娘は行方不明になったのよ。迷い羊のように沖に向って歩いて行ったのよ。あと一年か二年経てば、きっと死体が……少なくとも遺品がイギリス側で見つかると思うわ。それなのに、あなたはまだなにもかもほじくり出そうとするのね。そんなことをすれば、誰もかれもが破滅するだけだわ」

「あなたの持っている歌麿を見せてもらえませんか」

「いいわよ。警察の人間には協力するわ」

マダム・シュロンは金庫の鍵をあけた。

「金庫の中には、いつもお金なんて入っていないのよ。ホテルとレストランを毎日やっていくのがやっとなの。でも、それでいいじゃないの。お金を溜める必要なんてないわ。人生なんてそんなものじゃないの。これが、あたしのいつでも持ち出せる財産よ」

マダム・シュロンが、佐伯の前に浮世絵をひろげた。戦前に海外に流出した浮世絵で、本物の歌麿だった。

誇張されたセックスを持った役者が、俯伏せになった若い娘をうしろから犯していた。

「この浮世絵は、いつ手に入れたのです」

「もう十年も前になるわ……それ以来、わたしは毎日、この絵を見ています。日本の男のセックスを眺めています」

「なぜなのです」

「第二次世界大戦の始まったとき、わたくしはまだ八歳の少女でした。両親と一緒に、フランスの植民地だったインドシナにいました。両親は修道院の経営している病院で幸せに働いていたのです。対日戦争がはじまる前に、修道院の方針で、わたくしたちはフィリピンに移りました。そこで、日本軍の残虐行為をまともに受けたのです。父は射殺され、母は他の尼僧たちと一緒に四つん這いにさせられ、羊の皮をかぶせられて強姦されました。何百人もの日本兵が交代で犯したあとで、全部殺したのです。わたくしが一人だけ生き残ったのは、機転のきく尼僧の一人があたしの顔に泥を塗り、現地人の粗末な服を着せて修道院の鐘楼の中に隠してくれたからですわ。八歳のわたくしは三日間のあいだ、毎日、庭でくりひろげられる強姦の地獄を、穴のあくほど見つめていたのです……戦争が終るまで、わたくしは現地人の家庭でかくまってもらいました。戦争が終ってからフランスに帰り、正規の教育を受け、四代目の〝マミー亭〟の料理長の養女になったのです」

マダム・シュロンは疲れきったように肩を落すと、弱い視線を窓の外へ向けた。

「あなたのお話に心の底から同情します……わたしの母も、満州で終戦のときにソビエトの兵隊に強姦されました。戦争は、勝利者にも敗北者にも公平に被害者をつくっています……」

佐伯は、自分の触れたくない記憶を口に出した。彼もソビエト軍が侵入してきたときに十歳の少年で、母が犯されるのを目撃していたのだった。

「あなたがお聞きにならなければ、わたくしはべつにこんな話をしたくはなかったのですよ……わたくしはこの浮世絵を見て、毎日、八歳のときに目撃したことを忘れまいとしているのです」

「あなたは日本軍の残虐行為を、今まで誰にも話さなかったのですか」

「話したことはあったけれど……誰も信じませんでしたわ。終戦後、修道院の焼け跡から尼僧たちの白骨が発掘されました。何人かの日本兵が、この事件の戦犯として処刑されました。彼等は、自分たちの犯したのが尼僧ではない……本物の羊だったと言いはりました。彼等は慰安婦のかわりに羊を使ったというのです。でも最後には……八歳の目撃者だったわたくしの証言が採用されました。尼僧たちは殺されていたのですから、彼女たちが犯されていたことも間違いありませんわ」

マダム・シュロンはデスクの前を立ちあがると、事務室の窓を開けた。かなり近くで、灰色の羊の一団が塩草を食《は》んでいるのが見えた。

「ひょっとして……マダム・シュロン……あなたは無実の日本兵を戦犯で処刑したのではないかと悩んでおられるのではありませんか。あなたの見たのは、獣姦をしている日本兵で、尼僧たちを犯していたのではないと……」

「いいえ、わたくしには確信があります。彼等は尼僧たちを全裸にし、羊の皮をかぶせて犯していたのです。三日三晩のあいだ、彼等は修道院の庭で犯し続けました。何百人もの日本兵が、何人も何人も……わたくしは決して忘れません……」

マダム・シュロンが、自分に言い聞かせるように鋭く叫んだ。佐伯は、自分が行方不明の日本人の娘を探すということよりも、はるかに困難な問題に足を踏みこんでしまったと思った。

「それでは日本人の娘を雇ったのは、裸にして羊の皮をかぶせ、引き潮のときに修道院に近づけ、男を誘惑するためだったのですね」

マダム・シュロンはなにも答えずに、相変らず窓の外を見ていた。

「平木ガイドが、修道院にいる東洋人は元日本兵の将校だったと言っています。あなたが誘惑したかったのは、彼が日本の軍人だったからですか……」

「本人は否定しています」

「しかし、あなたは彼を試したかったのでしょう。元日本兵だったかどうか……いや、それよりも、フィリピンの修道院の強姦と虐殺のあった現場に居合わせた日本兵の将校ではないか……いや、それよりも命令をくだした張本人そのものの将校ではないかと考えたのではありませんか。二十何年後に、この島で再会するという万に一つの偶然を、あなたは信じようとしたのではないですか」

「偶然ではありません。神が存在するならば、当然こういう機会をつくるべきです。わたくしはそのために生き残ったのです」

「それで……彼はあなたの呼びかけに応じましたか」

「いいえ、常に沈黙で応じました。しかし、わたくしは諦めていません」

マダム・シュロンが、やっと窓の外から佐伯のほうに視線を戻した。

「わたしはこれから、その東洋人の修道僧に正式の面会を求めようと思っています。よかったら、あなたも同席してくださいませんか。ただし、羊の皮を持ってきて欲しいのです。今朝も、あなたが引き潮のときに修道院に近づくために使ったあの羊の皮を持参して欲しいのです。日本人の娘が沖に消えたあと、あなたが修道僧を誘惑する羊の役をご自分でなさっていたのですね……」

佐伯が確かめたが、マダム・シュロンは答えなかった。けれども佐伯の言葉も否定したわけではなかった。

女教師を思わせるようなスーツのまま、羊の皮を取りに行った。

10

観光客の登り降りする修道院の表階段を、佐伯はマダム・シュロンと登った。午前中と違って潮が満ちた今は、表の石だたみを登るより仕方がなかったのだった。

佐伯たちはすぐに修道院の石づくりの応接室に通された。

中世以来の石の部屋に、古い木の机と椅子が置いてあるだけだった。

「日本人の娘が、ここの海で行方不明になりました。彼女は裸で羊の皮をかぶり、修道院の人間を誘惑するようにマダム・シュロンに雇われていたのです。誘惑する目的は、元日本兵だった修道僧に、戦争中の残虐行為を思い起こさせるためでした。戦争中にマダム・シュロンは、日本兵が白人の尼僧に羊の皮をかぶせ強姦するのを目撃しているのです。彼女は八歳でした。そして今……マダム・シュロンは、あなたをその残虐行為の現場にいた日本軍の将校だと考えています。あなたは、このマダム・シュロンの考えをどう思われますか」

佐伯は、木の椅子に腰をおろした痩身の東洋人の修道僧に、最初から面会の目的を尋ねた。

「私は、今は神に仕える身です。おのれの過去については何も語りません。皆さんがなんと思われようと、それは自由です」

東洋人の修道僧は正確なフランス語で答えた。彼は日本人であることを肯定も否定もしなかった。

「マダム・シュロンが、あなたのことを、彼女の目撃した残虐行為の現場にいた日本兵だと決めつけるのは、少しおかしいとは思いませんか？　マダム・シュロンはなぜ、確信をもってあなたがその日本兵だと言われるのでしょう」

佐伯の質問に、マダム・シュロンが答えた。

「わたくしは、たしかに八歳でした。けれども三日間のあいだ、小さな砂糖黍《きび》とチョコレートと水筒の水だけで、修道院の塔の中に隠されていたのです。わたくしは、そこから三日のあいだ、震えながらすべてを目撃していました。その時、兵隊たちが羊の皮をかぶせられた尼僧を犯しているのを、じっと見つめていた若い将校がいました。彼は三日間、いつもわたくしの正面に立ち、こちらに顔を向けていたのです。軍刀をステッキのように持って、修道院の回廊の下に立っていました。わたくしはその顔を決して忘れません。二十年経っても三十年経っても忘れません。それは彼です……この男なのです……」

マダム・シュロンが立ちあがると、涙を流しながら東洋人の修道僧を指さした。

東洋人の修道僧は穏やかな微笑で、マダム・シュロンのほうを眺めた。彼の褐色の顔には、なんの不安も浮かんでこなかった。

佐伯たちが部屋に入ったときからの平静さが、今なお続いていた。

「マダム・シュロンの告発に、なんと答えられるおつもりですか」

佐伯が修道僧に近づこうとしたとき、マダム・シュロンがスーツを脱ぎはじめた。黙って、機械のような動作で着ているものを次々と足もとに落していった。

佐伯はマダム・シュロンの動作をじっと見つめた。服を脱いでゆくテンポに、どこか異常なところがあった。

マダム・シュロンは全裸になると、羊の皮を頭からかぶった。羊の皮は〝マミー亭〟から持ってきたもので、白い暖かそうな毛並みが渦を巻いて盛りあがっていた。

マダム・シュロンは四つ脚になっていた。白い臀部の盛りあがりが、腿の内側にかけて完全に緊張し、打ち震えていた。

「あなたはいつかこんな光景を、今のようにごく間近で見られたのではないですか。三十年ほど前に……」

佐伯は東洋人の修道僧に尋ねた。

彼は目をそらさずに、マダム・シュロンの白い臀部を見つめていた。

「こういう悪夢のような光景を一度だけ見ました。私が二十歳の頃です……」

「あなたも、その行為に参加したのですか」

東洋人の修道僧はゆっくりと首を振った。

「私は見ていただけです。が……行ったのも同じことです。私は今だかつて、女性の躰に触れたことがないのです……私は羊の皮をかぶせられた白人の女性が、日本兵に犯される場面を見たことがあります……けれども、それはマダム・シュロンがいうようなフィリピンの修道院でではありませんでした。あの戦争のあいだ、南方のいろんな場所で似たような事件が起こっていたのでしょう。それが戦争なのです……また、私はマダム・シュロンのいうような日本軍の将校ではありません。逃亡兵です……一度も敵に向って発砲することの出来なかった臆病な人間です……逃亡以来、現地人として修道僧の生活を生きてきました。マダム・シュロンがなにを考えているのか、私にはよくわかります。彼女は八歳のとき、他の白人の大人の女性がすべて羊の皮をかぶせられて犯されたのを目撃しました。彼女一人だけが、この残虐行為から逃れて生きのびました。それは彼女のせいではありません。しかし、自分だけ犯されずに生きのびたという気持が、長いこと彼女の心をおおっていたのでしょう。彼女も、犯された大人たちのようになりたいのです」

「マダム・シュロンは、自分も日本兵に羊の皮をかぶせられて犯される必要があると考えているのですね」

「本人は認めたがらないかもしれませんが、それが彼女の行動を説明しています……彼女はフィリピンの修道院で、自分の真正面にいた若い日本人の将校の物語りを必要としたのです。私はときどき、マダム・シュロンを救うために、私自身がその日本軍の将校になって彼女を犯すのが一番よいのではないかと考えました。そういう恐ろしい考えにさいなまれましたが、実行することはどうしても出来ませんでした」

東洋人の修道僧が、悲しげな視線を、木の床に手足をついて四つん這いの姿勢をしているマダム・シュロンに向けた。

佐伯の目に、逞しいセックスを持った二十歳代の若い日本人の将校の裸の下半身が浮かんだ。それが、マダム・シュロンの白い臀部と一つになった。

それが現実に行われたら、マダム・シュロンは救われたのだろうか。

「ここ一年近く、マダム・シュロンが日本人の娘を使って裸の羊になり、あなたを誘惑していたのはご存知だったのですね」

「知っていました。マダム・シュロンの八歳のときの悲劇も知っています。彼女が軍事法廷で証言した日本軍の残虐行為が、フランスの雑誌に載っていました。戦犯で処刑された日本兵はすべて、犯したのが本物の羊だと言って白人の尼僧の強姦は否認しました。けれども、白人の尼僧たちの銃殺された白骨死体が、修道院の中庭から発見されたのです」

「白人の尼僧を殺したのと、慰安婦のかわりに羊を犯していた日本兵たちとは違う人間だったとも考えられますね」

「そうです。証言しているのは八歳の少女だけです。ですから、この証言が、マダム・シュロンの人生に重くのしかかってきたのに違いありません」

「しかし、あなたはなぜマダム・シュロンの物語りの仮定の相手になっていてやったのです。いくらマダム・シュロンが真実だと言い張っても、あなたははっきりと違うのだと説明してやるべきだったのじゃありませんか」

「いや……マダム・シュロンにこういう物語りを信じ込ませた日本人がいるのです。私は彼のために沈黙していました。場合によっては、彼のために残虐行為の日本兵として死んでやらなければならないとさえ考えていました」

東洋人の修道僧は、それだけ言うと応接室を出て行った。

佐伯は、マダム・シュロンのかぶった羊の皮と露わな下半身とをしばらく眺めていたが、ふいに一つのことに思いつくと修道僧のあとを追った。

修道院の中庭の建物の中は複雑に細い暗い階段が折れ曲っていて、迷路のようであった。

佐伯が十分ほどかかって屋上のテラスに行くと、東洋人の修道僧は、暗い海を見つめていた。

「平木ですね……ガイドの平木ですね。あの男がマダム・シュロンにいろいろな考えを吹き込んだのですね。平木も、もと日本兵だったのでしょう」

佐伯は、今度は日本語で叫んだ。東洋人の修道僧がゆっくりと佐伯のほうを振りかえった。東洋人の修道僧が、はじめて日本語で喋った。

「私たちは、インドシナで同じ小隊にいました。彼は下士官で、私よりも年上でした。私たちは鬼のように彼を恐れていました。彼は平気で、強姦も、掠奪も、射殺もしました。脅えて、強姦や射殺の手伝いの出来なかった私たち初年兵を羊と交わらせました」

東洋人の修道僧が、そのとき、ちょっと遠い空を見つめるような仕種《しぐさ》をした。修道僧は、羊と交わったのにちがいないと、佐伯はそのとき確信した。

「私は数カ月後に、日本軍が勝っていたのにもかかわらず軍隊を脱走しました。人を殺すことが、どうしても耐えられなかったのです。他のことは臆病なのに、その時だけは勇気を出して脱走しました。修道院に行き、以来、現地人として生きてきたことは先ほどお話ししたとおりです。私は神に仕え、故国のことも戦争のことも忘れ果てていました。すでに三十年近い歳月が経ったのです。ある日、サン・ギャロン島を観光に来た一団の中に、ガイドをしている平木元軍曹がいました。彼は戦争が終ったあと戦犯になるのをおそれて、抗仏戦争の起こったインドシナでフランスの外人部隊に参加していたのです。インドシナから手を引いたあとは、現地で貿易商の手伝いをしたり、フランス語が出来ることから、パリに来て画商の手伝いをしたりしていたようです。彼は私のことを見て、すぐに脱走兵の昔の部下だと気づきました。彼は昔のことを黙っているようにと、私に哀願しました。彼は、戦争中に強姦した女が悪質の病気を持っていて、彼自身はすでに性機能を失っているのだと言いました。罪の報いは充分に受けていると言い、半分以上喪失したセックスを見せました。彼自身も決して幸福ではなかったのです。ところが、彼は〝マミー亭〟の女主人が戦争中の残虐事件の当事者であることを聞きこむと、巧みに近寄りました。彼は生活に困っていたので、彼女からいろいろと金を引き出す必要があったのでしょう。あの料理店は昔から、この修道院と深い間柄を持ち、薬草やヨーグルトなどの販売も引き受けていたので、そんなことでも一儲けしたかったのかもしれません。マダム・シュロンは、平木もと軍曹のつくりあげた物語りを信じました。ある意味では、マダム・シュロンは平木軍曹の物語りで、自分の本当の人生を甦えらせたのです。マダム・シュロンは私を、フィリピンの修道院で残虐行為を行った日本軍人だと信じて、私を誘惑しようとしました。羊の皮をかぶった裸の女が、私に対する踏み絵だったのです……毎日、羊の皮をかぶった女の裸を見せていれば、いつかは私が引き潮の砂地に降りてくると彼女は考えていたのです。平木もと軍曹も、私に対して、また別の期待を持っていました。かつて、強姦することも出来ずに、羊と交わらせられた初年兵の臆病者の私が、羊の皮をかぶった裸の女を見て、ふらふらとおりてくるかもしれない——そうすれば、平木は私に対して勝つことが出来ると考えていたのです。性的機能を失った平木もと軍曹の、健康な私に対する怒りもあったのかもしれません。しかし、いずれにしろ平木と私は同類です。私は彼の兄弟です。彼の罪は、私が引き受けてやらなければなりません……」

東洋人の修道僧が、たどたどしい感じの日本語で話し終えた。

佐伯の頭の中で、今度の事件の人間関係の位置がはっきりと整理出来た。マダム・シュロンが、もし復讐をしなければならないとしたら、それは修道院にいる東洋人の修道僧ではなくて、ガイドの平木なのではないか。

もと日本兵の修道僧は、風の強くなったテラスの上からじっと沖を眺め続けていた。ビルの三十階ほどの修道院の屋上からは、はるか彼方の平地で塩草をはんでいる羊の群れも、砂丘の小さな渦の流れのようにしか見えなかった。

11

応接室に降りてゆくと、マダム・シュロンがいなかった。

すでに一時間近くたっていた。佐伯はマダム・シュロンにすべてを知らせるつもりだった。この危険なゲームに終止符をうつ必要があるのだ。

佐伯はなにか不吉な予感に駆られて、サン・ギャロン島の修道院の急な石の階段を駆けおりた。途中で何度か、下から登ってくるいかにも善男善女といった感じのフランス人の観光客の一団を突きとばしそうになった。〝マミー亭〟の事務所に入ると、デスクの上にガイドの平木が俯伏せになり、背中のところに旧日本軍の使った銃剣が半分ほど突き刺さっていた。おびただしい血と、銃剣の深さが、刺した者の怒りの強さを示していた。

デスクの上にマダム・シュロンの置手紙が飛ばないように文鎮でおさえてあった。

宛名は、日本の警察の方佐伯氏へとなっていた。

〈いま、平木を殺しました。修道僧の最後の言葉で、彼が元日本兵で、白人の女性を強姦し、殺したことがわかったからです。

でも、殺したのはそれだけの理由ではありません。あなたが捜している日本人の娘は、潮が引いたあとの砂地の中に……修道院から岬へかけて、一直線に二百メートルほど行ったところに、白骨になって埋められています。

彼女は半年ほど前に、羊の皮をかぶって裸になり、溺れて仮死状態になっているところを、何者かに銃剣で刺されて死んでいました。

私は平木の意見にしたがい、犯人は修道院の元日本兵の修道僧ではないかと考え、彼をおびやかすために日本人の娘を、引き潮のあとの砂地に埋めることに賛成しました。

しかし、私は間違っていました。平木は先ほど私に刺されて息を引きとる前に、日本人の娘を殺したのは自分だと告白しました。

私は毎日、引き潮の時に日本人の娘の死体が砂地の表面に露出しないかと見に行きましたが、安全でした。彼女は潮の砂の中に、深く埋められているのです。

彼は三十年前に、羊の皮をかぶせた白人の女を犯したように、無抵抗の女にセックスのかわりに銃剣を使ったのです。銃剣は、入口の〝マミー亭〟の象徴である十六世紀のソース鍋のうしろに、半年前から下げてあったのです。

平木が、金庫の中に預っておいてくれと言った旧日本軍の使った双眼鏡があります。

これを、今から修道僧の元日本軍の将校にとどけてください。

私は今から、最後の引き潮に間に合うように沖に向って歩いて行きます。それを、修道僧に見てもらいたいのです。

日本の警察の方はすべての点で親切でした。あなたは残虐行為の日本兵とは、なんの関係もありません。あなたを信頼しています。どうぞ、私の最後の願いを聞いてくださるように……

マダム・シュロン〉

佐伯は急《せ》きこむ思いで大体の文意を汲みとると、古い日本将校の双眼鏡を持って、ふたたび修道院の長い階段を駆けあがった。

修道院のテラスで、東洋人の修道僧の話を聞いていなければ、この惨劇を防げたのにとも思ったが、一方では、こうしたことすべてがどうしても起こらなければならないことのような気もしていた。

彼は所詮、この悲劇の傍観者なのだった。

佐伯は長い階段を駆け登っては、何度も途中で呼吸をととのえた。

修道院の屋上に駆けあがると、先程の場所にまだ東洋人の修道僧がいた。屋上の風が強さを増し、修道僧の黒服を不吉な弔旗のように鳴らしていた。

「ガイドの平木が、マダム・シュロンに日本軍の銃剣で刺されて殺されました。つい今しがたのことです……マダム・シュロンの置手紙では、日本人の娘は平木に、同じ日本軍の銃剣で殺されたそうです……」

「知っています。平木は半年前にあの日本人の娘のセックスを銃剣で突き刺し、あの引き潮のあとの砂地に埋めました。私はここから双眼鏡で見ていたのです」

「マダム・シュロンが毎日羊の皮をかぶり引き潮の砂地を歩いたのは、死体が心配だったこともあるのですね。しかし、あなたはなぜ、そのことを黙っていたのです。平木は、日本の娘を殺したのもあなただと、マダム・シュロンに思わせようとしていたのですよ」

「平木の罪は、私の罪なのです。私は常に沈黙していなければなりません」

「あなたが警察に連絡してくだされば、マダム・シュロンは殺人を犯さなくてもすんだのですよ」

東洋人の修道僧は、すでに佐伯の言葉を聞いていなかった。

「マダム・シュロンが沖に向って歩いて行きます。あなたに、この双眼鏡で見守っていてもらいたいそうです……」

佐伯は、旧陸軍の双眼鏡を、修道僧の手に渡した。双眼鏡には、すでに褐色に変色した白ペンキで、〝田村少尉〟と書かれてあった。

修道僧は、受け取った双眼鏡に目を当てると、静かに沖を見守っていた。

「マダム・シュロンはボートで沖に向っています。だが……彼女は……もう死んでいるようですよ」

修道僧が押しつぶされたような声で言い、佐伯のほうに双眼鏡を手渡した。

佐伯は双眼鏡をのぞいた。粘土質の砂地は、すでに茶褐色の海水におおわれていた。ひたひたという波の音が、佐伯の双眼鏡を通して聞こえてきそうな気がした。

何度か空《むな》しく波の上をさまよってから、ようやくマダム・シュロンのボートを佐伯の双眼鏡がとらえた。

ボートはすでに半分ほど水に浸されながらも、エンジンの力で前に動いていた。マダム・シュロンが、すでにボートの底の排水口の栓を抜いているのだった。

マダム・シュロンは全裸のまま俯伏せになり、脚を開いていた。白い羊の皮は、海水のためにマダム・シュロンの頭上のほうに移動し、その栗毛色の長い髪の毛を隠していた。

マダム・シュロンの右手には、料理用の先の鋭く尖った肉包丁が握られていて、彼女が自分の胸を刺した。

海水が、マダム・シュロンの背筋と豊かな腰のあたりをひたひたと浸しはじめていた。

日本軍の残虐行為から逃れた八歳の少女が、そのあとの三十年間の生涯をなんのために生きのびたのだろうか。

たしかにマダム・シュロンは日本軍の残虐行為という塩草を食べて育った……けれど

も、本当に塩の羊になる必要があったのだろうか。

佐伯の胸を強い疑問が突き抜けた。

佐伯は黙って、双眼鏡を東洋人の修道僧に返した。修道僧はふたたび双眼鏡を目に当てると、石のように背中を固くして沖を見つめ続けた。

「田村少尉！」

佐伯は突然、激しい衝動に駆られて、沖を眺めている黒衣の修道僧の背中に向って叫んだ。

修道僧の背中が、ぴくっと動いたが、次の瞬間には強い風が修道僧の黒衣を、音を立てて石の手すりに押しつけていた。

彼はやはり田村少尉なのではないか。三十年前に八歳のマダム・シュロンの正面に立ち、彼もまた、日本軍の羊の皮をかぶせた強姦の残虐行為を見ていたのではないか。

佐伯は、こみあげて来た思いを再びのみこむとサン・ギャロン島の中世の建物をとりまく荒涼とした海上の風景に目をやった。

正面の海には低い雲が垂れこめて、波がうねり、風が音を立て、右手の岬に続く平地では、夜食の鐘の合図を受けた灰色の羊の群れが、何かに脅えたように駆け散っていた。

佐伯は、パリの国際警察《インター・ポール》の本部に、半年前の日本人の娘の白骨死体の発掘を依頼するために、修道院の長い曲りくねった階段をゆっくりと降りて行った。

第二部

人魚姦図

1

向う側に見物人が立っている。

水槽のガラス越しに、じっとこっちを見ている。

やはり、この水槽に人気があるらしい。

見物人は、俺のことを見ているのだろうか。いや、やはり、俺のうしろの人魚のことを見ているのだ。

人魚は金髪で、美しい少女のような顔も、柔らかな尖った乳房も、上半身は普通の人間とかわらない。

でも、下半身は、おそらく固い、鎧《よろい》のような鱗でおおわれている。醜くて、触れただけで、弾き飛ばされるような強靭な魚の下半身なのだ。

美しい上半身と、醜い下半身のアンバランスが人魚のいいところだ。

こんな不思議な動物を、最初に考えついたのはどこのどいつだろう。

きっと昔の船乗りにちがいない。船の上に女がいなくて、きっとジュゴンのような海にいる動物を、セックスの相手にしたのだ。

ほんとうにジュゴンの生殖器は、人間の女のセックスに似ているからな……いや、人間の女性のセックスよりも、ずっと美しい……

人間の男性の生殖器の美しさに似ている。女のセックスは醜い。美しいのは、男性の一番躍動している時のセックスだけだ。

磨きぬかれた大理石のような男性のセックス。それにふさわしいのが、ジュゴンの生殖器だ。

隣の水槽を、ほんもののジュゴンが一頭、ゆっくりと動いている。

世界の水族館にも、数えるほどしかいない、ほんもののジュゴンだ。サンフランシスコの水族館から送られてきた、まだ三歳の若い雌《めす》だ。

人間で言えば、ちょうど十七歳ぐらいの、花も恥じらう処女の頃だという話だ。

なにも知らないで、好奇心をむき出しにして水槽のガラスに鼻先を押しつけている。

そんなふうにすると、見物人に馬鹿にされる。水槽のガラスに押しつけられたおまえの顔を見て、馬鹿な人間たちは、すぐにジュゴンの顔は豚に似ているなと呟くのだ。

おまえも、サンフランシスコの水族館にいたおふくろさんのように、水槽の奥にじっとしていて、横顔しか見せてはいけないのだ。

それも、ナポレオン時代の西洋風のカウチに坐っている美女のように、優雅に、そしてエロティックに坐っていなければいけないのに……

そんなにはしたなく動くから馬鹿にされるのだ。でも、三歳じゃ、どうしようもないな……

そのかわり、おまえが水槽のガラスに近づくたびに、おまえの下半身が無防備に、俺の目に映る。

おまえの下半身は、ほんとうに十七歳の人間の処女のように、美しくて、清潔だ。

俺はうっとりと、おまえの下半身を眺める。

おまえの生殖器にならば、俺の美しいペニスを結合させてもいいとさえ思う。

でも、俺はもう動けない……と言ってもサンフランシスコの水族館のおまえのおふくろさんのように、見物人の目を意識して、じっと動かずにいるのではない。

それならば、かつて、俺も俳優養成所の舞台でやった。

今は、どうにも動けずにいるのだ。この窮屈な潜水服をつけ、水中銃で美しい人魚を狙っている、いつもの恰好のまま動けずにいるのだ。

ほんとうに首一つ動かせずにいるのだ。

うしろを振りかえって、岩かげに身をひそめている、あの美しい金髪の人魚を見たいのに、それさえもままならない。

ほんのちょっとでも、視界の端にでもあの人魚を見たいのに、それが許されないのだ。

見えるのは、見物の人間たちの痴呆のような顔と、三歳のジュゴンのお尻の割れ目だけだ。

なにもかも、この水族館の経営者のパトロンが、俺に対する最大限の罰として考えついた嫌がらせなのだ。

俺のほうも泣きごとは言わずに、表向きはさも愉しそうに、この潜水服の中の仕事をやるだけだ。

俺にだってプライドはある。

いや、俺にあるのは、自分でもうんざりするほどのプライドだけだ。

このプライドが、俺を破滅に追いやるのだ。

たとえ、以前のように潜水服の中の首が動かせても、金輪際、うしろの人魚など見るものか。

人魚の顔も、乳房も、絶対に見るものか。たとえ、俺が、あの乳房に、今日まで一千万べんお世話になってきたとしても、もう指一本も触れるものか。

俺は、こうやって独り言をはじめると、すぐにシェイクスピアの科白《せりふ》が喋りたくなってしまう。

ほんとうならば、今頃、俺は、東京の劇場で何千人もの観客を前に、シェイクスピアの科白を喋っているはずなのだ。ベニスの商人のポーシャ姫を相手に、アントーニオのうっとりするような二枚目の科白。

それがどうだ、今は……ミイラ取りがミイラになったアルバイト学生のなれの果てで、こうやって、東京から何百キロも離れた人気のない海岸の水族館で、首一つ動かせずに、潜水帽をかぶったままだ。

それも、これも、みんな俺の運命だ。

俺の肉体が美しすぎたのが不幸のはじまりなのだ。

美しく、健康な肉体を持った海女を母親に――そして、その海女と一瞬の恋をたわむれた高名な天才画家を父親に持った息子の宿命なのだ。

俺は、おやじとおふくろのことを考えると、なぜか自分がシェイクスピアの悲劇の主人公になったような気がする。シェイクスピアのあの長たらしい科白の泣きが、全部、自分のことのように喋れるのだ。

見物人の若い女が、俺のことを指さした。

「あの潜水服の中の若い男、人形でしょう。でも、ほんものの人間そっくりに見えるわね……以前はあの人形、ときどき、目をぱちぱちさせたり、ウインクしたり、手を動かしてVサインをおくったりしたものなのよ……不思議だったわ……」

「馬鹿だな。あれはアルバイト学生が、潜水服に入って芝居をしてただけさ。今は、精巧な蠟人形を入れてあるんだ。なんでも、この水族館も不景気で、見物客が減って、アルバイトの人間のかわりに人形を使うようになったんだってさ」

連れの男が物知り顔に答えるのが、俺の癇にさわった。

潜水服の中の俺が蠟人形にされているのは、世の中の景気のせいではないのだ。

俺は真相を喋りたい。ほんとうにあったことを喋りたい。

そして、あの悪魔のような水族館の主人に復讐したい。

それなのに、俺はもう口がきけないのだ。

心の中でいくら呟いても、俺の口はもう蠟細工になっていて、動かないのだ。

2

一年前のことだ。俺は、友人のSの持ってきた求人広告の、〝埋もれた未完成の俳優志望者を求む。人生の全時間を演技出来る男性。秀でたるマスク、健康で均整のとれた肉体美の持ち主にかぎる〟という言葉にとびついた。

俺は顔にもからだにも自信があったし、人生を演技出来るということでは、誰にもひけをとらない自信があった。

映画の新人《ニューフェイス》募集のテストにも受かっていたし、審査員も俺のマスクがただの二枚目ではなく、将来、渋みのかかった演技者になることを認めていたのだ。

からだのほうも、大学の一年の時に、サッカー部とレスリング部、そしてボディビル研究会から誘いがかかったほどだ。

俺は、ボディビル研究会には一年ばかり熱心に通ったが、すぐにやめてしまった。キャプテンの四年生が、俺に変な色目を使い出したからだ。

そのころ俺は、男同士の愛情交換にはまったく興味がなかった。ボディビルの研究会に出なくなったあとでも、俺はヘルス・センターに出かけて、水泳とランニングと体操をやることだけはやめなかった。

水泳は高校の時に国体の予選までいったし、おふくろが海女だったせいか、俺も素もぐりが子供のときから得意だった。ひとより肺活量が多くて、長い時間もぐっていられるのだ。

ヘルス・センターでは、俺は潜水《ダイビング》技術の指導員の助手もやった。ホテルのヘルス・センターのダイビング・プールなど、いくら人工の十メートルもの深さがあるからといっても、俺の育った能登の荒海の深さにくらべれば、赤ん坊の砂場みたいなものだ。

俺は大学では法科にいたが、ほとんど講義には出なかった。はじめから卒業する気持はなかったのだ。

法科に入って、俺やおふくろを見捨てた高名な画家のおやじを見返し、そのうえ俺を認知させてやろうと思ったのは、最初のあいだだけだ。

俺は、自分のマスクと、人並みすぐれて美しい肉体に自信を持つと、七面倒くさい六法全書に首をつっこんで、おやじを見返してやるのが馬鹿らしくなった。役人にも政治家にもなるつもりはなかった。

自分のからだだけで、勝負がしたかったのだ。

ところが、映画のニューフェイスの試験に受かっても、いっこうに芽が出ないことがわかった。

新劇の劇団の研究生になっても、金がなくては何もはじまらないことがよくわかった。

わかったことは、俳優志望者であることを続けるためには、せっせとアルバイトで金を稼いでは、自分の肉体をすり減らしてゆくことがただ一つの道だということだけだった。

道路工事のアルバイトもやった。

スナックのカウンターもやったが、俺の場合は、水商売をやるとすぐにホスト・クラブから引き抜きに来て、俺の向上がさまたげられてしまうのだ。

ホスト・クラブは滅茶苦茶金になった。そのかわり、ここは精神の堕落のためのスクラップ工場だ。腹で嘲《あざ》笑って、サービスしてますという顔さえしていれば、いくらでも女たちが金を貢ぐ場所だ。

同じ、金を貢がせるのならば、心の底から女たちにサービスをしなければいけない。そうすれば、金を貰うのも当然なのだ。

ところが、心の底からのサービスに値するような女がひとりでもいただろうか。

亭主の浮気に対抗して金をばらまく医者の妻、ただ威張りたがるだけのトルコのナンバー・ワンの女、有名人になって稼いだ亭主の金を、同じ速度で減らしてゆく高慢ちきな女——どれも、これも、笑顔で対応するのがうんざりするような連中ばかりだ。

俺は百万円もする舶来の腕時計や、ン百万のアメ車まで女たちにプレゼントさせたが、ある日、つくづく嫌気がさして、全部、おやじの絵と交換してしまった。

おやじの絵は、一号七十万もして、たいした絵は買えなかったが、それでも十号の能登の海を描いた、おやじの構図では一番有名なヤツを買った。

美術評論家に言わせると、この断崖と荒々しい冬の日本海を描いた構図は、おやじにしか描けないのだそうだ。

俺に言わせれば、おやじの使う色彩は、若い頃にくらべると、ずっと甘ったるくなっている。能登の海だけは、よけいな線がなくなって、荒々しさが増して日本画の墨絵のような感じを出しているが、これはセントラル・ヒーティングのよくきいたアトリエの中で描いたまやかしの絵だ。毎年、同じ構図で色彩をかえて適当にごまかしているだけだ。

おふくろを裸にして描いた二十年前の能登の海は、こんな色じゃない。

俺は、おやじの堕落を指摘するために、海の大半を灰色に塗りつぶした。そして、断崖から飛び込む、子供を抱きかかえた裸の海女を描きそえてやった。

天は、俺に画才も与えてくれていたのだ。

俺は、小学校の頃は、クラスでも絵が一番上手だった。

とにかく、思ったとおり、さっと描けるのだ。将来は絵かきになろうと思ったくらいだ。中学生になって、おふくろから絵かきのおやじのことを聞いて、二度と絵具になど触れるものかと思った。

だから、おやじの絵に絵筆を加えることなど、俺にとっては、電話のダイヤルをまわすぐらい気楽なことだった。

おやじのサインを塗りつぶし、その上に俺の名前を描いた。俺の苗字はおふくろの名前だ。

おやじは俺を認知していないし、俺の戸籍は、ちゃんと私生児となっている。

俺はこの絵に、「乞、ご高評」と書き、俺の住所番地をそえて、おやじのところに送り届けた。

するとどうだ、おやじはこう書いて寄越した。

「他人の模倣はいけません。とくに、この絵は、崖のあたりの私の真似だけが得意で、精神が拙劣です」

という具合だ。

おやじは売絵を描きすぎて、自分の絵も贋作も見分けがつかなくなっているのだ。

それとも、金の亡者になって、自分の十号の一千万近くもする絵を塗りつぶす馬鹿が、この世に存在するのが信じられなかったのだろうか。

俺はこの送り返されてきた絵を、ナイフでずたずたに切り裂いて、火で燃やしてから、快哉《かいさい》を叫んだ。

そのかわりラーメン代にも事欠くカラッケツになり、精神的にも極度に危険な状態に落ちこんでいたのだ。

こういう時に、俳優研究所の同期生のSが、例の求人広告を持ってきたのだ。

Sとは俳優研究所時代から仲好しで、ヤツも芽が出ずに、ゲイバーでアルバイトをやったりしていた。一度酔っ払って、二人でホモったこともある。才能はないが、気はいいヤツだ。

俺がこの求人広告に心を動かされたのは、〝美しいマスクと健康な肉体美〟のあとに、〝潜水《ダイビング》の専門家〟には倍の給料を支払うと書かれていたからだった。

どう考えても、この求人広告にぴったりなのは、この世に俺ひとりしかいなかった。

俺はそのことを少しも疑わずに、世の中には渡りに舟ということが実際にあると思っただけだった。

アルバイトの求人広告の就職先の水族館が、志摩半島の静かな海であることも、俺には気に入っていた。

3

水族館のオーナーは、四十過ぎの、頭の禿げあがった、どことなく得体の知れない男だった。

綺麗に爪をかりこんだ、女のようにきゃしゃな指が俺の最初の印象に残った。

「応募者は二十人近くいたんだがね……きみに決めよう。金に執着がなく、名声にあこがれていないところがよい。ほんとうの役者は、いつだって演技のことだけを考えていなければいけないのだからな。きみはスタニスラフスキーを読んだかね。新劇の原点はあそこにあるんだ。これから、わたしのことはパトロンと呼びたまえ」

水族館のパトロンは簡単な面接をしたあとで、こう訳知り顔に囁いた。

俺はこういう言い方にひどく弱かった。

それで生い立ちを聞かれると、いつも隠していてSにしか喋ったことがない、高名な画家のおやじのことや海女のおふくろのことも、ついべらべらと喋ってしまった。

「でも俺には身寄りはないのも同じです。誰にも気がねはないし、おふくろだって再婚して、みんな俺のことはもうどこかで死んでいるか、外国で赤軍派にでも入ったと思っていますよ」

「それは好都合だ……わたしの仕事は、世間に隠れたところでやりたいのでね……たいへん芸術的で、未来に残る仕事なのだが、今のところ世間の理解は得られそうもない」

水族館のパトロンは、俺の目をじっと見つめて言った。どこか日本人離れのした、ブルーの深い瞳なのだ。

俺は半年契約で、その水族館で働くことにした。

最初は大水槽の魚に餌をやる下働きや、観覧プールで、イルカを相手に素もぐりをしたりする表向きの楽な仕事だったが、一カ月もすると俺のテストが終ったのか、またパトロンに呼ばれた。

「いよいよ、きみの肉体美と、そのものになりきる演技力が必要な仕事だ。舞台の上でパクパク口をあけて、ただ科白を喋るのとは違う」

「…………」

俺はパトロンが何を言いだすのかと思って、相手の口もとを見つめたきりだった。

「きみには水の中で、迫真の演技をしてもらう……相手は人魚だ……きみは人魚を狙う逞しい漁師になる……それも、人魚を摑まえるだけではない……人魚に恋こがれて、人魚を犯そうとしている背徳の漁師《すなどり》だ……」

水族館のパトロンは、まるでシェイクスピアの科白でも口にしているように、調子をつけて喋りはじめた。その声には次第に熱気がこもって、俺に一種の催眠術をかける効果があった。

そのうち、俺はほんとうに人魚がこの世に存在して、そいつを犯してゆくような気持になってしまったから不思議だ。

「舞台は大水槽の中だ……新しい藻《も》を二トンも入れてある。人魚は三百フィートも深海の藻が好きなのだ。深海の藻の中では人魚も安心している……この人魚の大水槽は非公開で水族館の関係者もわたしの許可がなければ立ち入れない。きみも知っているとおり、ここで研究されていることは極秘になっている。きみもここに入ったからには、秘密を守らなくてはならない。ここでほんものの人魚を飼育していることは、絶対に口外してはいけないよ。もし喋れば、きみの生命に危険がおよぶこともある。わたしはきみを信頼しているのだ」

水族館のパトロンは、俺をおだてたあとで、一言、脅すように言った。

俺は本心では人魚の存在など信じていなかったが、人魚の大水槽が立入り禁止の場所になって、パトロンが全精力を注ぎこんでいるらしいことだけは、おぼろげに理解出来た。じっさい大水槽のある水族館の別棟は、深海の藻生物研究所という、れいれいしい看板がさがって、パトロン以外、誰も出入り出来なかったのだ。

水族館の大水槽は、縦、横、それぞれ二十五メートルもあった。沖縄の海洋博のあの大水族館にも劣らない大きさなのだ。西ドイツに特注した、どんな水圧にも耐える特殊ガラスで出来ているのだそうだ。

水族館のパトロンに言わせると、この辺鄙な海岸で投資した水族館のための金額は、天文学的な数字だということだ。ときどき訪れる観光客の入場料など、魚の餌代にもならない。

「心配しなくても、これは学術上、芸術上、必要な投資なのだ……香港やシンガポールのタイガース・バーム・ガーデンを建てた華僑の大金持は知っているね。あれと同じように、華僑の大金持の財団が金を出している」

パトロンは、自分も日本人ではないというような顔をした。

俺もその時点で、今までのホスト・クラブで札びらを切るケチな連中とはスケールが違うということに、なんとなく気づいたのだった。

最初の素もぐりの時は、人魚には出会わなかった。

パトロンは、人魚を脅かさないように照明をおさえて少し水槽の中を暗くしすぎたのだと言ったが、俺に言わせれば、あれも計算のうちだ。人魚どころか、俺を脅かすつもりなのだ。

じっさい水槽の中にもぐってみると、ホテルのダイビング練習用の深いプールに入ってゆく、初心者と同じ心境になった。

まわりが暗く、フィリピンの深海から採取してきたとかいう暗褐色の水藻が化け物のように、ひとりで揺れ動いているのだ。

パトロンのヤツは、俺には、水槽の中に入れる人魚がどんなものなのか、一言のヒントも与えなかった。

「自分でよく考えろ……最初に出会った時の衝撃が、人生で一番素晴らしいのだ……舞台の上でも、水槽の中でも同じことだ……最初の衝撃を大切にするんだ」

パトロンは、女のように優しい指先を俺の目の前でヒラヒラさせながら、まるで演出家のように喋った。

それで、俺はまた暗示をかけられて、潜水眼鏡をかけただけでの完全なフリチンで真暗な水槽の中を、ただやみくもに泳ぎまくったのだ。全裸で泳げというのが、パトロンの指示なのだ。

ただの人工のガラス張りのプールだというのに、能登の海で泳ぐ時のように、ふんどしでもしめていないと、なにか無防備で不安になる。

暗く無気味な藻があるだけで、まるで無限のひろがりを持った深海をさまよっているような錯覚にとらわれるのだ。

「とうとう出会わなかったのかね。あんなに狭い水槽の中なのにね……外から見ていると、きみのすぐそばに隠れているのにねえ……わたしが考えていた以上に、今度の人魚は人間をこわがっているね……シンガポールで摑まえた人魚は、わりあいに人なつこくてね、土地の若者を何人も相手に見事なセックスぶりを見せたが……ただ、一年とちょっとで死んでしまったよ。人魚は滅多に手に入らない動物だからね……今度も焦って、もともこもなくしたくない……人魚がこのまま脅えて弱ってゆくようだと大変なことになる。水圧の高い深海と同じ水中酸素の量にするために、プールに特殊な薬品を投入しなければならない。人体には害はないのだが、なにしろ強烈な薬だ。人間の目に入ると失明のおそれがある。きみを盲にしたくはないからね……アメリカに特注した精巧な潜水眼鏡を進呈する。水槽に入っているあいだは絶対にはずしてはいけない」

パトロンは俺に新しい潜水眼鏡を支給すると、きびしい指示を与えた。

俺は一週間、人魚とご対面も出来ずに、真黒な水槽の中を泳ぎまわされたあげく、やっと七日目にそれらしい人魚の姿を水槽のうしろに見つけることが出来た。

その時は、俺は飛びあがるほど嬉しく、心臓がとまりそうなほどのショックだった。

豆電球のような光源が、水藻の向うに点滅した時、俺のすぐ目の前に、真黒なかたまりがじっとしているのに気づいたのだ。

そいつはこっちのほうをじっと見ていた。俺は、一瞬、条件反射のように手を伸ばした。一週間も、向うは俺のことを観察していたのだ。

なんの遠慮もあるものか……手を伸ばしてつかまえるだけだ。俺は、こういうことになると、運動神経が発達した、行動家だ。

ただ、ほんの瞬間、俺の手の動きが遅すぎた。

俺の指のあいだから、つるりとしたかなり大きな感触がすべり抜けた。

成人の女の胴ほどの大きさはあったが、だんだんと細くなり、最後は固いひれが、尻尾の先のように感じられた。

俺は、おそらくジュゴンの一種にちがいないと確信した。

4

「あれはジュゴンですね。イタリヤ人の監督の記録映画で見ましたよ。海岸で……月夜の晩の儀式かなにかで土地の若者に犯されて、ジュゴンの目に大粒の涙が浮かぶやつですね。しかし、ジュゴンを相手に……そりゃ、鯨やイルカと同じ哺乳類かもしれませんが……あんな魚を相手にしろというのですか」

俺は水槽から出ると、大きなバスタオルで俺のがっしりした肩や胸の水を拭きながら、パトロンにふてくされて言った。

「なんということを言うんだ。ジュゴンとはなにごとだ。あれは正真正銘の人魚だ。きみはそれでも役者か……俳優か……真の演技を志している人間か……きみの言っていることは、舞台の上で、ほんものの茶碗と箸を持って、湯気の立つほんものの飯粒を喰わせろとわめいているへっぽこ役者と同じだ。演技なんてそんなものじゃない。箸がなくても、茶碗がなくても、まして湯気の立つ飯がなくても、うまそうに飯を喰う真似の出来るのが俳優だ。うまそうに飯を喰う真似をしているうちに、ほんの一瞬、役者がわれを忘れて、ほんものの湯気の立つ飯を喰っているのと同じ気持になる……これがほんとうの演技というものだ。ジュゴンとはなにごとだ……おまえは馬鹿だ……こんなに馬鹿だとは思わなかった。おまえはアンデルセンの人魚姫の童話を読んだことがないのか」

パトロンが本気で怒りはじめたので、俺はしぶしぶと返事をした。

「読みましたよ」

「子供でも知っていることだ……相手がジュゴンだなどとなめてかかっていると、あとで大怪我をするぞ。おまえが真剣になるのが嫌だったら、この場で、この水族館のアルバイトをやめてもよい」

俺はパトロンに脅かされて、もう二度と水槽の中のあいつをジュゴンなどとは思わないと誓約させられた。

「人魚との見合いは難しいのだ……相手が人間だと、警戒心をとかせるのに一週間はかかる……人魚は、人間の男性に襲われ続けてきた歴史を持っているから、本能的に避けるのだ……けれども、今度のケースは少し時間がかかりすぎる。水槽の中の薬剤散布だけでは駄目だ！　なにか工夫をしたほうがよいかもしれん……」

パトロンはさんざん怒鳴ったあとで、翌日はひどく優しい声になった。

「やっぱり、おまえのその人間の顔がよくないのだ……しばらく真黒に塗りつぶしてみよう」

パトロンはもっともらしく言うと、俺の顔を、非水溶性の墨で塗りつぶしてしまった。これはたいへん効果があった。俺自身、プールの水面に映る真黒な自分の顔を見て、きゅうに大胆になったものだ。

プール・サイドも水槽の中も相変らず照明がしぼってあって、五十センチ先はほとんど見えなかった。

手さぐりで泳いでゆくようなものなのだ。

一かき二かきするたびに、大きな冷たい藻が俺の脚や胴にからみついた。

最初はえらく気持が悪かったが、すぐに慣れてしまった。人間なんて、どんなことにでも、すぐに慣れてしまうものだ。

二時間近く水につかっているうちに、藻以外の感触が俺に触れてくることに気づいた。藻よりも更に冷たく、固い鱗のような感じがふっと押しつけられてくるのだった。

俺は、向うから触れられても、知らんふりをしていた。この前、すぐにつかまえようとして失敗しているからだった。

それに、酸素ボンベも持たずに、素もぐりだけで水槽の中の獲物をとらえようとしても無駄なことだ。

パトロンは、素もぐりだけで、潜水の装備を許さなかった。

俺はおふくろゆずりで肺活量には自信があったが、それでも三分以上はもぐっていられない。

顔を墨で塗って、五十回以上、素もぐりをしてからのことだったろうか、今までの感触がきゅうに大胆になって、俺のセックスをじかに包みこむような感じになった。あきらかに藻がからまったのでもなく、人間の手でもない。そのくせ、俺のセックスをすっぽりと包みこみ、じわじわとしめつけてくる感じなのだ。

俺は、俺の下半身に接触してくるそいつを両手で摑まえようと思えば簡単だったが、パトロンの指示を守って、わざと知らんふりをして泳ぎ続けた。見合いが成立するまで、向うの好きなようにさせておけ、絶対に手を出すなと言われているのだ。

冷たい水の中で泳ぎ続けているのに、そいつの感触は強烈だった。

ホスト・クラブにいたころ、俺のまわりに集ってきた、セックスに飢えた女どもとはまるで違う。

ホモの相手でも、こんなふうな感触を味わわせてはくれない。

間違いなく、一瞬のうちに、俺の下半身に快感がひろがってゆくのだ。俺は、肺活量の限界を感じて、その下半身の快感をふり払うようにすると、急上昇して、水面に顔を出した。

　パトロンが、新記録を出した水泳選手をプール・サイドで迎えるように、俺に向って両手をひろげた。

「大成功だ！　人魚のほうから、きみに求愛の動作を示してきた。きみのセックスを唇で愛撫したのだ。素晴らしいことだ。ぼくの目に狂いはなかった。きみの素晴らしい肉体……素晴らしい筋肉……人魚が魅力を感じないはずがないのだ」

　パトロンは、素晴らしい、素晴らしいを連発しながら、俺の頰に長い顎鬚を押しつけてきた。

「そうですか……人魚のやつ、唇をつけてきたんですか」

「どんな感じだった。悪い気分ではなかったんだろう」

「生温い感じはしましたがね……素もぐりじゃ息をつめるのが精一杯で、どんな感じなのか、そこまでゆとりがありませんよ。ボンベを背負わせてほしいな」

「ボンベでもいいし、上から管で空気を送ってやってもいい。そりゃ簡単なことだが、人魚がひどく敏感だということを忘れてはいけない。背中にへんなものをしょっていたり、長い紐みたいな管がついていたら、いっぺんに寄りつかなくなってしまう。おまえが素裸で、なにも身につけていないから、安心して寄ってくるんだ。見合いが成功して、おまえが人魚と仲睦まじくなったら……その時は心配するな。潜水帽をかぶせてやる。思いきり空気を送ってやるよ。そうすれば、おまえの好きなだけ人魚を可愛がってやれるというわけだ。しかし、まだその時期じゃない……人魚のペースに合わせるんだ」

パトロンは口だけはうまい。なんとかかんとか言っては、自分の言い分を通してしまう。これでは人魚のペースどころか、すべてがパトロンのペースだ。

俺はもう少し頑張ってみることにした。

「ここではっきりしておきたいのですが……人魚との見合いを成功させるということは……つまり人魚とファックするということですか」

「ファックなどと、東京の役者くずれみたいな横文字を口にするのはやめろ！　おまえのような健康で逞しい若い人間の男と、これもまた健康で若い人魚の雌と交尾するだけのことだ……美しいことなのだ……もし、人間と人魚の子供が生れてみろ、これは大変なことだ……とにかく、おまえが人魚の体の中に……人魚は立派な子宮を持っている……人魚の子宮の中に、人間の精子を送りこむことに成功したら……その時は百万円の特別のボーナスをやる。いや、おまえは金はいらないんだったな」

「いいえ、お金で結構ですよ。ボーナスをいただきます」

俺は、プール・サイドに両手をついて、大きく息をした。もしかしたら、この水族館のパトロンは気違いじゃないかと思うと、大きな溜息も出てくるというものだった。人魚の子宮の中でもどこでもいいから早いところ射精を終えて、アルバイトの金を貰い、こんなところからさっさと逃げ出したくなった。

5

パトロンは俺の逃げ腰の気持を察したのかその晩、俺を豪華な晩餐に招待してくれた。年代もののフランスのワインを抜いて、ステーキもシャトー・ブリアンとかいう焼き方にして、パトロン氏、また俺に催眠術をかけはじめた。

「いいかい、きみは人魚を見たことがあるのかね、ないだろう。見たことがなくても、人間は頭の中に人魚のイメージを浮かべることは出来るのだ。この絵を見てみろ、これがほんとうの人魚の絵だ。フランスの現代画壇でいちばん嘱望されている画家が、南米の水族館で本物の人魚の骨を見て描いた絵だ。今にピカソより値段が出てくる」

パトロンは、十号くらいの絵を別室から持ってくると、食卓の前に立てた。岩の上に、長い栗色の髪と美しい乳房を持った人魚の骸骨の坐っているシュール・リアリズムのような絵だった。

「いい絵じゃありませんか」

俺はステーキのほうに夢中だったので、おざなりのお世辞を言った。

「ほんとうにこの絵がわかるのか。人魚の骨格は、そのまま正確にデッサンしてある。乳房も長い髪も、ほぼ正確に復元してあるのだ。画家の空想に頼った絵じゃないんだぞ。それでは、この絵の中の人魚がなにをしているのか言ってみろ」

パトロンは、受験問題を出すように尋ねた。

「そうですね……岩の上で、人間の王子さまとでも会いたいと思っているんじゃないですか……なにか悲しそうですね」

「貧弱な想像力だ……ずさんな観察力だ……人魚の手がどこに置かれてあるか、よく見てみろ。おまえたちのよく知っているコペンハーゲンの人魚の像は、童話のポーズだが、この人魚は違う……右手の位置を見ろ、自慰行為をしているのだ……人魚が他の動物と違うところは、発情期が一定していないことだ。人間と同じなのだ。いつでも交尾が可能で、しかも妊娠する……この絵が素晴らしいのは、人魚のそうした生殖機能の悲しみを表現していることにあるのだ。人魚もまた絶えず欲情に悩まされ、人間の雄が見つからない時はイルカやジュゴンの雄を相手にする……人魚の染色体は、自然界の中でも奇蹟の一つなのだ。相手の雄がイルカやジュゴンならば、人魚の雌の染色体の数も、イルカやジュゴンの雌の染色体の数と同じになり、相手が人間の雄ならば人間の雌の染色体と同じになるのだ……だから人間の子供を生むことも可能になる……人魚の染色体の研究をしている学者が南米の水族館にいるのだ。彼等がこれを公表しないのは、もし人魚の染色体の機能がわかれば、人間の法律も道徳も崩壊するからなのだ。それに、人魚の数はほんとうに少ない。科学が発達したおかげで、人間はジェット機で空を飛び、もはや帆船で七つの海を航海することもなくなった……難破した船員が……つまり人間の優秀な雄が、人魚と交尾をする機会が、ほとんどなくなったのだ。残った人魚たちはイルカやジュゴンと交尾をし、生れた子供たちは、劣等のイルカやジュゴンとなり、死に絶えてゆく……人魚が、人間の優秀な雄と交わった時だけ、雌の子供を生む……繁殖力のある雌だけを生む……それが人魚なのだ。アンデルセンが人魚姫の童話を書いた頃は、人間と人魚が接触する機会が多く、じっさいに人魚が数多く世界中の海に存在したのだ。これは嘘じゃない、真実だ。科学の発達が……人類の進歩が……人魚の存在そのものを否定してゆくのだ。人類はその進化の過程において、もし人類が陸の上に住めず、海中で生きてゆかなければならない時のために、人魚という繁殖系体を残したのだ。けれども、人類は陸の上で繁栄し、人魚の存在を必要としなくなった。それどころか、人魚の存在そのものを煩わしいと思いはじめた。しかし、いずれ、人類は陸の上で、お互いを滅ぼし合う……その時、海に逃れた一にぎりの人類が生きのびてゆくためには、人魚の存在がなければならぬ……だから、人魚を根絶させてしまってはならないのだ。なにがなんでも人魚を保護し、生存させていかなければならない。今まで、おまえにほんとうのことを言わなかったのは、人魚の染色体の秘密が洩れることを恐れていたからだ。人魚が人間の子供を生むことを知ったら、世界中の学者も宗教家も政治家も、人魚を絶滅しようとするだろう……おまえは、もうほんとうのことを知ってしまったのだ。明日から、おまえが水中にもぐるのは、もうただの演技ではない……大切な、人類の未来を背負った使命があるということを忘れるな」

パトロンが、ワインの酔いに頰を染めながら、へたなSF映画のような科白《せりふ》を喋っているあいだ、俺はもくもくとして五〇〇グラムのステーキを二人前頰ばり続けていた。

6

パトロンが大成功だと祝盃をあげて喜んだわりには、翌日の素もぐりは、かんばしくなかった。人魚のほうで俺を敬遠して、午前中ずっと寄ってこないのだ。

「駄目らしいね……人魚がきゅうに脅えたようだ……いくら自然の環境に似せても、なんといっても水槽の中だからな。昨日はあんなにうまくゆきそうになっていたのに……」

パトロンが、いつのまにかプール・サイドに現われると、深刻そうに額に皺を寄せて言った。

「大丈夫ですよ。もう少し水槽に入っていれば、午後からでも向うから近づいてきますよ。すぐそばにいるのは、はっきりとわかるのです。午前中は、向うも気がのらないのかもしれませんから……」

俺は、ホスト・クラブの頃、十二時過ぎの昼休みでなければ欲望が起きないという、大会社の社長秘書のむっちりとした肌を思い出しながら、パトロンを慰めた。

「気休めを言っても無駄だ。人魚は、相手の雄のセックスの場所と交尾可能の状態を確かめたら、すぐに自分から交尾の体勢に入るのだ。だから口にふくんでみせたのだ。人間のやる前戯とはちょっと違うのだ」

「そこまで人魚の交尾の時の生態が研究されているのですか。だって、何頭も棲息していないんでしょう」

俺は半分、皮肉まじりに言ってやった。

「あたりまえだ。南米の水族館で、二頭の人魚と人間との交尾の生態が克明に記録されている。ただし、この時は、水族館での出産には失敗した。ここでは、なんとか成功させたいのだ。世界的な事業だ……実験だ……われわれのやっていることの重大さがわかるのか。この水槽の中の人魚は、おまえに好感を持っているのだ。間違いなく交尾したがっている。それなのに、なぜか脅えているのだ。こうなれば、非常手段を使うほか仕方がない」

パトロンは真剣そうな眼差しで俺のほうを覗きこんだ。

「おまえの生命に危険があるかもしれないが、やってみてくれるかね」

「どんな危険があるのです」

「両手と両脚を縛っておもりをつけ、おまえの自由を奪う。人魚は、おまえの手と脚でいろいろと攻撃されるのを恐れているのだ。要するに摑まえられるのが嫌なのだ。おまえの手脚の自由を奪っておけば、自分から交尾をすませて離れていくだろう。おまえに好感を持っていればそうする。あるいはひょっとして、おまえのセックスを喰いちぎるかもしれん」

「脅かさないでください。で……俺のほうは酸素ボンベをかつぐんですか」

「それでもいいが、古い潜水帽を改造したのがある。あれをかぶって、ポンプと管で空気を送ろう。とにかく一度、交尾が成功すれば、あとは慣れだ。いくらでも仲睦まじくなれる……最初が肝心なのだ」

午後になると、一時間ほど休憩したあとで、パトロンは俺に潜水帽をかぶせた。送空管のついた旧式のやつだ。俺の手と脚と首を、鉛のおもりつきのベルトで、がんじがらめに縛った。

鮪《まぐろ》のようになるというのは、こういう気持のことだ。

俺は水槽の中に、おもりの重さでゆっくりと沈みながら、手と脚の動く自由の有難さを思った。

潜水帽とおもりのバランスで、俺は水槽の底の藻の中で仰向けに横たわるかたちになった。

潜水帽の中の視界は、極度に狭くなっていた。

俺は自分の脚もとや周りを見廻そうとしたが、おもりのせいで不可能だった。首が思ったほど自由にならないのだ。俺は本式の潜水ではいつも酸素ボンベを使っていたし、今どき、こんな旧式の潜水帽をかぶるやつはいないのだ。そのうえ、これは潜水服なしで、潜水帽だけで使えるように改造してあった。

俺はもっと早く、俺に交尾の相手を見せまいとする、パトロンの邪悪な意図に気づくべきだった。

それなのに、俺は単純で、お人好しだった。

俺が旧式の潜水帽とおもりで自由を奪われて、水槽の底の藻の中に横たわっていると、一時間ほどして、あいつが接触してくるのがわかった。

最初は、何度か、俺の腹の上をすれすれに通り抜けるのだ。そのうち、藻とは違う、水中動物特有の、ぬるっとしたあいつの肌が俺をこすってゆくようになった。

俺の胸板や腿の上を、押しつけるようにしてゆくのだ。

その動きがとまると、きゅうに生温かなものが俺の生殖器を包んだ。一瞬、俺は、人魚に俺の生殖器を喰い取られるのではないかと恐怖を感じたが、そいつはすぐに快感に変わった。水中だというのに、そいつは生温かく、じっとり俺のからだを刺戟するのだ。送空管の新鮮な酸素がふんだんに送られてくる水中で、俺は度胸を決めて、うっとりと目を閉じていることにした。

俺のセックスは、とっくに交尾可能な状態になっていたらしい。俺は、人魚が自分から交尾の姿勢をとってくるというパトロンの言葉を信じて、じっとしていることにした。

生温かい感触が一度はなれると、今度はなにか冷たい大きな魚の胴体のようなものが、俺の腿に弾けるように強く押しつけられた。続いて、ふたたび俺のセックスは、生温かい感触に包まれた。

さっきとは、少し違和感があったが、不快なものではなかった。

俺は、最初は相手がジュゴンなのか、それともパトロンの言うとおり、絵の中の栗色の髪をした想像上の人魚に似た実在の動物なのか、しばらく考えていたが、すぐにそんなことは忘れてしまった。

その生温かいやつが動くたびに、俺の快感もまた激しく昂ぶっていったのだ。

俺の意志に反して、射精の実感だけが残った。

7

「大成功だ……しばらく眠ったほうがいい」

パトロンは、おもりでかんじがらめの俺を引き上げると、熱いブランデー入りのミルクを飲ませてくれた。

俺はそのまま、まるで熱が出たように、まる一日、眠ってしまった。

「実を言えば、南米でも、人魚と交尾をした若者は一昼夜、発熱して眠っている……でも、べつに人体に害はない、大丈夫だ。明日からはまた素もぐりで水槽に入れ。今度こそ自由に、人魚と戯れるのだ。そろそろ遠慮をしないで、向うに触ってみるといいぞ。まず、上半身からはじめるんだ。人魚は下半身に劣等感を持っている。だから、はじめから下半身に触れてはいけない。人間と同じ部分から愛撫してやるのだ。乳房や、腹部を撫でることぐらいは大丈夫だ。ただ、下腹部には触れるな」

パトロンが、また克明に指示を与えはじめた。俺は、独裁的な演出家に強制されるように、パトロンになにからなにまで指示されることに反発を感じたが、顔には出さなかった。暗い水槽の中に入れれば、俺の自由に出来るのだ。

「一つお願いがあるんですが……そろそろ僕にも、水槽の外から人魚を見せてくれませんか。手さぐりで相手をしているやつの恰好を、外からはっきりと見ておきたいんですよ……敵を知れば、百戦危うからずというじゃありませんか」

俺はまた余計なことを言ったばかりに、パトロンの逆鱗《げきりん》に触れた。

「なんという浅ましいことを言うのだ。おまえが水槽の外から人魚の姿を見てしまったら、どんなことをしてもおまえの気持の中に差別の意識が生れる……人魚の下半身は、完全に魚なのだ……それを忘れるな。人間の美意識から見れば、耐えがたく醜い魚の肉体なのだ……人魚の下半身を外から見て、水槽の中に入ってみろ、おまえはもう二度と交尾をする勇気を失ってしまう……かつて、難破した船員たちが人魚と交尾出来たのも、波の上に現われた美しい人間の上半身に騙されたからなのだ。人魚は地球の上でいちばん敏感な動物なのだ。おまえが水槽の外から人魚の下半身を見れば、すぐにそのことを感じとる……せっかく成功した水槽の見合いが失敗するばかりではなく、おまえも喉を喰いちぎられるかもしれないのだ。脅かしているのじゃない……ほんとうに、そういう危険が生れるのだ」

パトロンは例によって、もっともらしい理屈を並べると、俺を素裸のまま水槽の中へ追いこんだ。

おもりがないということは、ほんとうに気持がいいことだ。俺は精一杯、両手をひろげて、水槽の底の藻をかきわけた。さっと、俺の脚もとをよぎってゆくものがいた。

また、水中動物特有の、ぬるっとしたあいつの肌だ。俺はパトロンの演説にむかっ腹を立てていたので、少し手荒に、水槽の中の俺の恋人を摑まえてやることにした。俺は、脚もとをよぎっていったやつの気配に対して、思いきり両手をのばした。驚いたことに、俺の両手が簡単に相手の肩の部分をとらえた。たしかに人間の女に似た小さな柔かな肩だった。人間の女に似ていると思うと、俺の気持の中に猛烈な安心感という親近感が湧いてきた。

パトロンの言うとおりの、差別の逆の意識だ。

俺は左手で相手の肩を摑んだまま、右手で乳房のあたりをさぐってみた。人魚は水槽の底の、さらに藻の密集した暗いところへ逃れようとしていた。水槽の底は、ほとんど視界がきかなかった。

俺の頰に人魚の長い髪が、藻とはまるで違う感触で巻きつくように触れてきた。腰のあたりまである長い髪だ。その時の俺には、相手の顔を確かめるのは不可能だった。乳房に口をつけるのがやっとだった。

柔かく、とがったような乳房には、未知のものでない安心感があった。俺は乳房を五秒近く、しっかりと俺の唇でくわえていた。人魚が感じてくれるようにと思いながら、人間の女にする時のように、二、三度、舌を動かしてみた。

素もぐりでは、それだけが精一杯だった。俺の肺活量に限界がくるのとほとんど同時に人魚が俺の腕の中をするりとくぐり抜けた。

なにか固い尾ひれのようなものが、俺の頬をこすりつけていった。

俺は急上昇をすると、水槽のプール・サイドで小休息をして、出来るかぎりの空気を吸いこんだ。今度こそは人魚としっかり抱き合って、接吻をし、相手の顔をたしかめてやろうと思っていた。

俺はまた水槽の壁を力強く脚で蹴ると、底の藻の茂みを目がけてもぐった。

藻の茂みの中で一かき二かきもしないうちに、またあいつのほうから近寄ってきた。やつは完全に馴染みはじめていた。

俺が人間の女にするように、背中を抱き、唇を近づけていっても逃げなかった。

視界は相変わらず五十センチほどだった。俺は長い髪の巻きついた、人間の女に似ている、白いぼんやりとした輪廓を見ただけだった。

人魚のほうから俺の唇に吸いついてきた。俺も強く唇を押しあてた。人魚の吸引力のほうが強かった。

一瞬、舌を吸い取られるのではないかと恐怖を感じたほどだった。俺は接吻しながらも、とっさに人魚の下半身を探索してやることに決めていた。どうせパトロンの言葉など、脅しにきまっているのだ。

それに、なによりも俺自身、人魚の下半身がどうなっているのか知りたかった。

俺は右手を、人魚の腰のあたりにのばした。固い鱗の感触があった。まるで魚とは思えない……鎧のような感触……それが、腰のふくらみから下へずっと続いていた。

人間の腿のあいだの生殖器のあたりと思われるところを前からさぐってみた。ここもすべっとした固い鱗におおわれていて何もなかった。

俺はそのまま、その手を滑らせて、人魚の臀部のあたりをさぐった。

固い鎧のような鱗のあいだに割れ目があった。そこは、人間のように体毛で保護されてはいなかった。鱗が途切れた割れ目は、最初は固く盛りあがり、やがて柔かで生温かいうるおいを持った割れ目にかわった。

俺がそこまで正確に確認した瞬間だった。人魚が俺の腕の中で猛烈に暴れはじめた。凄い力だった。俺を突きとばすようにすると、次の瞬間、固い尾ひれのようなものが、俺の顔と胸を強く叩きつけた。

俺は意識を失い、数秒後に、水槽の上に浮かびあがっていた。

8

「とうとう人魚を怒らせてしまったな。なぜ言われたとおりにしないのだ。あれほど注意しておいたのに、人魚の下半身に触れたんだな」

パトロンはなにもかも見通している顔で、俺を睨みつけた。

「こうなったら仕方がない。すぐまたもぐるのだ。時間をおくと、人魚を徹底的にこわがらせてしまう……潜水帽とおもしをつけて水槽の底に一時間も沈んでいればよい。そうすれば、人魚のほうから人恋しくなって寄ってくる」

パトロンは有無を言わせずに、俺にまた潜水帽をかぶせ、おもりでがんじがらめにして手脚の自由を奪うと、プール・サイドに寝ころばせた。

俺は不満だったが、人魚が暴れたのは事実なので、黙って言われたとおりにしていた。

突然、パトロンの声が今までとがらりと変わって、冷酷で突き放した調子になった。

「おまえは、今度、水槽に入ったら、もう二度と浮かび上ってこられない……」

それも、潜水帽の中の俺の耳もとで、マイクを通した低い声で聞こえてきたのだ。

俺は、なにを言われているのかわからずに、呆気にとられていた。

「この送話管は、こちらからの一方通行だけになっている……おまえが潜水帽の中でどんなに泣きわめこうと、こちらには一切聞こえない……そのくせ気の毒だが、おまえのほうは耳を塞ぐわけにはいかないのだ……さて、それでは今、おまえがどんな状態に置かれているのか、ほんとうのことを話してやる……南米の水族館では、人魚と人間の交尾の場面を写真撮影で記録に残したが、ここではもっと違う方法でやった……写真が発明される前には、人類が常に用いていた最高の手段だ……すなわち絵画である……人類の生態は、みな絵画によって記録されてきた……エジプトの壁画、古代洞窟の壁画みなしかりだ……絵画にまさる素晴らしい記録はないのだ……しかも、絵画には金銭的な価値もある……この水槽の中でのおまえと人魚の交尾の生態は、すべて一人の高名な画家の絵筆によって記録されてきた……芸術会会員でもあるその画家の名前は、おまえもよく知っているはずだ……」

パトロンの低い声は、潜水帽の中ではっきりと俺の親父の名前を告げた。

俺は一瞬、なんのことかわからなくなり、次いで、ゲラゲラと笑い出したくなった。

「おまえは信じていない……あのような暗い水槽の中で行われている交尾の生態を水槽の外から描けるわけがないと、おまえはたかをくくっている……だから、今、真相を教えてやろう……水槽の中は真昼のように明るかった……あの眼鏡だ……あれには水に入ると遮光性に変わる特殊レンズがはめこんである……だから、わたしは絶対にはずすなと言ったのだ……水槽の水もただの水だ……あの潜水眼鏡を取っても失明したりはしなかったのだ……はずせば明るいことがすぐにわかったはずだよ……おまえは信じていない……わたしが脅かしを言っているのだと思っている……いや、一生懸命にそう願っているが無駄なことだ……おまえが、真暗なつもりで一生懸命にもぐっていた水槽の中は、実際は明るくて気が違いそうなところだ……」

パトロンは、俺をゆっくりと水槽のふちへ押し出していた。俺は抵抗しようとしたが、今度はおもりが昨日の何倍もつけてあった。

水槽の中へ突き落とされて、俺のからだが急速に沈んでいった。藻のかたまりが俺の脚に絡みついた。

パトロンの言ったとおりだった。水槽の中は、真昼の強い太陽が射しこんでくるサン・ルームのように明るかった。けれども俺のまわりには藻がぎっしりとつまって、ほんとうの海の底のようだった。

俺は仰向けに、水槽の底に沈んでいた。

真黒なジュゴンが一頭、俺の上をゆっくりと泳いでいった。それを追いかけるように、長い髪をなびかせた若い女が、酸素ボンベを背負い、脚のひれを蹴って泳いでいた。

「ジュゴンと人間の女が水槽の中にいるのがわかるか……そのとおりだ……おまえが交尾したのは人魚ではない、ジュゴンだ……人間の女が手伝って、おまえとジュゴンを交わらせた……それでいいのだ……この水槽の目的は、人魚に人間の子供を生せるための、科学的な設備ではない……必要なのは、人魚の存在を信じてジュゴンと交わろうとする人間の若い男の美しい健康な肉体だ……つまり若い男のモデルが必要だったのだ……それも、平凡な画題にうんざりしている、高名な老大家の創作意欲を刺戟するようなモデルが必要だったのだ……おまえは、そのモデルの役を立派に果した……」

俺は、潜水帽の中のパトロンの低い声が、また親父の名前を言うのを半信半疑で聞いていた。

嘘だ……親父がこの水槽の外にいるわけがない。なんのために親父が、人間の若い男とジュゴンが交わるポルノまがいの画を描く必要があるのだ。パトロンの言うとおり、親父はN展の選者で芸術会会員で、絵が一号百万円近い金持なのだ。

俺は、水槽の向う側をなんとか見ようとして首をねじまげた。首のまわりの鉛のおもりが邪魔をして、ほんの瞬間、横を向けただけだった。

水槽の向うに、キャンバスをひろげたベレー帽の男が立っているのがぼんやりと見えた。けれども、それがほんとうに俺の親父なのかどうか、わからなかった。俺にしたところで、親父のことは新聞の写真でおぼろげに知っているだけなのだ。

「おまえは、わたしの言葉に踊らされて、いっとき人魚の存在を信じた……たいへん結構なことだ……画伯は、おまえがジュゴンに戯れる姿を見て、久しぶりに何枚も傑作を描いた……歌麿をしのぐ傑作だ……春画を超えた芸術作品だ……画題は人魚姦図……この絵は、一般に公開される絵ではない……一号の値段は普通の五、六倍はするが、ただの売絵ではない……コレクターが、自分だけのために寝室に飾っておく絵だ……ひとに見せびらかすための絵ではない……」

パトロンが得意そうに喋り続けているあいだに、俺の上にジュゴンと、あの女がまた近づいてきた。女は慣れた手つきで、ジュゴンを導いている。まるで、サーカスの猛獣使いのような手つきだ。

俺のペニスを摑むと、ジュゴンと交尾させようとしている。

俺はとうていその気にならなかった。

「おまえはもう役に立たない……真相を知ってしまったからだ……おまえもまた消耗品だ……今まで二人、この水槽の中でモデルの役をさせたが、想像力の貧困な演技者ばかりだった……誰も本気で、人魚の存在を信じなかった……信じることが出来なかったのだ……この水槽の中で、人魚と本気で交尾をしたのは、おまえがはじめてだ……おまえは美しい肉体を持っていたし、偉大な演技者になる素質もあった……けれども、もう役に立たない……触れてはならない人魚の下半身に触れてしまったからだ……あれは、プラスティックの尾ひれだ……いま水槽にいる女が人魚に化ける時、下半身につけていた尾ひれだ……」

たしかに俺のすぐそばに、プラスティック製の人魚の尾ひれが脱ぎ捨ててあった。

「さて、これからのおまえの運命を教えてやる……おまえの美しい肉体は、そのまま蠟で固めて、この水族館の中で永久に保存する……どんな名優の肉体も、やがて醜く老いてゆくが、おまえの肉体はもう滅びない……その若さを保ったまま、人魚と一緒に水槽の中に大事に保存されるのだ……」

俺は今になって、水族館のパトロンが完全な気違いだということにやっと気づいた。狂っているだけではない、やつは平気で人殺しをするのだ。

「おまえの若さと美しさは、おまえの憎んだ父親の絵の中で永久に滅びることがない……人魚と交尾をしている最高の美しさで永久に輝き続けるのだ……なにも悲しむことはない……さようなら、わが友よ、それではこれで、ポンプで空気を送るのを止める……」

俺は、はじめて、気違い！　人殺し！　と怒鳴った。俺は一度だって、人魚の存在など信じやしなかったぞと叫んだ。けれどもパトロンの言うとおり、こちらの声は、プールの上には伝わっていかないようだった。

両手で、口と鼻を一度に塞がれたように、だんだんと呼吸が苦しくなってきた。

俺は助けてくれと叫んだ……

ジュゴンが一頭、のんびりと俺の潜水帽の上を遊泳するのが、やがて藻が絡まるように黒く霞んで見えなくなった。

9

それ以来、俺は蠟で固められ、水族館のパノラマ館のほうの小さな水槽に移されて、同じ姿勢をとらされたままだ。

俺はもう年をとらないかわりに、口もきけなければ、飯も喰えないことになった。もちろんセックスも駄目だ。

ときどきこの水族館を訪れて、パノラマ館の昔の難破船や、人魚の陳列物を眺める物好きな観客が、俺のことを蠟人形だと思いこんで「まあ、精巧に出来ているわね」と指さしてゆくだけだ。

殺人事件の被害者が目の前にいるというのに、誰も気づいてはくれない。でも、俺にもただ一つの望みがある。

劇団で同期生だったSのことだ。Sは妙に人なつこいやつで信義に厚い。一度、一緒にホテルに泊ってホモった仲だ。

やつの紹介で来たことだし、きっと心配していてくれることだろう。

Sには、この水族館の人魚のことをそっと手紙で知らせておいた。もしも俺から音信不通になったら、郷里のおふくろさんに連絡してくれと頼んでおいたのだ。おふくろが心配して、行方不明の捜査願いでも出してくれれば、しめたものだ。パトロンだって、いつまでも俺を蠟人形にしておいて、のうのうとしているわけにはいかなくなるのだ。俺も墓石の下で、ゆっくりと眠りたい。

だが、半年間のこの俺の復讐の希望も、今は、こっぱみじんになって砕け飛んだ。つい今しがた、パトロンとSと一緒にこのパノラマ館に入ってきて、この水槽の前に立ったのだ。

パトロンが、水槽の中の俺を指さしてSに言った。

「おまえが捜してきた獲物の中では、こいつが一番だった。胸から腰にかけてのプロポーションが素晴らしい……こいつは、ほんとうに人魚の存在を信じて、水槽の中で素晴らしいセックスの演技を見せてくれたよ。最後は少し往生ぎわが悪かったがね……こういう、親父をないがしろにするような手合いは、こっぴどくこらしめてやるほうがいいんだ……親父の立派な絵を破いたりしやがって……でも、親父が水槽の外で春画を描いているというお話を作ってやったら、本気にして泣き声をあげた……」

「あの有名な画家の息子だというのは本当なんでしょうね」

「わかるもんか……でも、本人はそう思いこんでいたんだ。なにしろ人生を演技するのが大好きな男だ……また、こういう芝居好きの私生児の若者を捜してきてくれ、いいコレクションがだんだんと増えていく……」

パトロンが俺をくそみそに言うのに、Sは調子よく相槌を打っている。友だち甲斐のないやつだ。どうせ俺を売ったんだ。そこまで俺をおとしめることはないはずだ。やがてSは俺のうしろの蠟人形を指さして、無邪気な顔で質問した。

「あのうしろの人魚……よく出来ていますね。あれはほんとうの蠟人形なんでしょうね」

「当り前だ。ほんものの海女を使おうと思ったこともあるがね……こいつの母親など、さしずめいい役だったのだが、年をとりすぎている……それに、おまえにだけ教える話だが、この人魚の役は、わたしの役だ……」

パトロンはそう言うと、奇妙な笑い声をたてて、Sの手を握った。

「今でもね、ときどき栗色のかつらとプラスティック製の人魚の尾ひれをつけて、この水槽の中に入るの……ほんとうの人魚になったようで素晴らしい……あの大きな水槽の中で、この男がめくら滅法に追いかけてくるのを、藻の茂みの中で逃げまわってる時が最高だったわ……最後に摑まって、とうとうこいつに犯された時は……ほんとうに……セックスに陶酔したの……」

水族館のパトロンが、いつのまにか女のように、おかま言葉で喋っていた。

俺は腹の底から、よくも騙しやがったな、このホモ野郎と怒鳴った。

なんというやつだ……やつはジュゴンの役まで盗んでいたのだ……演出家面をして、偉そうな顔で、さんざんごたくを並べていたのに……まったく……このホモ野郎！　ともう一度叫んだが、俺の口も肺の中も、蠟が一杯つまっていて声にならなかった。

あるベビー・シッターの告白

蜘蛛の巣の中で

1

検事さま、

今度こそは本当のことを申しあげます。

警察の取調べの時は、刑事さんも優しくしてくださいましたけれど、本当のことはどうしても申し上げる気持になれなかったのでございます。

検事さまは、敬虔なクリスチャンとかで、私のこの罪深い告白も、広い深いお心で、お聞きくださるような気がするのです。

十年ほど前に、私はアメリカに行き、アメリカ人と結婚し、そして離婚いたしました。子供は出来ませんでした。

結婚していたころ、一度、主人の同僚とか申すセールスマンに言い寄られ、セックスをいたしました。背の高い、陽気なアメリカ人で、女と交わることをなんとも思わないような二十過ぎの男でございました。

私は主人を裏切ったことで、たいへんな重荷を感じ、そのころ通っておりましたカソリックの教会の神父さまに、このことを告白したのでございます。

この神父さまが……四十過ぎのお方でしたが、感じがよく検事さまに似ているのでございます。

この神父さまには、私が主人以外の男性と交わり、たった一回のことなのにひどく取り乱し、自分の意志に反して何度も快感を覚えたことを告白いたしました。

アメリカの方は背が高く、体格が大きいせいか、小柄の私を玩具《おもちゃ》のように取り扱い、私を全裸にしたあと、軽々と私を持ちあげて、全身をねぶるのでございます。

私は思わず声をあげてしまいましたが、決して自分からそのようなふしだらなことを望んだわけではございません。

その証拠には、その男性とは、二度とセックスをするような過失《あやまち》を犯しておりませんし、主人と結婚しているあいだは、ずっと操を守ってまいりました。

主人も、外人らしく、セックスの時は優しく、大胆で、私の全身を、ディープキスと申しますのでしょうか、舌と両手で愛撫してくれましたし、かならずクリニングスで私をうるおしてくれました。こういうふうに優しくうるおしてくれてからでないと、無理に交わりを求められると、私はひどい痛みを感じる体質なのでございます。

初めから、お医者さまにだけ相談するような、からだのことをいろいろ申しあげて、申し訳ございません。

決して検事さまを困らせたり、たぶらかそうとしたりするのではなく、このことを申しあげておかないと、私の告白がわかっていただけないからでございます。

私がこの度の〝幼児殺し〟の疑いを受けましたのも、もとはといえば、自分が子供を生めないからだだからなのでございます。自分で子供を生んでいれば、ベビー・シッターなどしておりません。

私は私生児で、本当の父親の名前を知らずに育ちました。

母は私が三歳の時に結婚し、異父弟、異父妹が生れました。

母が結婚した男は、私のことも最初は可愛がってくれたようですが、私のほうは馴染みませんでした。

私が高校三年の時に、母には内緒ですが、義父に犯されました。私は昼間のバレーボールの練習で疲れきって熟睡しておりましたので、疼痛と重くのしかかる気配とだけが夢の中の世界のようで、犯された意識はあまりございませんでした。

これを契機に、私は家を出て、日本に来ていたアメリカ軍の将校の家にベビー・シッターとして住みついたのでございます。

私はそのころから、スポーツと英語だけは得意だったのです。アメリカ軍の将校の家でも、骨身を惜しまず働きましたので、とても可愛がっていただきました。

ご主人も奥様も敬虔なクリスチャンで、三人の子供もみんな私になついてくれました。ミッチー、ミッチーと呼ばれて、グリーンの芝生と真白な犬小屋のある……私の生涯でもいちばん屈託のない、愉しい日々でございました。

この将校夫妻が二年ほどの任期を終えて帰国する時に、私をアメリカへ連れていってくれたのでございます。

向こうの大学にやってくれるということでございましたけれど、向こうに着くと、どうしても家事に追われるのと、奥さまにまたお子さんが生れたこともあって、今までどおりベビー・シッターの生活になってしまいました。

けれども、日本から離れることで、私は自分の生い立ちとも忌わしい過去（それほど大袈裟ではないにしても……）ともきっぱり手を切れると、たいへん明るい気持でございました。

2

奥さまの四人目の子供は、帝王切開で無事生れましたものの、母体のほうは、輸血のさいに血清肝炎を罹患し、半年以上も入院することになったのでございます。

この奥さまが入院中のことでございますがある晩、ご主人の部屋にコーヒーを運ぼうといたしました時に、どういうわけかお部屋の鍵がかかっておらず、ご主人がご自分のソファーの上で妙な行為をなさっているところを目撃してしまったのでございます。

ご主人はシャワーを浴びたあとらしく、タオル地のバスローブを召して、その前をはだけていらっしゃいました。そして、ご自分のからだをご自分の手で慰めておられたのです。

ご主人は不意に入ってきた私を見て、左手に持った雑誌で、すぐに前を隠されました。その雑誌が、また、いつもの敬虔なクリスチャンで軍人のご主人にふさわしくない、派手な原色の、裸の男女がセックスをしている雑誌でございました。

見て見ぬ振りをして、コーヒー茶碗を運んでおりましたが、ご主人が赤く恥じ入ってうろたえていらっしゃるのがはっきりとわかりました。

正直申しまして、なぜ、あのようなことをしてしまったのか今の私にもわからないのでございますが、私はコーヒー茶碗をテーブルに置くと、いきなりご主人の坐っているソファーの前に膝まずいたのでございます。

そして、彼の手を押しのけると、私の小さな掌で、ご主人のからだを包みました。それまでに私は、義父に犯されているとはいえ、男性のからだに触れたことなど一度もございませんでした。私は、ご主人のからだを包んだ自分の掌をそのままどのようにしてよいかもわからず、ただ必死の面持で「プリーズ」と申しました。

きっとご主人にも、私のせっぱつまった気持が通じたのにちがいありません。黙って私の手を上から握られました。そして静かに動かされました。私は初めて男性のからだの微妙な仕組を、この掌の中で知ったのでございます。

私の手を上から優しく包まれていたご主人の手の動きが激しくなり、やがて砕けるばかりに強く握りしめられますと、男のものが溢れ、ご主人の逞しい体中の筋肉が痙攣しました。

二度とこのようなお手伝いはしまいと決心しましたのに、やがて、これが私とご主人のあいだの習慣になってしまったのでございます。

半年経って退院してきた奥さまは、すぐにこのことに気づかれました。夫婦というものは、そうした微妙なことに敏感なのでございますね。

奥さまは、ご主人と私のあいだを真剣に疑っておられました。

なぜそんなことを言ったのかわかりませんが、私は奥さまに向かって、たった一度だけご主人と肉体関係を持ち、妊娠してしまったと申しあげたのです。どうかご主人には内緒にしておいてほしい、私は長いことお世話になったけれど、このお家を出てゆくと申しました。

奥さまは、私の告白にたいへん取り乱されましたけれども、私が出てゆくということで安心されたようでございました。私が子供を堕ろすと申しますと、その費用と、その後の一年間の生活費もくださいました。

それで私は多少の貯金も出来、夜間の大学に行き家政学を勉強することも出来たのでございます。

これが、私の嘘のはじまりでございました。

けれども、その時は、それほどいけない嘘だとは思わなかったのでございます。

大学では、苦学をしていたヘンリーという男性と知り合い、結婚を申し込まれ、私はすぐにOKをいたしました。

結婚をして自分の子供を作り、月並みでも平和な家庭が欲しかったのです。ヘンリーは根は真面目な男で、弁護士になるつもりで、アルバイトのかたわら一生懸命に勉強をしておりましたが、頭のほうはあまりよくなかったようでございます。何度も試験に落ちて、大学の卒業のめどもたちませんでした。

私は子供が出来ませんでしたので、また、通いのベビー・シッターに雇われました。ベビー・シッターの仕事は、ご主人夫婦がお出かけの時に赤ちゃんを預かることが多いのですが、私は元来子供好きなので、その面倒だけはきちんとみておりました。

一度だけ公園でうば車の散歩をさせておりました時に——まだ生後一カ月の赤ちゃんでしたけれど、故意に取り違えたことがございます。

向こうの方は、赤ちゃんをよく陽に当てようとなさいます。生れてすぐにでも公園に連れてゆくのでございます。私は顔見知りの東洋人のベビー・シッターと公園で一緒になりました。向こうも生後一カ月足らずの男の子を連れていたのでございます。どちらも金髪の可愛い赤ちゃんでございました。向こうの赤ちゃんの鼻が少し高い程度で、ほとんど見分けがつかないほどよく似かよっているのでございます。

私たち東洋人から見ますと、白人の赤ちゃんはみな同じように見えます。白人から見れば私たち東洋人の赤ちゃんもきっと同じに見えるのでございましょう……

私の頭に妙な考えが浮かんだのはその時でございます。私の顔見知りのベビー・シッターが近くの公衆電話に電話をかけに行きたいと申しますので、私は「どうぞ、ごゆっくり。あなたの乳母車はあたしが見ていてあげるから大丈夫よ」と申しました。そして、私だけになるとすぐに、おむつを替える振りをして、二人の赤ん坊のベビー服を着せ替えたのでございます。この取り替えは本当に手際よく簡単にゆきました。

自分でも、取り替えたのが本当だったのだろうか、一瞬の白昼夢だったのではないだろうかと思うほどでございました。

相手のほうの赤ちゃんは金持の大学教授の子供で、私の預かっておりましたのは地方リーグの野球選手の子供でございました。どちらの子供が幸せかわかりません。ただ私のように両親に恵まれずに育った者には、親に可愛がられている子供を見ると、なぜかひどく不公平なことに感ぜられるのでございます。

この子供の取り替えをいたしました時は、本当に胸がすっといたしまして、なにか食事のつかえていたものがほんの一瞬でよくなったような気持でございました。

この子供の取り替えは、両方の子供の両親にはまるで気づかれませんでした。親は、子供が簡単に取り替えられるなどとまるで信じていないのです。まして、故意に、なんの恨みもない他人の手で取り替えられるなどとは考えてもみないのです。

3

結婚生活が二年ほど続いて、夫のヘンリーに女が出来、しかもその女に子供が出来たという知らせを受けました。その時はちょっとしたショックでございました。皆さんは、夫のヘンリーから離婚の慰謝料をたくさん貰えとおっしゃってくださいましたが、私にはヘンリーに生活能力のないのがわかっておりましたから、お金のことは諦めておりました。

相手の女性がヘンリーより年上で、小さな美容院をやっておりましたので、そのほうから日本へ帰る旅費程度のものはいただきました。その女性はとてもいいひとで、私のことを気の毒に思っていたようでございます。私も考えようによっては、ヘンリーのような男と縁が切れたのだからと、これで再出発が出来てよかったのだと自分を慰めたくらいでございます。

私はヘンリーと正式に離婚して、日本に帰りました。日本に帰ってしばらくは休養しようと思っておりましたけれども、箱根の温泉に一週間ほど滞在しただけで、またベビー・シッターのお仕事をはじめてしまいました。

ずっと日本を離れておりましたので、話をする身寄りもありませんし、心を打ち明ける友達もおりません。淋しくて、このままでは気が狂ってしまいそうだったのです。

ベビー・シッターといっても、今度は外人の家庭は選びませんでした。なぜか、外人の家庭にはこりごりで、これからは思うぞんぶん日本語を喋って日本人の生活がしてみたい気持があったのでございます。

一年間のあいだは、三カ月ほどずつ日本人の家庭をまわりましたが、とても愉しく、いろいろと勉強になりました。たいていが裕福な中流以上の社長さんクラスの家庭で、子供の世話といっても家政婦のようなことを任されました。大方の家庭が、奥さまが突然なくなられたとかご病気とかの事情で、子供の面倒をみながら、家事を任せられる人手を捜していたのでございます。

日本のお手伝いの募集で驚きましたことは、本当に人手に困っているのか、それともよく言われるように、日本人は単一民族で他人を簡単に信用してしまうせいでございましょうか、ごく形式的な履歴書だけで、ろくに調べもせずに私どもを採用してしまうことでございます。

アメリカではとてもこういうふうにはまいりません。ちゃんとした家庭では、前の雇い主の推薦状が必要ですし、契約も一年ごとのしっかりしたものでございました。

いろんな国から、いろんな人種が集まっている国でございますから、他人を疑ってかかるのが当り前なのです。

日本人は水と安全がタダで買えると思っている唯一の民族だと、どなたか偉い方が仰言ったそうですけれども、日本に帰ってお手伝い募集の新聞広告に応募して、まさにそのとおりだと思いました。

私はアメリカにいたことも、アメリカ人と結婚していたことも、ベビー・シッターの経験が充分にあることも、みな伏せておりました。日本人の家庭で、お子さんのお守りをしてきたことがあると申しあげただけでございます。

雇主の方々は、自分が雇う人間を疑っては沽券にかかわるとでも思っていらっしゃるのか、前の雇主を調べることもせずに、こちらの言うことを鵜呑みになさいます。まれには、お目見えサギのようなお手伝いにひっかかって泣く方もいらっしゃるようですが、こちらが一カ月ほど一生懸命に働けば、まず安心して、頭から信用してしまうのでございます。

日本に帰って一年ほどしてお勤めしたのは、奥さまが交通事故で大怪我をされ、長い入院生活を送られることになったご家庭でございました。

新聞広告で応募したのでございますが、三歳のお嬢さまがいらっしゃいました。ご主人は三十四歳の、レストランを経営なさっている猪又という方でございました。突然の奥さまの事故で、ご親戚もなく、本当に困っていらっしゃいました。

私は一つの家庭に長く勤めて抜けられなくなるのが嫌で、次々と住み込み先を変えておりましたので、ここも数カ月の家政婦のつもりで一生懸命に働きました。ただ体を動かすだけではなく、皆さんの沈んだ気持を引き立てるために、柄にもなく明るく振舞ったつもりでございます。

事故で大怪我をされた奥さまは、頭蓋骨の陥没がひどく、もう半年も意識を失われたままで、いわゆる植物人間になるおそれがあるということでございました。

ご主人は毎日、病院にいらっしゃいますし、私もお嬢さまを連れて病院にまいります。お嬢さまが、眠ったままの奥さまの頬を可愛らしい指で突いては「ママ起きて、ママ起きて」と言うたびに、そばにいる私も思わず涙ぐんでしまうほどでございました。この方々の不幸にくらべれば、私などなんでもない……父や母に捨てられた私のほうが、まだ諦めがつくのではないかと、自問自答いたしました。

肉体だけがあるのに意識が戻らず、ずっと眠り続ける……考えようによっては、家族にとっては、本当に恐ろしい責苦でございます。お小水や大便も、赤ん坊のようにおしめでとり、栄養物は、胃に通した管と点滴だけでございます。

私もいつしか、ご主人やお嬢さまに深く同情していたようでございます。

ある晩、少しお酒を召して帰られたご主人が、自分は妻を愛している……妻のからだが恋しい……けれども病院のベッドに行って妻を抱くような罪深いことは出来ない……と泣いて申されました。それから、ふいに私を抱きしめて、乱暴を許してほしいと口走りながら押し倒したのでございます。

体格のいい方でございましたから、もちろんのこと押し伏せられたまま逃げ出すことも出来ません。

「お嬢さまが起きます、大声を出しますわ」と、牽制するのがやっとでございました。それも、アルコールを召した唇でふさがれますと、息をつくのがようやくのことでございます。十分足らずのあいだに寝巻をはがされ、無理矢理脚を開かされてしまいました。

私は結婚生活の経験もあり、男の方に抱かれますと、どうしてもからだが潤ってしまうのですが、この時は突然のことで体を固くして、暴力の過ぎ去るのを待つばかりでございました。快感はございませんでした。

翌日、私はおいとまを申し出ましたが、ご主人は手をついて謝られ、決して出来心ではない……妻がもしあの世に召されたら、私を後妻に迎えるつもりだ……もし昨夜のことで子供が生れるようなことがあったら責任をとる……ちゃんと子供は認知すると申されました。

ご主人は洋食店のコックの見習いから身を起こし、今では赤坂の新築ビルの中にお店を持たれるほどになった努力家の方だということもわかってまいりましたので、私はそのままお手伝いの生活を続けることにいたしました。

ご主人はそれ以来、まるで新婚夫婦のように、毎晩、私のからだをお求めになり、私のほうもいやいやそれに応えてまいりました。

ご主人がいい方だということはよくわかりましたが、なぜか私のほうでしっくりいかないのでございます。相性と申せばよいのか、それとも正直、セックスの面でしっくりいかないというのでございましょうか、アメリカ人と結婚生活を送ってまいりました私には、すべてが淡白で、女に対する思いやりがまるでないのでございます。身勝手に、ご自分の欲望だけを吐き出す感じなのです。

それに、すぐお隣の部屋にお嬢さまが寝《やす》んでいて、神経質にちょっとした物音にも目を覚まされ、ママ、ママと泣いて捜されるのでございます。正直申しまして私は生煮えの……火をつけられてはすぐに消されてしまうような、そんな鬱陶しいような気持に毎夜されたものでございます。

いずれは機会をみて、おいとまをしようと思っておりましたが、とうとう大変なことが持ちあがりました。

それは私がお勤めをして四カ月目ほどのことでございます。看護婦さんがある日私をそっと呼んで、奥さまがお目出たでございますよと、打ち明けてくださったのです。

私はしばらくのあいだ、なんのことかわからずにぼんやりしておりました。看護婦さんのお話では、意識のない奥さまのメンスがとまり、産婦人科のお医者さまがお小水の検査をした結果、妊娠三カ月と診断されたのだそうでございます。

「意識を失われている奥さまに赤ちゃんが……奥さまが交通事故にあわれ、植物人間にならてからもう十カ月も経つのでしょう。どうして奥さまが妊娠を……一体どなたのお子さんなのですか」

などと、思わず不躾《ぶしつけ》な質問をしてしまいました。

「あなたが驚かれるのも無理ないと思いますよ。ちゃんと主治医の許可を得て、旦那さまがおつくりになったのですよ。奥さまがあのような状態ですから、受胎が危険でないかどうか主治医もとても心配だったのですが、ご主人がどうしてもと仰言ったのです。お嬢さまがひとりだけではお淋しい……ぜひ弟か妹をつくってやりたいと、たっての希望だったんですよ。あの方はカソリックですし、信仰上からも堕胎は許されない方たちでしょう」

「生れてくる子供が可哀想ですわ。母親がいないのと同じことじゃありませんか」

私は思わず叫んでしまいました。ご主人はなんという偽善者なのでしょう。私には、母親のいる子供が欲しい……病院のベッドの上の妻と夫婦の営みは持てないと深刻な顔で仰言って、お手伝いの私に関係を迫られたのです。それも無理矢理でございます。男の嘘と身勝手につくづく呆れる思いでした。ご主人は、お医者さまとの話合いで、病院のベッドの上の奥さまのからだを……意識のない、それこそ抜け殻のような肉体だけを抱いておきながら、私をもてあそび騙したのでございます。

4

これだけならば、よくあるお話かもしれません。でも、どうしてもご主人のことを許せないと思いましたのは、ご主人がある女性週刊誌と独占契約をしていたことでございます。〝植物人間の妻にも妊娠を……〟とかいうテーマで連載し、本にするというのでございます。

私が病院の看護婦さんから、病院で寝たきりの奥さまの妊娠を知らされて間もなく、週刊誌の特派記者とかいう若い男が病院に出入りするようになりました。鼻もちならないキザで、押しの強い男で、最初から私にバラの花を贈ってきたりするのでございます。

「植物人間の奥さんにバラの花束を渡したって意味ないでしょう。これは、あなたのために持ってきたんですよ。植物人間の奥さんの看護をしたり、ご主人やお子さんの面倒をみる縁の下の力持のあなたがいちばん大変なんですよ」

「いいえ、病院のほうは看護婦さんがなさっていますし、あたくしは只のお手伝いで、そんなにお役には立っていません」

「いや、あなたのような方こそ、わが社の今後の大キャンペーンには絶対に必要なんです。編集長からもくれぐれも言われてきているんですが、あなたにわが社の秘密特派員になってもらいます」

などと唐突なことを言いはじめたのでございます。

最初に、彼等がどんな企みを持っているのか、こうしたことに不案内の私にはまるでわかりませんでしたけれど、すぐに彼等の邪悪な意図に気づきました。

「いいですか。試験管ベビーが出来る時代ですよ。かりに交通事故で今後絶対に意識が回復しないとわかっていても、肉体の機能が正常である限り、夫婦には子供をつくる権利があるのです。まして、子供がひとりしかいない場合、母親がいないからこそ兄弟をつくってやるのが周りの人間の思いやりです。だからこそ、わが社は資金的な援助をして、意識回復不能の母親より生れてくる子供の、受胎から出産……一歳児、二歳児の記録を克明にとり、それを女性の読者に伝えてゆきたいのです。それには、父親の協力だけでは充分ではありません。あなたのように身近で真実を見つめている女性が必要なのです」

「あたくしには皆さん方のお考えがよくわかりません。第一、母親の人権を無視しています。意識を失う前に妊娠していたのならば、無事に出産させてあげることが人道的なことだと思います。そして、人々を感動させますわ。でも、植物人間の状態にある女性に、母親の役をさせるのは不賛成です。そのような状態での妊娠が、本当に母子にとって安全なものなのか……母親の生命に危険はないのか……また生れてくる子供に先天性異常の危険はないのか……そんなことを考えたら、お医者さまが許可なさるはずはないと思います。完全なモルモットじゃありませんか」

私が、あまりのことについ思ったとおりのことを申しますと、週刊誌の若い記者はニヤリと笑いました。

「あなたは顔に似合わず、ずいぶん理屈っぽい女性ですな……しかし、男性には性欲というものがあるのです。意識がないとはいえ、現実に、妻の肉体があり、その妻の肉体は息づき機能は正常なのですよ。夫がその妻の肉体を愛するのを誰がとめられるのです。法律上も、道徳上も、かつまた人道上の見地からも認められることです」

週刊誌の若い記者は、加瀬という名前でしたが、よく頭の切れる男で、向こうも理屈では負けておりません。私も危うく言い負かされるところでした。

「いいですか。夫の自然の愛情の結果としての子供が生れてくる……それを誰も否定することは出来ないのです」

「いいえ、あたくしにだけは否定出来ます」

私は思わずそう言いかけて、下唇を噛みました。だって旦那さまは、「意識を失っている妻の肉体を一方的に愛撫することは出来ない」そう仰言って、私の体を求められたのです。

あれは嘘だったのでしょうか。ただの体《てい》のよい口実で、単に私とのセックスに興味を持たれただけなのでしょうか。

私の内部で、フツフツと湧いてくる怒りのようなものがございました。

「生れてくる子供が可哀想です。どんな子供でも、健康な両親がそろっていることを求める権利があります。ご主人は、意識を失っている奥さまを愛したければ、避妊の用意をなされればよかったのですわ」

皆さんが無理矢理、子供を生まそうとしているのは、あなた方の週刊誌の売り上げをのばして金儲けをしようとする野心のためではありませんか……

私の口から毒のある言葉が出ようとしましたが、それは必死におさえました。

私には、他人を咎めるなんの権利もないことがわかっていたからでございます。

父親がいなくても、母親がいなくても、幸福に立派に育っている子供は何人でもいるのでございます。週刊誌の記者の加瀬も同じことを申しました。

「親がなくても子は育つというじゃありませんか。それよりも、現実に子供は、母親の胎内で育っているんです。そのことが良いことか悪いことか議論する前に、無事に出産出来るように、われわれで全力を尽くしてやるべきですよ。あなたは嫌でも応でも、われわれと一緒に仕事をしなければならないのです。あなたのご両親は健在なのですか、恋人はいるんですか」

加瀬は強引に質問してきます。私は、父も母も、恋人もおりませんと突張ねるように答えました。

「きみは、結局は淋しいひとなんだ」

彼は、あらためて私に興味を持った表情で、そう申しました。

間もなく旦那さまは、テープに吹き込みをして、意識回復不能の植物人間の妻に子供を生ませた記録とやらの著述をはじめられました。

〝愛情は星雲の彼方まで〟とかいう仮の題がついていて、旦那さまがポツリポツリとお喋りになったテープを、加瀬が書き直すのでございます。

加瀬は仕事のためと称して、赤坂にホテルの一室を借りておりました。そこに私がテープを運ぶのでございます。

加瀬は最初は一生懸命に、旦那さまのテープを書き取っていたようでございますが、そのうちに態度が変ってまいりました。

「あの男は馬鹿じゃないのか。これじゃ、一体なにを言おうとしているのかさっぱりわからん、今までのも、ぼくがみんな手を入れて書き直しているんだ」

「それは……旦那さまは物を書いたこともありませんし、無理ですわ。ご自分だって、こんなことはなさりたくないかもしれません」

「馬鹿を言え、もうちゃんと契約しているんだ。もともと金のためにはじめたことじゃないか。本人のほうが乗り気だったんだぞ」

などと申しますが、私もつい旦那さまがお気の毒になって反撥いたしました。

「そんなことはありませんわ。旦那さまは意識のない奥さまとセックスなどなさりたくはなかったのです。それをあなた方が無理矢理旦那さまの精液を採って、牛や馬にする人工受精のように、注射器で何度も受胎させようとなさったのじゃありませんか」

「彼があなたにそんなことまで言ったのですか」

「ええ仰言いましたわ。あの方は気の毒な方です。なにかないかと、ウの目タカの目で面白いことを捜している週刊誌の犠牲だわ。試験管ベビーに刺戟されて、妙な実験台にされようとしている被害者じゃありませんか」

私は、つい、二、三日前に旦那さまに聞きただしたことを、加瀬に告げてしまいました。
二、三日前の夜に、また旦那さまにセックスを求められました。で、私ははっきりと拒絶して、
「今まで私を騙し続けていらしたじゃありませんか。病院のベッドで、意識のない奥さまをお抱きになり、そのうえ私に求められるなんてあんまりです」と抗議したのでございます。

旦那さまは涙をためて、「自分は絶対にベッドの中の妻を抱いたりはしていない。あ

れは、自分の精液を採って、注射器で医者が受胎させたものだ」と、強く申されたのです。

旦那さまが仰言るには、病院のお医者さまも、今度のことで有名になりたいのと、実験的な強い興味から協力されているのだということでした。ただ世間の非難を浴びないために、旦那さまとのセックスで自然に受胎したことになっている。

絶対の秘密だから他言してはならないと申されました。

私の言葉を聞いて、加瀬が突然ゲラゲラと笑いはじめたのです。

「馬鹿を言っちゃいけないね。猪又のヤツになんでそんな嘘をつく必要があるんだ。きみの前で恰好をつけたいのかね。あいつは、意識不明の女房の基礎体温をちゃんと調べて、受胎可能日の前後に、二度も三度も病室に入ってセックスをしているんだ。それも二度までは失敗して、三度目にやっと成功した。あいつは正真正銘、直接に受胎させているさ」

「そんなこと……そんなこと信じられません」

私は口惜しくて申しましたけれど、正直なところ、どちらが嘘をついているのかもうわかりませんでした。まるで自分が蜘蛛の巣の中で、もがいてももがいても、疑惑の糸が体にまつわりついてくるような気持でございました。

加瀬は私の心の動揺を見抜いたのか、いきなり私を抱きしめてまいりました。若い逞ましい体で、口づけも情熱的でございました。

私は年下の日本人の男性と交わるのは、加瀬が初めてでございました。加瀬は外国人にも負けない濃厚な愛撫で、私を圧倒しました。

私も結婚生活を経験している女でございます。若い男性の接吻を体中に受けますと、思わず取り乱し、声もあげてしまったようでございます。

加瀬は何度も私のからだを酔わせましたあとで、やっと自分のからだも一つになるといった冷静ぶりでございました。自分がオルガスムスに達した時も、素早く膣外射精をするなど、セックス・プレイに馴れきっておりました。

「ぼくは絶対に自分の子供をつくったりしないんだ。きみにだって迷惑をかけたりはしないよ。ちょっとしたセックスのテクニックの問題だ。所詮は快楽のために射精するんじゃないか。女のからだの中に射精して、欲しくもない子供をつくるなんて馬鹿のやることさ」

と、うそぶいておりました。

5

私は一体、旦那さまの言葉を信じてよいのか、加瀬のほうを信じてよいのか迷っておりました。

旦那さまは相変らず、お店が終ると、自分の部屋でテープに向かってトツトツと喋っておられます。

加瀬のほうは、旦那さまのことを馬鹿にしきっておりました。ホテルのベッドにひっくりかえって、旦那さまのテープを原稿用紙に書き写したのを見てはニヤニヤと笑っていたのでございます。

私に大きな声で読ませては、また馬鹿笑いをいたします。

加瀬の書き直した旦那さまのテープの告白に、こんなのもございました。

〈私は妻を愛し、妻のからだを愛し、夜も眠れなかった。夜の来るのがこわかった。そして、ときどき病院の宿直の看護婦さんと交代して、妻のベッドに付き添うたった一人の夜がこわかったのだ。

喋ることも、見ることも、聞くことさえも出来ない妻が、私を手招いているように思えた。私は、してはいけないことだと思いながらも、妻のベッドに手を入れ、おむつを取り替えながら彼女のからだに手を触れてしまった。そこはかつての新婚時代に、いつも私が愛撫した場所だ。私はつい昔のように愛撫してしまった。するとどうだろう……妻のからだが潤い、私の愛撫に応えているではないか。

私は、一瞬、妻に意識がないことを忘れた。してはならないことを……自分勝手な罪深いことだと知りながら、私は自分のからだを重ねて夫婦の営みをしてしまった。私は激しく、火のように妻のからだを愛したが、妻は眠っているかのように、いや、死んでいるかのように、軟らかく体の力を抜いたままだった。

それが私にひどい悲しみを与えた。しかし、この晩のたった一度の過ちが、意識のない妻の受胎という結果を生んでしまったのだ。これが、神の摂理でなくしてなんであろう。私は担当の医師から、妻の受胎の話を聞かされた時、どんなことをしてもこの子を世に送り出そう……そして幸福に育ててやろうと決心した〉

加瀬は自分で朗読すると、今度は私にも声を出して読ませます。猪又は最初のテープになんと吹き込んだと思う？

「いいかね、これは全部ぼくが考えてやった文章だ。猪又は最初のテープになんと吹き込んできたと思う」

加瀬はそう言うと、旦那さまの吹き込んだ最初のカセット・テープをまわしました。テープの中でボソボソ喋っているのは、まぎれもない旦那さまの声でした。

「わたしはどちらかというと性欲の強い男です。妻が交通事故にあったあと、性欲の処理に困りました。そして深夜、病院に付き添うのを口実にして、何度も意識のない、人形のような妻の肉体と一方的なセックスをいたしました。妻のからだが、男を求める状態になるはずはありませんから、薬局で売っている夫婦和合のクリームを用いましたけれども、体温のあるダッチ・ワイフを抱いているようで、味気のない夫婦の営みでした。嫌がってわたしを強くはねのけるか、それとも夢中でわたしを抱いてくれる、生きている女性とセックスをしたいというのが、現在のわたしの本当の気持です。これはトルコ風呂やなにかに行っても同じです。わたしは本当に生身の反応を見せてくれる素人の女性とセックスがしたいのです。妻のからだを愛していたわけではありません。わたしの強い性欲をおさえきれずに、ついあのような自分勝手なセックスをしてしまったのです。子供が出来ることは予想もしていませんでした。妻が妊娠したと聞いて、頭を殴られたような気がしました。妻はもう半分は死んでいる人間です。妻にこれ以上の肉体的な苦痛は与えたくありません。出来ることなら、子供を堕ろしてもらいたいのです」
旦那さまの声は最後は涙声でございました。私はこのテープの声こそ、旦那さまの真実の告白だと思いました。

「猪又というのは女々しい奴だ。こんな泣き事をだらだら喋って、本になると思うのかね。世の中の人間が感動すると思うのかね。全く馬鹿馬鹿しい……こっちがみんな書き直さなけりゃならない。ひとが聞いてもおかしくない話にしてやらなければならないんだ」

　私は、作りごとの美談よりも旦那さまの本当の声のほうが、他人の胸を打つようだと申しました。

　加瀬は私が、彼のやり方に賛成しないのが不満のようでございました。けれども加瀬はすっかり私を情婦にしたつもりで、旦那さまをいろいろとコントロールしようと考えはじめたのでございます。
旦那さまの〝告白の記〟があまり面白くないので、いろいろとドラマを起こさせようと言うのです。

「一度ぐらいは自殺未遂なんかをしたほうが、世間の関心を引いていい。お涙ちょうだいの遺書を書かせ、睡眠薬を適当に飲ませてそれを発見したきみが警察に届ければいいのだ。命に別条はない。われわれが黙っていれば、世間のひとは本当の自殺未遂だと思う」

「でも、旦那さまは、奥さまの受胎のことでも、お医者さまが精液を注入したのであって自分はセックスなんかしていないと言って、いまだに恰好をつけていらっしゃるような方です。私が承知だと知ったら、そんな自殺未遂のお芝居などなさいませんわ」

「それは大丈夫だ。ぼくと彼とのことで、きみは知らないことにしておくよ。ただきみが事情を知ったうえで機敏に動いてくれればそれでいいんだ。あいつが実際にくたばったんじゃ、それこそ元も子もないからな。今度の植物人間妻の受胎プロジェクトに、俺は記者生命を賭けているんだ。これに成功すれば、ぼくは社長にも認められて、新しい雑誌の発刊をやらせてもらえるのだ」

加瀬は自分の出世を夢みているのか、目を輝かせておりました。私には、男の方たちのこういう出世欲のようなものは理解出来ませんでした。

ただこの話を聞いた時に、私の心の底で、例の悪魔のようなものが蠢《うごめ》いて、嬉しそうなきしみ声をあげたのがわかったのでございます。

それは、《さあ、復讐のチャンスだ……悪しき身勝手な男どもに、懲罰の鉄槌《てっつい》を下す機会が訪れたのだぞ》と言っているのでございます。

それはおぼろげな、復讐の構図でございました。決して、頭の中ですらすらと計画して実行しようなどと思ったのではございません。

ただ、おぼろげに……もし、自殺未遂のお芝居をした旦那さまが本当に死んで……そして本が出なくなって加瀬が失望すれば……利用され、いじめられてきた私の気持が晴れる……そんなことをぼんやりと考えただけでございます。

けれども、加瀬のほうは、この自殺未遂のお芝居の筋書きのほうをどんどんと進めてまいりました。そして、その計画がすすむにつれて、私は、自分が、蜘蛛の巣の中に捕えられた蝶かとんぼのように感じられてまいったのでございます。

自殺未遂のお芝居をする日取りは、加瀬と旦那さまの二人が話合いで決めたようでございました。

加瀬が、「例の騒ぎを今夜やるから充分に気をつけているように……たぶん夜中の二時過ぎになると思う……きみは気をつけていてガス臭いからといって猪又の部屋に入るのだ。猪又は睡眠薬とウイスキーを飲んで、二時ちょうどに部屋のガスの栓をひねる。ガスの栓をひねったら、すぐに部屋に入ってやれよ。遅れて入ると、本当に猪又は死んでしまうからな。ガスの栓をとめてから、救急車を呼ぶんだ」と申しました。

「お嬢さまの真理子ちゃんはどうなさるのです」

と私が尋ねますと、

「あの子はこの芝居には巻き込まない……そんなことをすれば、心中未遂でも猪又のヤツが殺人罪に問われることになるんだ。いろいろと面倒なことになる」

「わかりました。二時になって、ガスの臭いがしたら旦那さまの部屋に入り、ガスの栓をとめてから一一九番に電話をして、救急車を呼びます。でも私は、この話は本当に知らなかったことにしておいてくださいね。私が旦那さまのお部屋に入るのは、たまたま二時頃に目を覚まして、あんまりガス臭いから入るので、あらかじめ言われているから助けに入ったのではございませんよ」

「なにも、そんな七面倒くさいことを言わなくてもいいじゃないか。どうせ芝居なんだ……きみが芝居の共犯だなんてことは誰にも言いやしないよ。それに肝心の猪又のヤツがきみは何も知らないと思っているんだ。だからきみは本当に何も知らないことになる……俺が保証してやるよ」

加瀬はそう言うと、一人前の悪党ぶって私を引き寄せ、頰にキスをしました。

この時、私は加瀬に抱き寄せられ、首筋のあたりに彼の唇をつけられるだけで、すぐにジーンとする自分に気づきました。やはり、若い加瀬の肉体を感じてしまったのでしょうか、それとも、今からこの男を裏切って人を殺すのだと思うと、なにか悪魔の戦慄のようなものが走ったのでございましょうか。

とにかく私は、悪いとか恐ろしいとかは、ただの一度も感じませんでした。きっと心の底からねじ曲った悪い女なのでございましょう。

旦那さまの家に戻りますと、一応は加瀬の指示どおりにいたしました。けれども、加瀬に言われていないことを二つだけ勝手にやったのでございます。

お嬢さまの真理子ちゃんのお食事の時に、ジュースに睡眠薬を入れ、早めにやすませました。それからお風呂に入り、身体を綺麗にし、湯上りの浴衣を着たまま旦那さまの帰りを待ちました。

旦那さまはいつもより早く戻り、今日は店を休んだと申しました。彼は遺書を書いたり店を休んで動物園を歩いたり、加瀬に言われたとおりお芝居の自殺未遂に恰好をつけるために、いろいろとスケジュールがあったのでございます。

わざわざ動物園に行ったのも、母親にまとわりついて無邪気に遊んでいるキリンの子供を見て、植物人間の母親から生れてくる子供が可哀想になり、自責の念に駆られて、その晩、自殺をはかるという筋書をつくるためでした。

旦那さまは自分の部屋に入ると、一時間ほどかかって、動物園の物語を入れた遺書を苦労して書いていたようでした。それからウイスキーを飲んで、少しやつれた深刻な顔で私の前に現れました。

それで私に、「もう生きてゆく自信がなくなった……死にたい……」などと真面目な顔で申しました。お芝居をするのが下手な男でしたけれども、死ぬ、死ぬと言っているうちに、自分でも多少はその気になったようで、なにか哀れをもよおすようなところがありました。

「あなたがそんなことを仰言るのなら、私も一緒に連れていってください……ご一緒にあの世に参ります……」

と私も芝居がかって申しますと、旦那さまがとても喜びました。

一緒に死ぬ、死ぬと言っているうちに、旦那さまも欲情してまいりましたのでございましょう、それとも私が湯上りで、浴衣の下になにもつけていなかったせいかもしれませんが、いつもは身勝手に自分だけで乱暴にセックスをすませてしまう男が、私の脚の間にふいに顔を埋めると、「可愛い……可愛い……」と言って、私のからだの芯に唇をつけたのでございます。

そのあと旦那さまと交わりましたが、私も異常に興奮して何度も声をあげてしまいました。

はい、もうこの時点では、この男を殺そう、数時間後にこの男の生命はなくなるのだと、はっきり意識していたのでございます。私はオルガスムスに達し、目がくらむほどの思いでございました。私は部屋に引きとったあと、旦那さまがお店から持ってくる料理用の葡萄酒を飲んで、床に入っておりました。

それが十二時少し前のことでございます。枕もとの時計を見ながら二時になるのをじっと待っておりましたが、少しばかりうとうとしたようでございます。ふっと気がついて目をさますと、二時を十分近く過ぎておりました。

私は慌てて旦那さまの部屋に参りました。部屋の壁ぎわの暖房用のガス栓が少し開いておりましたが、ガスはほとんど洩れておりませんでした。

私は旦那さまが鼾をかいて熟睡しているのを確かめてから、子供部屋にまいりました。

三歳になる真理子ちゃんも、睡眠薬を与えたせいか、すやすやと眠っておりました。

私は寝巻姿の真理子ちゃんを抱いて、旦那さまの部屋に入りました。旦那さまもパジャマ姿でベッドの上に横たわっておりましたので、そばに子供を寝かせますと、それは幸せそうに見えました。

それからガスの栓を全開にして、すぐ自分の部屋に戻ってまいりました。部屋を出る時、ドアのノブをロックしたまましめてきてしまったのでございます。

ドアのノブの内側のポッチを押すと、表からあけられなくなるあれでございます。

蒲団をかぶるようにして、ガスの臭いが流れてくるのを待ちましたが、真理子ちゃんも父親と一緒に殺そうと思ったのは、初めからのことでございます。

なぜか、私は子供が心底からは好きになれません。表面上は可愛がっておりますし、子供の心理を観察するのは大好きなのですが、子供そのものは嫌いというよりも憎らしいのです。とくに女の子が、父親の関心を得ようとして、まるで娼婦のように振舞うのを見ると、憎らしく、殺してやりたくなるのです。

蒲団の中で、ガスの臭いを待っているあいだ、一度も真理子ちゃんのことを可哀想だとは思いませんでした。むしろ、父親と人形のように連れ添って死ねるのが羨ましく、腹立たしいぐらいでございました。

ガスの臭いが微かに漂ってまいりましたのは、一時間近くも経ってからでございました。そう、そう、そのあいだに、二度も三度も電話がかかってまいりました。電話のべルが長いこと不安気に鳴るのです。私は加瀬がかけているにちがいないと思いましたから、知らぬ振りをしておりました。

加瀬が来たら、私も旦那さまにたぶん睡眠薬を飲まされていたせいか、二時にはぐっすり眠ってしまっていてどうしても起きられなかったのだと、言訳を言おうと思っていたのでございます。

私の返事がないのにしびれをきらした加瀬が、三時過ぎにとうとうタクシーを飛ばして家にまいりました。

最初に旦那さまの部屋のドアを叩き破り、ガスをとめて、警察と救急車を呼んだのは、加瀬でございます。私はとっさに、自分も旦那さまに睡眠薬を飲まされて何も知らない振りをしているのがよいと悟りました。私はその場で、睡眠薬を二錠くだいて飲み、加瀬に頰を叩かれても、呼ばれてもわざとフラフラしておりました。

救急車が来るまでに旦那さまの部屋を覗きました。真理子ちゃんのほうがベッドの下に落ちて、苦しがって死んだ様子が見えた時は、ちょっとむごたらしいと思いましたが、反省はしませんでした。

このあと、私が犯人だと思われないように、すべてが好都合に運んだのはご承知のとおりでございます。

旦那さまは狂言用の遺書を残しておりましたし、私にたいへん幸運だったのは、その遺書の中で何故か何度も、真理子を殺すのは自分の義務だと書いていたことでございます。そして、病院の妻と胎児は病院側で安楽死させて欲しいなどと、走り書きをしているのです。

かりに、あの場で、私が犯人だ……本当に旦那さまと娘の真理子ちゃんを殺したのはこの私だと申し出ても、誰も信用してくれなかったでございましょう。ショックで気が転倒して、あらぬことを口走っていると思われただけだと存じます。

犯人どころか、皆さんは私も被害者で、加瀬の発見が遅れれば、心中の道連れになったかもしれないのだと同情してくださる始末でした。

加瀬も、半信半疑ながら、もしかしたら、旦那さまが本気で死んだのかもしれないと思いはじめていたようでした。

私も時間が経つにつれて、真理子ちゃんを旦那さまの部屋に連れていったのは、あれはすべて悪い夢で、本当は旦那さまたちが自分たちの意志で死んだのではないかと思いはじめるほどでした。でも実際は、すべて私のしたことなのでございます。けれどもあの時のことを考えると今でも、なぜあんなにすべてがうまくいったのかわかりません。

ひょっとすると、あれは神様がすべてをご存じで、私はただ操り人形のように、旦那さまを罰しようとする神様の意志に操られていただけなのかもしれません。

6

猪又家を出たあと、一年ほどのあいだに二、三軒の家に、ベビー・シッター兼お手伝いとして住み込みました。

きゅうに加瀬に会うのが嫌になり、彼にセックスを迫られるのが嫌になったからでした。きっと、セックスの最中に、あの事件のことを彼からいろいろと聞かれるのがこわかったからでございましょう。なぜか加瀬にはなにもかも喋ってしまうような不安に駆られていたようでございます。

隅屋ご夫妻のお手伝いは、新聞広告を見て応募いたしました。

猪又家のことも、外国にいたことも全部黙っておりました。

隅屋ご夫妻のマンションへ伺った時も、猪又家のことは話しませんでした。

隅屋ご夫妻は有名な映画俳優ですから、わざとご自分の名前は隠して、奥様のご実家の名前で、ベビー・シッターを募集なさったのです。妙なファンの女の子などが応募にきて、お子様にもしものことがあってはと心配されたのだと申されておりました。

私も、なるべく世間の目から隠れていたいと思っておりましたので、ごく普通の社長クラスのお家ばかりを捜していたのでございます。ですから、隅屋ご夫妻が有名な映画俳優だということも本当に存じませんでした。長年、外国にいたせいか、本当に日本の出来事、世事に疎いのでございます。

隅屋ご夫妻は私のことを気に入ってくださり、信用もしてくださいました。ご夫妻のマンションの一室をいただき、一人っ子の杏子ちゃんの面倒をみて気持よく働いていたのでございます。

悪魔が現れたと思ったのは、また突然、加瀬の声が受話器の中から流れてきたからでございます。

向こうは、私がいると知って電話をかけてきたのではございませんが、私のほうはすぐに加瀬の声だとわかって、もう少しで受話器を取り落とすところでございました。加瀬のほうは別に不思議でもなんでもなく、芸能関係の本をつくるとかで、隅屋ご夫妻にただ取材の電話をかけてきただけだったのです。

私は声を違えて喋りましたけれど、加瀬のほうでもすぐに気づきました。加瀬は、「きみに会いたかったのに、ぼくに黙ってなぜいなくなったのだ」などと甘い声で囁きます。

私はすぐに隅屋家を逃げ出そうとしましたが、加瀬はてきぱきした性質《たち》の男で、電話のあと隅屋ご夫妻のマンションを訪ねてくると私を近くのスナックに連れ出しました。

そして、隅屋ご夫妻のプライベートな生活をさぐりたいから、そのままお手伝いをしろ、隅屋ご夫妻はおしどり夫婦で通っているが、あれで内実は仲が悪いのだ。子供も隅屋の子供ではなく、新鋭の映画監督が奥さんと浮気をして生ませた子供だという噂もある……いろいろと情報源になってくれればお金は払う、いずれはきみと結婚したいのだなどと申すのです。

私も久しぶりに会ってみると、相変らず彼は若くていい男ですし、喋ることもとても優しくセンスがあります。無理に振り払う気持にもなれず、数日後の週末には、一緒にホテルに行く仲に戻りました。

加瀬は猪又事件のことにはいっさい触れず以前どおり情熱的なセックスをしてくれます。

私はまた蜘蛛の糸にがんじがらめにされるのだとは知らずに、男性との関係もなく一年近く過したあとだけに、その時は幸せな気持に包まれたものでございます。

隅屋ご夫妻は最初、私の前では仲睦まじく、頑是ない杏子ちゃんを可愛がって、それはお幸せそうでした。はたから見て、私など一人でいるのが淋しくなるほど、仲のよいご夫婦なのです。

まだ八カ月の杏子ちゃんも私によくなついていて、私が杏子ちゃんを殺そうなどと思ったことは一度もございません。

ただ一度、夜中にご主人が奥さまと喧嘩をなさって、あれは俺の子供じゃないだろう……と声を押し殺して仰言っているのが聞こえました。奥さまは否定なさっていましたけれど、私はそれを聞いて、加瀬の言っていた噂は本当だったのかと……表面上の幸せは嘘だったのかと……背筋が冷やっとしたほどでございます。でも、ご主人も杏子ちゃんを可愛がっていらっしゃいましたし、表面上は本当に平和な家庭でした。

このような隅屋家の生活が突然、崩れさったのは、私がお勤めして二カ月目、加瀬に会うようになってから一カ月も経たないうちでございました。

奥様のほうは映画のロケで、京都のほうへ行っていらっしゃいました。ご主人のほうはラジオのディスク・ジョッキーの番組があって、夜遅く一人で帰ってこられたのです。その時はひどく酔っていらっしゃって、私がそんなに酔ってお風呂に入られては危ないのではないかと申しあげるほどでしたのに、どうしてもお湯を入れるようにと命じられました。

隅屋家のマンションのお風呂は、セントラル給湯ですけれど、ご夫妻のお好みとかで、わざわざ注文された檜の湯舟になっております。ご夫妻の唯一の愉しみが、木の香の漂う檜のお風呂に入ることとかで、浴槽のお手入れについては、とくにやかましく仰言います。その日、私は、杏子ちゃんが熱を出したので、湯舟の掃除どころではありませんでした。

ご主人に入浴のことを言われて、慌てて湯舟を洗い、お湯を入れていたのでございます。檜のお風呂は、毎日よく洗いませんと、すぐにぬめりが出てしまいます。

お湯が一杯溜ったところで、ふいに、うしろに人の気配がすると、いきなり私の頭を摑んでお湯の中に押し入れられました。

私はお湯の中で息が苦しく、殺されるのではないかともがきましたが、うしろからおさえられるとまるで抵抗が出来ないのです。

私は、なぜか私を殺そうとしているのが加瀬だと思いました。まるで理屈にあわないことなのでございますが、うしろから私をおさえつけて、浴槽の中に押しこんでいるのが加瀬のような気がしたのでございます。

苦しくて、お湯を沢山飲みこんだところで、うしろの手の力がようやくゆるめられました。私は、恐怖と口惜しさと息苦しさとで思わず風呂場のタイルにへなへなと坐り込んでしまいました。

私のうしろに立っていたのは、全裸のご主人でございました。

はい、映画俳優の隅屋克彦そのひとでございます。

ふだんは静かで優しいあの方が、顔面を蒼白にして、私を憎々しげに睨みつけ、仁王立ちになっているのでございます。

私はなんともいえない殺気を覚えて、「殺さないでください、お願いです、なんでもいたしますから殺さないでください」と哀願いたしました。

本当にこのまま、またお湯の中に頭を押し込まれ、窒息させられて殺されると思ったのです。相手は痩せ型とはいえ一メートル八十近い男です。私のほうは、先程の、溺れ死ぬほどの苦しさと恐怖で、体の力が抜けております。夢遊病者のように、相手にされるがままでした。

隅屋克彦は私を浴槽の端に掴まらせると、私の着ているものを剝ぎ取るようにしました。

私は湯舟に掴まったまま、泣きじゃくっておりました。なぜ、きゅうに、こんな乱暴をされるのか想像もつかなかったからでございます。

もしかしたら猪又の霊が、隅屋克彦に乗り移って、私のことを責めているのではないかと思ったほどでございます。

隅屋は私のお尻を叩いたり、ときどき私の頭を浴槽の中に押し込んだりしながら、私のことをうしろから犯しました。

「おまえたち、女はみんな売女だ……杏子は俺の子供じゃなかったんだ……ちゃんと血液型でわかっているんだ。俺はAB型でおまえはO型だ……俺の子供ならA型かB型かのはずなのに、なぜO型なんだ……おまえが、あの映画監督と寝た。アイツの血液型はO型なんだ。おまえはアイツの子供を産んだ……今まで俺は騙されている振りをしてきた……でも、もう許せない……おまえを殺してやる……アイツも殺してやる……おまえたちはみんな殺してやるんだ……杏子も殺す、どいつもこいつも殺してやる……」

そうぶつぶつ呟きながら、私の腰を両手で鷲摑みにして乱暴にゆさぶったり、頭をお湯の中に押し込んだりするのです。ご主人は私を奥さまと間違えている……私は本当に殺されると思いました。なぜかと申しますと、ご主人は普段は本当に穏やかで優しい方なのです。いつもは心の底におさえている怒りの衝動が、なにかのはずみで完全に暴走しているのです。アメリカでよくこういうタイプの男の話を聞きました。アルコールのせいで幻覚を見ているのです。完全に気が狂ってしまわれたのだと私は思いました。

妙なことに、私は奥様と間違えられ乱暴されながらも、もし本当に奥様が他の男の子供をお産みになったのだとしたら、ご主人がこれほど怒り狂われるのも、愛の絶望のためで仕方がないと心の隅で同情していたのでございます。

そのせいか、私は、ご主人がたいへんに酔っていてセックスがうまくいかないのをみて自分から相手のからだに触れたり、唇をつけたりしようとしましたが、それがかえってご主人を怒らせ、乱暴にさせました。

「おまえは、誰とでも喜んで寝ようとするのだ……誰の子供でも産む淫売女だ、殺してやる……」

と叫んでは、すがりつこうとする私を突きとばすのでございます。私はただ湯舟に摑まって、殺されると思いながら、暴力の嵐の過ぎ去るのをじっと待っているほか仕方がありませんでした。

ご主人が私を放り出し、風呂場を出てゆく気配がしてから、私もおそるおそる浴室を出て自分の部屋に戻り、すぐに鍵をかけました。

時間が経つにつれて、こわいのと口惜しいのとで泣けてまいりました。

一晩中まんじりともせずに過しましたが、あんまりこわくて、部屋の鍵をあけてリビング・ルームのほうに出てゆく気にはなれませんでした。

朝の八時頃、陽が昇ってから、たぶんご主人は酔いつぶれて眠ってしまっただろうと思い、そっと部屋を出ました。

八時を過ぎれば杏子ちゃんもお腹をすかせて起きるはずですし、泣き声も聞こえるはずでございます。私は足音をしのばせて子供部屋にまいりました。

杏子ちゃんの姿が見えないので気になり、こわごわご主人夫妻の寝室のドアをあけました。

寝室のドアには鍵がかかっておらず、ベッドは空っぽで、ご主人の姿も杏子ちゃんの姿も見えなかったのでございます。

7

私はすぐに加瀬に連絡をとりました。この時、すぐに警察に電話をかけてご主人の乱暴のことを訴えていれば、こんな目に合わなくてすんだのでございますが、これも今となっては、神様が私をお罰しになろうとしてなさったことだと考えるよりほかございません。

私の頭に浮かんでいたことは加瀬のことだけでございます。私には彼しか頼れる人がいなかったので、加瀬さえ来てくれれば、あとは適当にうまくやってくれるだろうと、ただそれだけを考えていたのでございます。

私は疲れはてて、自分で物事を考える気力はございませんでした。電話の連絡で、一時間ほどして加瀬が駆けつけてくれると、私は安堵で思わず泣き出してしまったほどです。加瀬は優しく私の背中を撫でながら、一部始終を聞いてくれました。

「隅屋というのはまったくひどいヤツだ。気狂いだ。すぐに警察に電話しよう。しかしまてよ、警察に暴行罪で連絡をするのはいつでもいい。きみがこんな目に遭っているというのに、警察に突き出すだけでは手ぬるい。取れるものは、がっちり取ってやろう」

と続いて申しました。加瀬は、私の今度のことを内々にするかわりに、隅屋夫妻から賠償金を取ろうというのです。その他に加瀬は私から聞いた隅屋夫妻の子供のトラブルを独占発表しようということも考えていたようでございます。

加瀬は上機嫌で、隅屋夫妻の帰るのを待とうと言いました。どうせ夕方になれば、隅屋夫妻が杏子ちゃんを抱いて上べだけは仲良さそうに帰ってくるにちがいない。隅屋だって酔いがさめ正気になれば奥さんには頭があがらないのだ。役者としては、奥さんのほうがずっと売れている。子供のことだって、結局は我慢するさ。芸能界なんて真実はないんだからな……などとうそぶいておりました。

私は、ご主人が杏子ちゃんを連れて外出しているものと信じて疑いませんでした。その証拠には、加瀬が、昨夜は徹夜で仕事をして風呂にも入っていないというので、私がお風呂をすすめたぐらいです。

加瀬は風呂嫌いですし、俺はシャワーだけでいいと言うので、湯舟には入りませんでした。

そして彼が私を呼ぶので、私も風呂場に入り、お互いの体をシャワーで流し合い、半分ふざけながらセックスをしたのでございます。

はい、その時は、檜の浴槽に蓋がしてあるのを少しも不思議に思いませんでした。よく考えれば、前の晩は私が最後に風呂場を出たのですから、その時、湯舟に蓋をしたかどうか思い出せばよいのですが、正直申しあげて記憶がまるでないのです。

あの時は気が転倒して、早く風呂場から逃げることだけを考えていましたから、湯舟に蓋などする余裕はなかったと思います。でももしかしたら、ご主人も私も湯舟の中には入っておりませんので、お湯が勿体ないと思って無意識に蓋をしたのかもしれません。蓋と申しましても檜の別あつらえで、四枚板になっております。

加瀬とセックスをしながら、私はオルガスムスを感じました。加瀬とはシャワーを背に立ったままの姿勢でセックスをいたしましたがうまくゆかないので、彼が浴槽の上に腰をかけました。私がさらにその上にまたぐような姿勢になったのです。

もし、あの時、浴槽の中に杏子ちゃんの死体が沈んでいるのを知っていたら、絶対にそのような不謹慎なことはいたしません。

杏子ちゃんが、元気で外出していると思ったからこそ、浴室で加瀬とセックスをしたのでございます。

加瀬は、それからご主人の貰い物のナポレオンを飲み、ご主人のベッドで眠りました。隅屋ご夫妻を脅すつもりでいたので、そんな無礼なことが平気で出来たのでございましょう。私は、もしかしてご主人が帰るといけないと思いましたので、玄関のドアにチェーンをかけ、リビング・ルームのソファーで横になっておりましたが、やはり七時間ほどぐっすり眠ってしまいました。

夕方、加瀬が目を覚し、お腹が空いたので焼き肉を食べに行こうと申しました。

敵を待つより、待たしたほうが利口なのだと落ち着いておりました。六本木の朝鮮料理屋で焼き肉を食べてから喫茶店に入ったり、パチンコをしたりして時間をつぶしました。加瀬が隅屋のマンションに電話を入れては、まだ帰っていない、これじゃ長期戦だなどと申しました。

いま評判になっているディスコ物の外国映画のオールナイトの上映館に入ったのも、加瀬のすすめでございます。映画が面白いので私は夢中で見ておりました。

加瀬は、試写で半分はもう見ているとか申して、上映中、何度も電話をかけに立ち、最後の一時間ほどは会社に用事があると言っていなくなりました。

今から考えると、その時間が京都から帰られた隅屋ご夫妻が、マンションの浴室で檜の湯舟の蓋をあけ、杏子ちゃんが溺れ死んでいるのを発見した時刻なのです。

加瀬は、隅屋ご夫妻のマンションに電話をかけているうちに、マンションの騒ぎに気づき、すぐに事件をスクープいたしました。それだけではなく、頭の回転のいい加瀬は、すぐに杏子ちゃん殺しの犯人をスクープし、インタビュー記事で独占発表することを考えついたのです。

加瀬は私の話を聞いて、誰が杏子ちゃんを殺したのか、すぐにわかったはずです。杏子ちゃんを浴槽に沈めて殺したのは、父親の隅屋克彦そのひとに間違いありません。

彼は、杏子ちゃんが自分の子供ではない、血液型が違うと口走っていました。幻覚症状で、私のことも、奥様と間違え、浴槽に頭を押し込んで殺そうとしました。それほど頭がおかしくなっていたのです。専門のお医者様が調べれば、すぐわかることです。隅屋克彦が、私が部屋に鍵をかけてとじこもっているあいだに、杏子ちゃんを溺死させて浴槽に蓋をし、マンションを出て行ったのです。

加瀬も、杏子ちゃんが殺されているのを知って、すぐに犯人が隅屋だと気づいたはずです。

でも、チャンスとお金に飢えている若い野心家の加瀬は、隅屋のかわりに私を犯人にすることを考えつきました。

いいえ、泥酔していた隅屋が、自分で自分の子供を発作的に殺したのを覚えていなくて、

「いったい、誰がこんなことを……もしかしたら、ベビー・シッターの彼女ではないだろうか……」

と口走ったのを聞いて、私を悪魔に売ろうと決心したのかもしれません。

私が犯人にされたあと、加瀬は隅屋夫妻からお金をゆするつもりなのです。隅屋克彦は多量のアルコール摂取のせいで駄目になっています。表面は立派な男性に見えますが、一突きすれば崩れてしまう、もろい木偶《でく》のようなものです。彼は子供のことで悩み抜いているのです。ですから加瀬は、たいへんな金蔓《かねづる》を摑んだような気になっています。私はよく知りませんが、心神喪失の犯罪は罪にならないそうではございませんか。どうか隅屋さんに本当のことを言うように、検事さまからお話をしてくださいませ。私は、無実の罪で死刑にはなりたくありません。

たぶん隅屋克彦はスキャンダルをおそれて最初は本当のことは仰言らないかもしれません。そのかわり、加瀬にお金をゆすられ、骨の髄までしゃぶられることでしょう。私が自分から杏子ちゃん殺しを自白し、加瀬に身の振り方を相談したなどというのは、すべて加瀬のつくったお話です。

加瀬は、ずっと私にはなにも知らせませんでした。オールナイトの映画館に戻ってくると、私に、新宿の連れ込み旅館に泊るように言ったのも加瀬です。私が居所を知らせないほうが、隅屋夫妻を威圧して、いろいろと話をすすめやすいのだと言うのでございます。三日間も連れ込み旅館に居続けたのは、決して私が逃げていたためではありません。加瀬の言うとおり、隅屋ご夫妻がまだ京都から帰ってこないと思いこんでいたからでございます。

杏子ちゃん殺しが、あんなに新聞やテレビに出て大騒ぎになっていたのに、なぜ気づかなかったのか、おかしいじゃないかと皆様仰言られますが、それは私が長い外国生活で、日本の新聞やテレビを見る習慣を失ったせいでございます。

私が、杏子ちゃん殺しを加瀬に涙ながらに告白し、加瀬を通して警察に自首したというのも事実ではありません。なにもかも私の知らない間に起こったことでございます。どやどやと私服の刑事の方たちが連れ込み旅館に入ってこられた時も、私にはなぜ手錠をはめて連れていかれるのか、どうしてもわかりませんでした。もしかして、猪又さんとお嬢ちゃんを殺したのがわかってしまったのではないかと思ったぐらいなのです。

検事さま、これが今度の事件の真相でございます。私はなにもかも申しあげました。私は、猪又さんと猪又さんのお嬢ちゃんを殺した悪い女でございます。その罪で死刑になるのは当然のことと覚悟しております。でも、やりもしない杏子ちゃん殺しで死刑になるのは、どうしても割り切れない気持なのでございます。

私の人生は、初めから、蜘蛛の巣にかかった弱い昆虫のような人生でございました。もがけばもがくほど、幸せで平凡な人生から遠ざかっていったのでございます。

私のように子供を生めない女なんて、結局は半端者でございます。男の快楽の相手だけをし、子供を生むよろこびも知らず、皮肉なことに他人さまの幸せな愛の結晶の面倒をみるのを仕事としてきた、哀れで馬鹿な女でございます。

今度の杏子ちゃん殺しの犯人にされなくても、またきっといつかは他人《ひと》さまのお子さんを、嫉妬のあまり殺していたことだと思います。私はそういう運命に生れついた女なのでございます。私の人生には、一度も幸せの望みの灯はともりませんでした。

検事さまのお顔が、アメリカでよく告白を聞いていただいた優しい神父さまにあまりに似ておられましたので、ついすべてを申しあげてしまう気持になりました。

検事さまが、私の告白を胸のうちに秘めておけと仰言いますならば、私はこのまま殺人犯として、加瀬の創作してくれた自白どおり〝隅屋ご夫妻の仲むつまじい幸福な生活をねたんで、杏子ちゃんを発作的に浴槽のお湯に押し込んだ〟ことにいたします。

裁判の時も、私が犯行を否認するようなことは決していたしません。

すべて尊敬する検事さまのご指示一つなのでございます。

被告の精神鑑定医へ宛てた、担当検事よりの手紙の一部――

《あるいは猪又親子心中も、被告の犯行と思われますが、裁判での立証は不可能です。猪又氏の完全な遺書がありますので、弁護側がその点を主張するでしょう。本人もそれを承知で、猪又親子殺しのほうを強調し、隅屋杏子殺しを否認しているようです。

たいへん嘘の多い女性で、どこまでが真実なのか見分けがつきません。被告の精神鑑定の資料の一部として、お役に立つかもしれませんので、私宛の告白書を一応、お送りいたします。

付言しますと、被告人は取調べ中、私と身体的接触を持とうとしました。私の性器に触れようとしたのです。これも、精神異常をよそおうとしているのか、あるいは私に対する罠なのか判然としません。これらの判断も、専門医のあなたさまの分野と考えます》

以上

担当検事

精神鑑定医殿

ブラック・ハネムーン

1

ずっとこのベッドに寝たままです。

裸のまま、シャワーも浴びずにこの書き置きを書いています。

あたしには、遺書を読んでくれる身内も友人もいません。

黙って死んでもいいのです。

でも、あたし、この二十四時間のあいだにどんな目にあったのか、誰も読んでくれなくても、書き残しておきたいのです。

さいわい、ベッドの枕もとにホテルの便箋がありました。

覚えていることは、ぜんぶ書いておきます。

あたしがどんな目にあったのか……誰も信じてくれなくてもいいのです。でも黙って死んでゆくのは耐えられません。

今は誰も恨んでいません。むしろしあわせな気持で一杯です。このベッドのスプリングの中に隠したあたしの便箋を見つけても、警察に届けるのはやめてください。日本語のわからないG島のメイドが、破って捨ててしまうかもしれません。もしかしたら、それが一番いいのです。

でも、あたしだけは忘れません。昨夜の出来事を、あの世に行ってもじっと覚えています。

誰が昨夜の出来事を忘れられるものでしょうか。

昨夜は、あたしの新婚の夜だったのです。

あたしが三十年間、夢にまで見たハネムーン。あたしはしあわせな結婚なんて諦めていました。

それが、素晴らしい夫と一緒にこの南の島のG島の立派なホテルの一室で、ハネムーンの夜を迎えることになったのです。

日本を発ったときから、あたしはもう雲の上を歩くような思いでした。

夫のほうは、海外旅行にもジェット機の旅にも馴れています。

夫はこのG島の大きなホテルのサブ・マネージャーをしていたひとなのです。

こちらに四、五年いたので、逞しく陽灼けして、まるで外人のようにハンサムです。

英語もペラペラですし、人当りもやわらかく、本当に申し分のないひとなのです。

それにひきかえ、あたしのほうは、三十年間、一度も男のひとから恋を打ち明けられたこともない、見ばえのしないタイピストです。

あたしは小さな貿易会社に勤めて、契約書やリストや手紙などの英文タイプを叩いて重宝がられてはいましたけれど、度の強い眼鏡をかけてすごい近視ですし、容貌も十人並み以下なのです。

縁談らしい話も一度もありませんでしたし、会社の旅行で、男の社員に冗談を言われたこともないんです。

みんなはあたしのことを、宗教心があって、どうしようもない生真面目な女だと思いこんでいたようです。一度、そんな目で見られてしまうと、自分から煙草をすったり、バーに行ってお酒を飲んだりも出来なくなるものです。

あたしも、お酒を飲んだり煙草をすったり気晴らしをしたいと思ったことはありますけれど、じっさいには高校を出てから十年以上、真面目な女で過ごしてきてしまいました。

自分でも、結婚なんか諦めていたのです。

年とった母親がひとりいましたので、しょせんは縁遠い女だと思っていました。

その母が半年ほど前に、胃癌で亡くなり、あたしはとうとうひとりぼっちになってしまったのです。

母は、器量も悪く、縁遠いあたしのことを心配していたのでしょう。あたしに黙って私立の結婚相談所に、高い会費を払って、結婚相手の紹介を頼んでいたのでした。

つい一カ月前に、思いがけず、主人から見合いの申し込みがありました。

最初は素直にお見合いの話など信じられませんでしたけれど、先方が熱心に会いたいというのです。

都心のホテルでお食事をして、二時間ほどいろいろな話をしました。

先方は、しばらくは日本で生活するつもりはない、南方のG島でレストランの仕事をするので、あたしのように身寄りのない女性と結婚したいということでした。

亡くなった母は、あたしの縁談がまとまるように、あたしのことを身寄りのないたったひとりの独身女性として、結婚相談所の書類に書きこんでいたのです。

あたしは母の思いやりに感謝いたしました。先方は、すでに興信所を通してあたしのことをいろいろと調べているようでした。あたしが馬鹿真面目で、煙草も吸わず、アルコールもたしなまず、まして男友達が今までに一人もいなかったことなど、すべてが先方の条件にあっているようでした。

「ぼくは長いこと、あなたのような女性を捜していたのです。真面目で、心のきれいなひとで……教養があって、よい母親になれるひと……生れてくる子供のことを考えれば、そうです。煙草を吸ったり酒を飲んだりする女性はまるで自覚がない。セックスのことにしたって婚前交渉を平気でやるような女性には、母親になる資格はありません。ぼくはどちらかというと古い人間で、純潔ということを真剣に考えているんです。南の島で一生懸命に働いたのも、日本から汚れのない優しく美しい女性を妻として娶《めと》りたかったからです」

主人は熱心に言ってくれました。

「あたくしは売れ残っただけのオールド・ミスですわ……あなたのおっしゃるような美しいお嬢さんは、もっと若い方で沢山いらっしゃいます」

あたしは先方の意気ごみに、かえっておそれをなしました。すると主人は、いや、若い二十代の女は駄目だ……きみのように純潔な生活を十年以上おくって、心のきれいな真面目な女性だということを証明した人間でなければ駄目なのだと、それは熱心なのです。

あたしがなんと言っても、きみこそぼくが考えていた女性だ……英文タイプを打って、英文の書類をつくれるのも、ぼくの将来の仕事に役に立つ……ぜひ二人で新生活を築いてゆこうと言ってくれます。

あたしも、自分がたまたま売れ残っただけの女性で、決して純潔でも心が美しいのでもないとわかっていましたが、だんだんと、主人の言葉にうっとりとし、もしかしたらしあわせな生活が摑めるかもしれないと考えはじめました。

失敗してもともとなのだ……一生に一度のチャンスだ……見ず知らずの男性だけれど、思いきって人生を賭けてみようと決心したのです。

主人のことは、なにも調べませんでした。

先方の言うことを信じるほかありません。

結婚相談所も大丈夫だと言ってくれましたし、あたしは長いこと勤めてた会社をやめ、日本での生活を整理しました。

パスポートをとったり、航空券の手配をしたりするのも、ぜんぶ主人がやってくれたのです。

あたしは、みんながハネムーンに行くG島に、自分も新婚の妻として行けるのだと思うとそれこそ一週間も前から興奮して、ろくろく眠ることも出来ませんでした。

2

主人も日本には親戚縁者がいないのだと言って、式もG島の小さな教会で、外人の牧師さんの司式で二人だけで挙げました。

そのあと、今あたしがこの遺書を書いているホテルの一室に戻って来たのです。

主人は以前にこのホテルで働いていたことがあるとかで、現地の事情にはとても詳しいようでした。

披露宴のかわりだということで、現地のチャモロ料理の店に連れて行ってくれました。

土地のお酒だというのを、はじめて飲みました。

正直いってあたしは、新婚の夜のセックスのことがとても心配だったのです。教会の式のあいだも、お食事のあいだも、そのことでずっと緊張していました。

主人は世馴れたひとで、すぐにそのことを察したようでした。

黙ってあたしをスーパー・マーケットに連れて行くと、チョコレートや剃刀を買ったあとで、雑誌を四、五冊まとめて買いました。

そして浜辺に連れて行くと、「恥ずかしがらないで見てごらん」と渡したのです。

あたしは雑誌をひろげてみて、あっと驚きました。

きれいなカラー刷りの写真で、どの女性も前をひらいてセックスそのものを見せているのです。

あたしは自分の体もろくに見たことがありませんので、本当に一瞬息をのみました。

雑誌の写真の女性は、どれも自分の口を開くような自然さで、あの部分を見せておりました。指をそえて、わざわざ奥のほうまで見せているのもあるのです。

「どうですか。べつに汚い感じの写真ではないでしょう。こちらはポルノ解禁ですからね……最近はこの手の写真も洗練されてきています。昔は絵双紙というのがありましたね。新婚の夜の前に、母親が娘に見せたそうだが……あなたは真面目な女性だから、絵双紙のかわりに、こんなカラー写真を見ておいたほうがいいと思って……」

主人は明るく笑って言うのです。

あたしは写真を見ながら、体がカーッと熱くなるのを覚えました。これから起こる新婚のベッドの中のことを考えると、それだけで羞恥心に全身が包まれるような気がするのです。

「そうだ、もっといいものがある……」

主人はあたしを元気づけるように車を走らせると、公園の近くの映画館に連れて行ってくれました。

主人はレンタ・カーを借りて、自分で運転するのです。国際免許証も持っていました。映画館はとてもきれいな映画館で、淡いブルーのシートがたくさん並んでいるのです。入口には、日本の映画館のようなケバケバしい絵看板は出ていませんでした。暗い館内に入り、大きなスクリーンで動いているものを見て、あたしはまた吃驚いたしました。

本当のところを申して、最初はなにかよくわからなかったのです。でも数秒たつと、電気にうたれたようにスクリーンで動いているものがなにかわかりました。それは男性のクローズ・アップされたからだが、女性のからだに入ってはまた出てくるところなのです。

あたしは恥ずかしくて、思わず主人の腕のうしろに顔を隠そうとしました。けれども近くの席を見ると、ちゃんとした白人の女性連れが真面目な顔でスクリーンを見つめているのです。

主人は真面目くさった顔で、膝に両手を置いてスクリーンを見つめておりました。あたしだけが恥ずかしがるのが、かえっておかしいような雰囲気なのです。しばらくたつと、最初のショックが去って、あたしもまともにスクリーンを見られるようになりました。

スクリーンのアップは変って、金髪の女性が同じような白人の男性のからだを口で愛撫しているところでした。

あたしは見ているだけで、喉のあたりが妙な感じになりました。主人はそんなあたしの気配もすぐに察してくれたようでした。

「あなたは、なにもあんなことをすることはないんだ……白人は夫婦のあいだでもこういうことを好むようですがね……ぼくたちはオーソドックスにやりましょう」

と耳もとで囁いてくれました。

スクリーンの映画は筋のようなものがあるらしく、ひとりの白人女性が次々と相手の男性を替えてゆくのです。

ぜんぶ英語でしたから、あたしにはその意味はよくわかりません。

でも、主役の女性が本気で男たちと交わって、深い歓びを味わっていることだけはわかるのです。

女性があんなになるのかと思うと、内心おそろしい気持もしました。

主人はあたしを、セックスのことはなにも知らない真面目いっぽうの女だと思いこんでいるようですが、あたしには自慰の経験があるのです。

それも、たまにというのではなく、一週間に何度も重ねるほど悪い習慣になっているのです。映画の女性のあの部分の唇は、ピンク色に濡れて美しく輝いていました。

あたしのは長い自慰の習慣で、きっと黒ずんでいるにちがいありません。

いつか、主人があたしのからだを見たいと言った時には、どこまで拒めるだろうかなど不安な気持で考えておりました。

映画が終るころには、あたしの下着はすっかり濡れておりました。

「あまりよくないものを見せてしまったかな」

主人は、映画が終ってから心配そうに申しました。

「いいえ、あたくしのぜんぜん知らない世界のことですから……勉強になりました」

あたしは目を伏せて申しました。

そのあいだ、主人はあたしの手一つ握ろうとしないのです。あたしは優しくしてもらいたい……こんなふうに距離をおいて他人行儀に遠慮されると、息苦しくて卒倒してしまうのではないかと心配でした。

ホテルに戻って床入りをしましたのは、十時過ぎでした。

床入りなんて古めかしい言葉のようですが、ずっと以前なにかの本で読んで、あたしは新婦になった自分が床入りをすることをいつも夢に見ていたのです。

あたしの夢見ていた床入りは、日本式の大きめな一組の蒲団でしたけれど、G島のホテルのベッドはツイン・ベッドなのです。

あたしはシャワーを浴びて、日本から持ってきたピンクのネグリジェに着がえました。

いろいろ考えたすえに、下着はとっておきました。ネグリジェの下にはなにもつけずに、主人を待ったのです。

主人のほうもシャワーを浴びて、タオルで濡れた体をごしごし拭きながら、いったん自分のベッドに横になりました。

それから、「疲れているのだったら、今日はいいんだよ」と優しく申しながら、あたしのベッドの中に入ってまいりました。

あたしは、「いいえ、大丈夫です……」と蚊の鳴くような声で答えながら、全身をガタガタ震わせておりました。

未知の世界に対する不安からなのでしょうか、あたしの震えはとまらないのです。

主人はあたしの唇の上に優しく唇を重ねると、そのあとずっと静かに乳房のほうへ移りました。

あたしの乳房を、これもまたそっとなぶるのです。

あたしは下半身がじんと熱くなるのを覚えました。自慰をしている時と同じように疼いてくるのです。

腿の内側まで溢れてくるのがわかりました。こんなに早く反応するのが主人に知れたら、このまま嫌われるのではないかと、それこそ体を固くして、腿を強く閉じておりました。

やがて、主人はそろそろと右手を下におろしてまいりました。

あたしの腿の内側をおそるおそるその指先を滑らせながら、次第に奥へと近づいてくるのです。

それだけで、あたしは意識が遠のいてゆくのではないかと思いました。

その時です。ホテルのベランダのガラスの引き戸がそろそろと開かれたのです。主人もすぐに気がついた様子で、ハッと体を固くすると、あたしの奥に近づいた手を離しました。

3

テラスから闖入してきた男たちが、何人いるのか、どんな男たちなのか、あたしには最初のあいだはわかりませんでした。

あたしの体験したことのないような強い光が、突然あたしたちのベッドを照らし出したのです。その強い光は四方から、ベッドの上をあますところなく照らしていました。

恥ずかしいところを見られてしまったという思いで一杯だったので、主人の胸に顔をかくすのがやっとだったのです。

けれども間もなく男たちの顔がわかりました。

彼等は五人もいたのです。

男たちは、ピストルや鉄の棒や、太い縄を持っておりました。

それで主人を脅すと、すぐにあたしから引き離しました。

最初、英語で二言、三言抗議を申しこんだ主人を派手に組み伏せると、縄で縛ったのです。

乱暴にピストルの台尻で主人の顔を殴りつけたりもしました。

あたしは何か夢を見ているようで、目の前の暴力沙汰を声も出さずにぼんやり眺めていたのです。逃げ出そうなんていうことはもちろん考えつきませんし、第一、恐怖のために足腰の力が抜けてしまっているのです。

彼等は主人を縛りあげると、口々になにやら罵っています。

英語のようなのですが、現地のひとの英語は特別のアクセントがあって、あたしにはよく聞きとれません。

いつも英文タイプで見馴れている英語とは違うのです。

そのうち、彼等のひとりが片言の日本語を交えて、あたしに向かって喋りはじめました。

その男はもう五十歳近い、色の真黒な現地の男でした。

みな、汗じみたシャツと粗末な洗いざらしのズボンをはき、現地の貧しい労働者といった感じなのです。

「あの男は、われわれの妹を暴行した……そして弟も殺した……」

どうやら、そういう意味のことを言っているのです。

あたしは信じられなくて、胸をおさえながら主人のほうを見ました。

「彼等は誤解している……彼等の弟が、わたしがアシスタント・マネージャーをしていたホテルのガードマンに射殺されたのだ……ホテルの砂浜で現地の女性を強姦していて、ガードマンに射殺されたのだよ……それなのに、わたしがわざと射殺させたと思っている……」

　主人はあえぎながら、そういう意味の説明をしてくれました。主人がなにか言うと、彼等はすぐに鉄の棒や太い縄で殴るのです。彼等の目は憎悪で血走っていました。

　あたしは主人を信じました。こんなに優しいひとが、現地の女を強姦したり、ガードマンにわざとピストルを射たせたりするはずがないのです。

「お願いです！　彼を殺さないでください。あのひとは無実です。あなた方は誤解しています」

　あたしは夢中で英語で叫びました。そんな科白《せりふ》を、むかし見た映画の中で、美しい女主人公が叫んでいたのを思い出していました。不思議と、ふだん言いなれない英語がすらすらと口をついて出てきたのです。

　あたしの英語は、ぜんぜん通じない様子でした。

　彼等は異様な表情で押し黙ったまま、叫んでいるあたしを取り囲むと、だんだん近づいてくるのです。

　その時になって、あたしはベッドの上からドアのところへ逃げようとしました。けれどもドアのところにも屈強な肌の黒い現地人の男が立っているのです。

　五十歳ぐらいのリーダーの男のあとは、二十歳から三十歳くらいまでの男が三人……十七、八の子供のような男も混じっていました。

男たちは、いきなりあたしを取りおさえるようにすると、手と脚をつかみました。

あたしには、彼等が考えていることがすぐに理解出来ました。

彼等は、一番残酷な復讐を主人にしようとしているのです。

主人の新婚の夜を待ちうけて、その新妻を目の前で辱しめる――なんと執念深く、恐ろしいことを実行しようとしているのでしょう。

「やめてください……お願いです……」

あたしは大声で叫びました。

本当にこわかったのです。すると、いきなり、リーダーの男に頰を殴りつけられました。

痛くて、骨の髄までしみるような殴打でした。

一度殴られてしまうと、もうこわくて声が出せないのです。そのくせ、目を閉じることも出来ません。

あたしは大きく目を見開いて、現地人の男たちのすることを見ていました。

リーダーの男は、洗いざらしの粗末なズボンを脱ぎました。

さっき映画館のスクリーンで見た男のひとのからだが……今度はほんものの大きなからだになって、あたしの目に飛びこんできました。

あたしは思わず目をそらし、主人のほうに助けを求める眼差しを向けました。

主人は縛られたまま、隣のベッドに放り出されています。

彼等は、主人がこの恐ろしい場面から目をそらすことが出来ないように、そのうちのひとりが主人の髪の毛を持って、こちらを見させているのです。

主人も、カッと目を見開いていました。

リーダーの男は、あたしの顔の上にまたがるようにすると、自分のから、だをあたしの唇に近づけてきました。

男のからだは海鼠《なまこ》のような感じで、あたしの唇に迫ってくるのです。

あたしの口に押しこまれた男のから、だは、じっさい海鼠のような感触でした。

あたしが、息が出来ずに苦しそうな顔をすると、リーダーはあたしの顔から離れました。

リーダーは、あたしの両脚のあいだに跪《ひざまず》きました。

あたしは夢中で脚を閉じようとしましたが、無駄なことでした。あたしの脚は、両側の男がそれぞれにくるぶしのところを持って、強く引き裂くようにひろげられているのです。

リーダーが、から、だの先を押しあてているのがわかりました。

彼等は、主人にその光景を見せるように頭を小突いています。

あっと思った瞬間に、男が腰を押しつけました。強く入ったのがあたしにもわかりました。

出血があったのです。リーダーが意気揚々として立ちあがり、血のついたから、だの先端をみんなに見せました。

彼等は「おう！」というような叫びをあげると、そのあとはまた押し黙りました。リーダーの男がふたたびあたしのからだの中に押しいると、すごい速さで動きはじめたからです。

あたしは痛みも快感も覚えず、ただ恐ろしくて、早く終ってくれればよいと、それだけを祈っていました。

4

年配のリーダーの男があたしから離れると、それを待ち受けていたように、あたしの右手をおさえていた男があたしの上に乗りました。年齢の順に、復讐の儀式をすすめているのです。

次の男も、最初、自分のからだをあたしの口に押しこみました。その男のも海鼠《なまこ》のような固い感触でした。

主人は瞬きもせずに、あたしが犯されているのを見ているのです。あたしは手と脚をそれぞれ四方からおさえられていて、身動き出来ません。首を振るのがやっとなのです。

次の男も、あたしの脚を大きくひろげさせると、腰を押しつけてきました。三十近い男でしたが、すでに妻帯者なのでしょう、セックスは馴れきっているといったふうでした。

あたしの顔を見つめながら、左右にゆっくりと腰を動かすのです。あたしの腰を大きな両手でしっかりと押さえて動かすのです。

もちろん、あたしはなんの快感も感じません。でも、なにか自分のからだが自分のものではなくなっているような感じでした。

その男も急に激しい動きになると、口から激しい息を洩らしました。あたしも自慰の経験があるので、快感の頂点というのがどんなものかわかります。でも、男のひとのあの激しい動きは初めての経験でした。

熱いものが、トッ、トッとあたしのからだの中で炸裂するのがわかりました。

夫の表情に、無念さがありありと浮かんでいます。

「教えてください……本当に無実の言いがかりなのですか！　彼等は誤解しているのですか！」

あたしは思わず叫びました。年配のリーダーの男は、日本語がよくわかるようでした。この南方のG島は、第二次世界大戦中に日本が占領していたのです。

リーダーの男はあたしの叫びを聞くと、主人の顔を強く何度も殴りつけました。

あたしの前で、罪を告白させようというのです。

「おまえ、やった！　間違いなくやった‼」

そんな意味の英語で主人を怒鳴りつけています。主人が観念したように、がっくりと首をうなだれました。

あたしは主人から視線を離しませんでした。主人はあたしと目を合わすと、申しわけなさそうにするのです。主人はあたしに詫びているようでした。

この瞬間から、あたしの気持が変りました。今までは、犯されていて口惜しく恐ろしかったのが、ふっと気持の持ち方が変ったのです。

あたしは主人にかわって、彼等の復讐の儀式を受けるのが当然だと思うようになりました。

あたしは主人と結婚して、その妻なのです。主人のために、こうやってさいなまれるのは仕方がないことなのだ……そう思って全身の力を抜きました。

三人目の男は、あたしの口に押しこむことはしませんでした。彼は待ちきれないといった表情であたしに飛びかかると、あたしの胴にしがみつき、あたしの乳房のあいだに、ざらざらとした髭を押しつけています。

目を血走らせて、あたしの顔などはよく見ていませんでした。彼は、復讐の儀式よりも、快感に押しつぶされているようでした。

この男も、激しく強く動きました。

あたしはベッドの上で、上下に、突き動かされています。ベッドの音だけが、これも激しく軋むのです。男たちはみな、いちように押し黙っています。

あたしは自分が、海辺に打ちあげられたジュゴンなのだと思いました。

ジュゴンというのは、あたしが昔見たイタリアの記録映画に出てきた人魚の原型だといわれる動物のことです。

月の夜に南の島の海辺に打ちあげられた雌《めす》のジュゴンは、女体とそっくりでした。村の若者たちが集まって、かわるがわるにこのジュゴンを犯すのです。あの時、ジュゴンの顔が大写しになって、ジュゴンの目に大粒の涙が浮かんでいたのを忘れることが出来ません。

あたしも自分がジュゴンだと思うと、思わず目に涙が溢れてきました。

でも、泣いているひまはなかったのです。

四人目の男が作業ズボンを脱いだとき、あたしは思わず自分の目を疑いました。

この現地の男は体も大きく、黒人の血が混じっているのか、髪が短く縮れて肌は真黒でした。

この男はズボンを脱ぐと、彼のからだをあたしの顔に近づけてきました。そのからだがあたしの顔よりも長いのです。

海鼠《なまこ》というよりも、錦蛇《にしき》の太い胴体のような感じでした。

彼はそのからだで、あたしの顔をひたひたと叩くようにすると、その先端をあたしの口に押しつけてきました。

あたしはすぐに息がつまって、夢中で首を振りました。

その男の時は、彼等も方法を変えました。

あたしをベッドの上に四つん這いにさせたのです。このあいだも彼等はあたしの手と脚をおさえていました。

あたしはもうジュゴンではないのです。彼等は思う存分あたしを辱しめているのです。あたしは卑しい獣《けだもの》のように扱われていました。

彼等があたしの両脚を一杯にひろげ、黒人の大男が、あの錦蛇のような大きなからだをうしろから押しあてているのがわかります。

あたしは押しこまれる恐怖で、夫のほうを眺めました。彼は相変らず目を見開き、あたしたちのことを見ているのです。

それは、すべてに絶望し、そして謝罪しているような顔でした。

あたしはなぜか主人に微笑みかけなければいけないような気がしました。

あたしが無理に笑おうとした瞬間に、押しこまれました。疼痛が走りました。大男は無理な角度から押しこみ、自分は心地よいリズムで動いているのです。

あたしはずっと痛みに耐えていました。

5

大男が、あたしの子宮の壁まで突き破るのではないかと思うほど、強く押しこまれたあとで、あたしはやっと前の仰向けの姿勢に解放されました。

残っていたのは一番若い、少年のような男でした。

彼はズボンを脱ぐと、すぐにあたしの上で喘ぎはじめました。それは、ほんの短い時間でした。彼はすでに長いこと待たされ、見すぎていたのです。

それで一応の復讐の儀式の順番は終ったようでした。

あたしは、彼等はそれで満足して主人も解放してくれるだろうと思っていました。けれども、彼等の輪姦は序の口だったのです。

彼等はさらに、残忍な復讐の方法を考えていました。

主人の脚を縛ったまま、あたしの上に乗せたのです。

「おまえはわれわれの兄弟を殺した。われわれの兄弟が女の上で射精した瞬間に、ピストルで射った。おまえもまた同じ運命をたどるのだ……さあ、新婚の儀式を営め！　おまえが射精した瞬間に、おまえも死ぬのだ！」

男たちは口々に、そういう意味のことを叫んでいるのです。

主人はすでに覚悟しているようでした。

重なっただけで、主人の硬くなったからだがあたしの中に滑りこんでくるのがわかりました。

あたしのからだは、現地の男たちの体液で溢れているのです。

「すまない……」

主人が、そうあたしの耳もとで囁いたようでした。

あたしも夢中で、主人の耳もとに叫びました。

「あたしはあなたを信じています。こんなことになっても、あたしはあなたの妻です。

あなたを……愛しています！」

あたしは主人を抱きしめようとしました。けれども、あたしの手も脚も現地の男たちでおさえられているのです。

あたしは唇を、主人の首に押しつけました。

今生《こんじよう》の思いで主人の肌を吸いました。

主人は両手が使えないので、髭の伸びた頰をあたしの額に押しつけてきました。

主人のからだの動きが早くなるのがわかります。主人は射精してしまったのです。

主人が小さく、あたしの名前を呼んだようです。そして強く、主人の肌を唇で吸っていたようです。

あたしは夢中で下腹部を強く締め、主人の動きに応えました。こんなかたちにしろ、主人と結ばれた——一体になった歓びが全身に走っていました。

けれども、次の瞬間、あたしのからだの上の主人の背中に、次々と、〝ずしん、ずしん〟となにか刃《やいば》のようなものが押しこまれてゆくのがわかりました。

男たちは、射精した主人を殺したのです。

あたしは彼等の復讐を理解しようと思いました。

主人は彼等を傷つけたのだ……主人もまた殺されても仕方がないのだ……あたしに出来ることは、主人を愛し続けることだけ……

そう思うと、またあたしの目から涙が溢れてきました。

あたしは、また自分が海辺の砂浜に打ちあげられたジュゴンになったような気がしてなりませんでした。

現地の男たちは、主人の遺体を布に包むと、また押し黙ってテラスから出て行きました。

リーダーの男がひとりで戻ってくると、白い粉末をコップの水に溶かしてあたしに渡しました。

「これは現地人の使う毒薬だ。これを飲むと苦しまずに死ねる」というのです。あたしを憐れむようにして見ながら、飲むのも飲まないのもおまえの自由だと言いました。

あたしのことはそのままにして出て行ったのです。

最初は、あたしは助けを呼ぼうかと考えました。けれども、すでにそれが意味のないことだとわかりました。

あたしの主人は死に、あたしは辱しめられているのです。

もともと夢だと思っていた結婚なのです。

ほんのひとときでも夢を味わえたのはしあわせでした。

あたしは、この島の現在のひとたちの復讐を恨んではいません。

あたしは、あのひとの妻なのです。

日本の女らしく、辱しめを受けたら舌を嚙んで、貰った毒薬を飲み、あのひとのあとを追ってゆこうと思います。

ですから警察に訴えることもやめるのです。日本には只一人の身寄りもない女です。黙って死んでいけばよいのですが、死のうと思った瞬間に、この書き置きを残しておきたくなりました。

誰かこの書き置きを読んだひとが、あたしがしあわせな思いにつつまれて死んだと知ってくれれば嬉しいのです。

あたしは決して、恨みのために死ぬのではありません。夫のあとを追い、妻としてよろこんで毒を飲み、舌を嚙むのです。

この書き置きは、G島のあるホテルの三階の部屋のベッドの中から、メイドの手で発見された。

この部屋では、この書き置きが発見される二週間ほど前に、青酸カリを飲んだノイローゼの日本人女性が自殺をしている。

書き置きは現地の警察で調べられ、これに該当するような事件はないと断定された。

そのあと、現地の大学の精神病院の鑑定にまわされたものである。

G島の大学病院の精神科の白人の医師は、結婚ノイローゼによるオールド・ミスの妄想だという一応の結論を出したようである。

けれども、日本の婦人雑誌がこの書き置きを手に入れ、作者のところに、若い女性への警告レポートを書くための資料として送ってきた。

作者は、この書き置きを読んでいるうちに一つの強い疑念にとらわれた。

この書き置きの内容は、オールド・ミスの妄想ではなく、実際にあったことなのではないか——それもオールド・ミスが考えているような美しいことではなく、彼女は騙されていたのではないだろうか——

書き置きの中の、〃——体験したことのないような強い光が、四方からベッドの上を照らしていた——〃という部分にご注意いただきたい。これは映画撮影のためのライトではないだろうか。

それと、オールド・ミスのいた部屋は三階なのに、男たちがベランダから侵入したと書いてあることである。男たちはベランダ伝いに隣の部屋から侵入し、隣の部屋に撮影の器材の準備がなされていたのではないだろうか。

作者の推理では、彼女はポルノ映画の製作とは知らずに使われていたのである。

書き置きの中の主人という男は、彼等の仲間で、日本で婚期の遅れた身寄りのない女を、わざわざ結婚相談所を通して捜したのではないか。

どうも、そんな強い疑念が生じて仕方がないのである。

最近、結婚相談所を利用して、この種の申しこみが二、三あるらしい。

身寄りのない、婚期の遅れた女性は充分に気をつけたほうがよい。

さて、この資料を発表したのは、海外旅行に行くジェット機の中に、週刊誌が置かれているからである。

もし、ポルノ解禁の外国で、ひょっとしてこの書き置きの内容とまったく同じストーリーのフィルムをごらんになった方がおありだったら、さっそく知らせていただきたい。このフィルムが発見される可能性は非常に強いと、作者は信じているからである。

編者解説

日下三蔵

戸川昌子はシャンソン歌手であり、タレントとしても活動していたから四十代以上の人の間での知名度は高いだろう。だが、同時に江戸川乱歩賞を受賞しているミステリ作家でもあることを知っている人はグッと減るだろうし、実際に作品を読んでいる人となると、さらに少ないはずだ。

戸川昌子の作家としての活動期間は、一九六二（昭和三十七）年から一九八七（昭和六十二）年ごろまでの約二十五年であるから、昭和の後期に活躍した流行作家ということになる。

戸川昌子は一九三三（昭和八）年、東京に生まれた。高校卒業後、南洋物産、伊藤忠商事で英文タイピストとして働く傍ら、アテネ・フランセでフランス語を学び、五七年からシャンソン歌手として活動していた。

六二年、『大いなる幻影』で第八回江戸川乱歩賞を受賞してデビュー。老嬢ばかりが住むレンガ造りのアパートで起こる怪事件を描いたこの作品は、妖しい筆致、サスペンスフルな展開、意外なラストと三拍子揃った傑作で、歴代乱歩賞受賞作の中でもベスト級の一冊。戸川昌子はデビュー作から既に完成された作家であった。

ちなみにこの第八回は、乱歩賞史上最高の激戦と言われている。同時受賞の佐賀潜『華やかな死体』の他に、天藤真『陽気な容疑者たち』、塔晶夫（中井英夫）『虚無への供物』が最終候補に残っており、どれが受賞してもおかしくなかった。

六三年の第二長篇『猟人日記』は映画化され、著者自身が女優として出演したことでも話題になった。以後、昭和の終わりまでに、長篇二十八作、短篇集約三十冊を刊行。ミステリの枠に収まらない作品も多いが、とびきりの奇想を圧倒的な筆力で描いた戸川昌子の小説は、今なお悪魔的な輝きを放っている。その短篇における精髄を集めたのが、本書ということになる。

第一部には、双葉文庫のオリジナル作品集『緋の堕胎』（86年10月）を、そのまま収めた。

緋の堕胎　「オール讀物」64年11月号
嗤う衝立　「小説現代」76年10月号
黄色い吸血鬼　「オール讀物」70年3月号
降霊のとき　「オール讀物」71年4月号
誘惑者　「小説現代」79年10月号

塩の羊　「小説現代」73年1月号

「緋の堕胎」は『緋の堕胎』（66年1月／講談社／戸川昌子傑作シリーズ2）、「黄色い吸血鬼」は『聖女』（71年2月／講談社）、「降霊のとき」は『水の寝棺』（72年10月／講談社）、「塩の羊」は『負け犬』（74年11月／東京文芸社）に、それぞれ収録されており、「嗤う衝立」と「誘惑者」はこの本で初めて単著に収録された。まさにベスト・オブ・ベストというべきセレクトであり、私は著者自選だったのではないかと思っている。もしそうではなく、双葉社の担当者がチョイスしたものだとすれば、よほど戸川作品を読み込んでいたものと考えられる。

表題作「緋の堕胎」は戸川ミステリを代表する傑作。国産恐怖小説アンソロジーの嚆矢『異形の白昼』（69年11月／立風書房、現在はちくま文庫）を編んだ筒井康隆は、同書にこの作品を収録し、巻末の「編輯後記」でこう述べている。

> このアンソロジイに含まれている短篇には、もともと恐怖小説として書かれたものではない作品が多い。この「緋の堕胎」もそうである。しかし怖さは無類である。

『緋の堕胎』（双葉文庫）

胎児は、もともと「人間になりきっていない人間」としての不気味さを持っている。ぼくがこの作品から強烈な感銘を受けたのも、この作品のテーマというべき社会問題以前の、その半人間の恐怖によってであった。

最初、泣き声をあげ続ける胎児の息の根をとめる堕胎の描写で、まず度肝を抜かれ、書生が患者の女を犯す部分で髪が総毛立つ。あとはもう、息をのんで読み続けないではいられない。まったく女流作家という人種は、どうしてこんな怖い残酷な話を平気で書けるのだろう。いやその前に、いったいこんな物語を、どうやって作りあげることができたのだろう。そしてラストの、掘り返された庭から胎児の骨が次つぎに出てくる部分で、本アンソロジイ巻尾を飾るこの力作の怖さは頂点に達するのである。

「緋の堕胎」については著者自身のコメントもあるのでご紹介しておこう。まず初めて収録された短篇集『緋の堕胎』（66年1月／講談社／戸川昌子傑作シリーズ２）の「あとがき」より。

これは、三百枚くらいの長編を書こうと思ってあたためておいた材料である。分厚い裁判記録を見て、胎児の骨が埋めてあるかどうか、争点になっている部分が面白く、はじめて資料というものに魅せられた。胎児の骨など絶対に埋めていないと言い張る堕胎医の荒涼とした心が、こちらにまで伝わってくるようだった。堕胎の問題は難しい。安楽死と似ていて一種の必要悪の場合があるかもしれないが、母胎を痛めることと生まれてくる生命をつみ取ることで、やはり大変な悪といわねばならないだろう。いずれにしろ優生保護法の許可があるからといって、無感動に手術をする優秀な医者よりも、闇の堕胎医をしているうちにだんだんと魂を荒廃させ狂ってゆく医者に、どうしても興味と人間味を感じてしまうのである。

ついでながら「大いなる幻影」を書いたとき、乱歩賞の締切りに間に合わず、あのかたちで、投稿してしまったが、本当は子供の死体を発掘する場面を、自分では書くつもりでいたのである。あとで、乱歩先生に「あれで完成しています。むしろそういう場面は書かないほうがいいんだよ」と教えていただいて、成程そこまで書くのは素人なのだなと思ったものである。そのくせ発掘場面を書きながら、やっと「大いなる幻影」以来の宿願を果したような気になったのだから、おかしなものだ。

明治期には人工妊娠中絶は禁止されていて堕胎罪に問われたが、戦後、優生保護法（現在の母体保護法）が施行されたことにより、要件を満たした場合の中絶が合法化された。この作品は、そうした社会的背景を踏まえたものである。

初刊本の後、「緋の堕胎」は『裂けた眠り』（68年5月／新潮社／新潮小説文庫）と『肉の復活』（74年11月／平安書店／マリンブックス）にも収められているが、『裂けた眠り』には特にコメントの類は付されていない。『肉の復活』の「あとがき」で本篇に触れた

『緋の堕胎』（講談社）

『裂けた眠り』（新潮社）

『肉の復活』（平安書店）

部分は、以下の通り。

「オール読物」に掲載した実際の裁判記録を読んで書いた小説である。近所の人が、あの医院では堕した子供を埋めて、夜な夜な亡霊が出ると噂した。それが新聞沙汰になり、医師が、新聞社を名誉棄損で訴えたのである。

小説では殺人が行われ、医師が発狂し裁かれるが、現実ではそうはいかなかった。

生命を守るべき医師が、生命の芽をつみとるといった皮肉な業が、今でも金儲けのために行われているのである。そして、それを必要としているのが私たち自身なのだ。

第一部の収録作品からベストを選ぶなら、「緋の堕胎」「黄色い吸血鬼」「塩の羊」ということになるだろうが、無論、その他の作品の完成度も非常に高い。

第二部として、作品集『ブラック・ハネムーン』（80年5月／双葉社→84年4月／双葉文庫）から三篇を増補した。

人魚姦図　「小説宝石」78年4月号
蜘蛛の巣の中で　初出不明
ブラック・ハネムーン「週刊文春」76年3月18日号

この短篇集からは、第三十三回日本推理作家協会賞短編部門の候補になった「怨煙嚥下」や「呪詛断崖」なども欲しいところだったが、他社でも戸川さんの短篇集を企画している編集者がおり、協議の結果、その二本はそちらに譲ることにした次第。本書が評判になれば、その版元で戸川ミステリが出る確率もその分あがるので、ぜひ多くの方に本書を読んでいただきたいと思っている。

『ブラック・ハネムーン』の「あとがき」で、本書に収めた三篇について触れた部分は、以下の通り。

〈人魚姦図〉
若い男性の舞台俳優が、一家をなすのはなかなか難しい。美しい肉体と才能に恵まれているのに、チャンスが微笑んでくれないと、ただ歳月が過ぎてゆくばかりで、間

『ブラック・ハネムーン』
（双葉文庫）

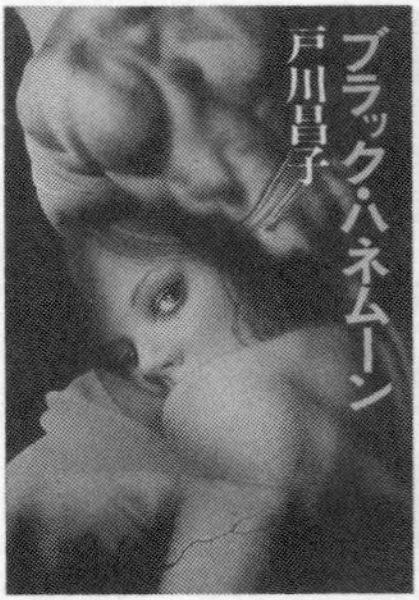

『ブラック・ハネムーン』
（双葉社単行本）

もなく肉体の老化という問題と直面しなければならなくなる。

同性愛の紳士たちも、肉体の衰えには一番敏感である。友人の舞台俳優の体験談を聞いているうちに、この話が浮かんだ。

それにつけても、蠟人形館の世界ではないけれど、自分の美術館に生きた人間を閉じこめたいというのは、老化を呪う、誰にでもある潜在願望なのではないか。

〈蜘蛛の巣の中で〉

最近は、お手伝いを頼むのがどこでも難事業になっているらしい。ようやく見つけても、すぐにいなくなってしまうと、誰もかれも、嘆いている。

たしかに、現代の都会のお手伝いというのは、不思議な職業である。見も知らずの他人のプライバシーの真只中に、ある日突然、舞い降りて、また消えてゆくことが出来るのである。推理小説の視点としては、欠かすことの出来ない登場人物であろう。

共稼ぎの夫婦の場合、たいした身元調べも出来ない相手に大切な子供を預けるのであるから、こわいといえばこわい話である。さいわい私はお手伝いさんには恵まれてきたが、ときどきは薄氷を踏むような思いをしていることも事実である。

〈ブラック・ハネムーン〉

私がはじめて外国で見たポルノ映画は、自殺したあるオールド・ミスの性の遍歴を描いたもので、ロサンゼルスの映画館で見終ったあと感動して、一晩眠れなかった。この映画は、たしかにポルノを超えた名作で、このあと、あれほどの内容をともなったポルノ映画は二度と現われないとさえ思っている。なによりもよかったのは、主演の女優がキャリアのある演技派の女優で、ワイセツとは考えずに、スクリーンで陰影のある女の一生を見せてくれたことだった。

ポルノ映画をプロットにした推理小説は、もっと良いものをぜひ書いてみたいと思っている。

作家としてのタイプは違うが、飛び切りの奇想と、それを作品化し得る飛び切りの筆力（文章力）という点で、戸川昌子に似ていると思うのは山田風太郎である。そう思ってみると、この二人には意外なほど共通点が多い。

○江戸川乱歩に見出されてデビュー。生涯、乱歩を師として仰ぐ

○アリバイトリック、密室トリックなどの定型《パターン》には興味を示さない
○異常な心理、異常なシチュエーションのドラマを好んで描く
○すぐに一般的なミステリを離れた作品を書き始めるが、それでいてミステリのテイストは濃厚
○思い切った性描写を含むが扇情的ではなく、対象を観察する科学者のような冷めた視点

風太郎作品は何度かの復刊ブームがあって、かなり手に取りやすい状況にあるが、戸川ミステリは入手困難なものが多くて、実にもったいない。読者の予想をはるかに上回る異様な迫力の短篇が、まだまだたくさんあるので、本書の刊行が戸川昌子再評価の呼び水となることを願ってやまない。

最後に九〇年代以降に復刊された戸川作品のリストを掲げておく。

1　猟人日記　93年7月　出版芸術社（ミステリ名作館）
2　大いなる幻影／猟人日記　97年1月　講談社（講談社文庫／大衆文学館）
3　黄色い吸血鬼　97年9月　出版芸術社（ふしぎ文学館）
4　戸川昌子集　97年10月　リブリオ出版（ポピュラーミステリーワールド5）

5　蒼い蛇　上・下　98年2月　太田出版
6　大いなる幻影／華やかな死体　98年9月　講談社（講談社文庫／江戸川乱歩賞全集4）　※佐賀潜『華やかな死体』との合本
7　蜘蛛の巣の中で　00年2月　青谷舎（女流ミステリー作家シリーズ3）
8　火の接吻　00年12月　扶桑社（扶桑社文庫／昭和ミステリ秘宝）
9　深い失速　04年6月　新風舎（新風舎文庫）
10　火の接吻　07年9月　講談社（講談社ノベルス／綾辻・有栖川復刊セレクション）
11　戸川昌子　08年4月　未知谷（昭和の短篇一人一冊集成）
12　猟人日記　15年8月　講談社（講談社文庫）
13　緋の堕胎　18年10月　筑摩書房（ちくま文庫）　※本書

本書はちくま文庫のためのオリジナル編集です。
各作品の底本は以下の通りです。明らかな誤記・誤植と思われるものについては訂正しました。
第一部収録作品　双葉文庫『緋の堕胎』一九八六年十月
第二部収録作品　双葉文庫『ブラック・ハネムーン』一九八四年四月
なお本書のなかには今日の人権意識に照らして不適切な語句や表現がありますが、時代背景と作品の価値にかんがみ、また、著者が故人であるためそのままとしました。

吉行淳之介ベスト・エッセイ　吉行淳之介　荻原魚雷編

創作の秘密から、ダンディズムの条件まで。「文学」「男と女」「紳士」「人物」のテーマごとに厳選した、吉行淳之介の入門書にして決定版。（大竹聡）

田中小実昌ベスト・エッセイ　田中小実昌　大庭萱朗編

東大哲学科を中退し、バーテン、香具師などを転々とし、飄々とした作風とミステリー翻訳で知られるコミさんの厳選されたエッセイ集。（片岡義男）

山口瞳ベスト・エッセイ　小玉武編

サラリーマン処世術から飲食、幸福と死まで。――幅広い話題の中に普遍的な人間観察眼が光る山口瞳の豊饒なエッセイ世界を一冊に凝縮した決定版。

色川武大・阿佐田哲也ベスト・エッセイ　色川武大／阿佐田哲也　大庭萱朗編

二つの名前を持つ作家のベスト。文学論、落語からタモリまでの芸能論、ジャズ、作家たちとの交流も。もちろん阿佐田哲也名の博打論も収録。（木村紅美）

開高健ベスト・エッセイ　開高健　小玉武編

文学から食、ヴェトナム戦争まで――おそるべき博覧強記と行動力。「生きて、書いて、ぶつかった」開高健の広大な世界を凝縮したエッセイを精選。

中島らもエッセイ・コレクション　中島らも　小堀純編

小説家、戯曲家、ミュージシャンなど幅広い活躍で没後なお人気の中島らもの魅力を凝縮！　酒と文学とエンターテインメント。（いとうせいこう）

文房具56話　串田孫一

使う者の心をときめかせる文房具。どうすればこの小さな道具が創造力の源泉になりうるのか。文房具の想い出や新たな発見、工夫や悦びを語る。

ぼくは散歩と雑学がすき　植草甚一

１９７０年、遠かったアメリカ。その風俗、映画、本、音楽から政治までをフレッシュな感性と膨大な知識、貪欲な好奇心で描き出す代表エッセイ集。

快楽としてのミステリー　丸谷才一

ホームズ、００７、マーロウ――探偵小説を愛読して半世紀、その楽しみを文芸批評とゴシップを駆使して自在に語る、文庫オリジナル。（三浦雅士）

超発明　真鍋博

昭和を代表する天才イラストレーターが、唯一無二のＳＦ的想像力と未来的発想で〝夢のような発明品〟１２９例を描き出す幻の作品集。（川田十夢）

ちくま文庫

緋《ひ》の堕胎《だたい》　ミステリ短篇傑作選《たんぺんけっさくせん》

二〇一八年十月十日　第一刷発行

著者　戸川昌子（とがわ・まさこ）
編者　日下三蔵（くさか・さんぞう）
発行者　喜入冬子
発行所　株式会社　筑摩書房
東京都台東区蔵前二―五―三　〒一一一―八七五五
電話番号　〇三―五六八七―二六〇一（代表）
装幀者　安野光雅
印刷所　中央精版印刷株式会社
製本所　中央精版印刷株式会社

ISBN978-4-480-43549-1 C0193